U0920056

白岩松

白岩松 / 著

幸福了吗？

长江出版传媒 | 长江文艺出版社

▲ 有趣的不是闭目养神的我，而是屏幕上的那一个，那是我 1993 年最初上电视的形象，今天已不敢再看，就连领导多年后又看到这一形象时，也感慨“当初怎么就把他放出去了呢，真有点儿后怕”。这张照片是我的同事在 2003 年《东方时空》十周年节目的录制现场“偷拍”的，后取名“十年一梦”，并获得内部摄影金奖。十年，改变的仅仅是容貌吗?

▲ 2008 年 8 月 6 日上午，我作为奥运北京火炬传递的第八棒火炬手，为第九棒的“中国高度”姚明点火。事前我曾担心：估计要用一个梯子才能顺利完成和姚明的火炬交接。

（新华社图片）

◀ 这形象似乎符合我“严肃”的定位，但请仔细看着装，袖标上可是“北京保安”四个字。这其实是我主持大学毕业二十年聚会时的造型，有点儿“变脸”的含义在其中。而且，这不是我第一次“变脸”，在评论部的内部年会上，我就曾如此“惊艳”过。没人就一种形象，总有另一面。

◀ 很多人这样评价我与球星巴蒂斯图塔的合影：你像运动员，而巴蒂更像一个记者。我倒真希望如此，可惜……在 2006 年德国世界杯时，巴蒂为墨西哥电视台作解说，办公室与我的相隔三十米。没想到，电视的球场上，共同成长了十几年，却在德国成了“同行”，我告诉他：“我的儿子也叫巴蒂！”

◀ 这是我制作《看台湾》时，当时的东森电视台资深主播卢秀芳在台北机场搞的欢迎仪式。请注意，这仪式有些轻松恶搞的意味在里面，“白岩松，您来了”就是个代表。几个月前连战去西安，学校的孩子们冲他大喊：“爷爷，您来了！您终于来了！”之后成为台湾红极一时的手机铃声。正因为这个典故，受到如此礼遇的我才和秀芳心照不宣地大笑着。

▲ 2001 年 7 月 13 日，北京申奥成功，莫斯科直播演播室。语言无法表达我们的激情，只剩下高声叫喊、手舞足蹈。而杯中装的是真酒，一次又一次，一饮而尽。

▲ 这年头，真的东西越来越少，同学聚会就越来越多，因为这里有真回忆、真情感和真开心。但办好一次聚会不容易，瞧，我们大学毕业二十年的聚会，有为本班专门设计的 T 恤衫，上书“将新闻进行到底”，以便和其他班区别开来；有胸前挂的聚会卡，说明活动很丰富；还有给母校的礼物——奖学金；更不能缺的，是同学天南海北的到来，都能放下手中的“忙”，就知道同学聚会的吸引力。

▲ 去日本采访，该带什么礼物？我们的选择是中国书法。比如送给时任日本首相福田康夫的就是书法唐诗一首：“好雨知时节，当春乃发生。随风潜入夜，润物细无声。”之所以选这首诗，来自福田首相到中国的“迎春之旅”和胡锦涛主席访日的“暖春之旅”。但日本首相更迭太快，三年多时间，我见到四位日本首相，现在，都已成前首相。日本政治，格局越发“混乱”。

▲ 我面对的是纽约的曼哈顿，虽然已不再有世贸的双塔，这里依然是世界上最繁华、经济上最有权势的所在。看不到我的脸，却可能看得到我心中的问号：我们要这样面对它多久？用什么表情去面对？中国与美国，未来会怎样？

▲ 2008 年，是我们最艰难的时日。一场汶川大地震，加上火炬风波、雨雪冰冻灾情，孕育了太多感动与悲壮。在《感动中国》对这一年回顾时，集体奖颁给了“中国人”，也就是说，每一位中国人也包括您，都是没有领到奖杯的获奖者。获奖理由并不复杂，因为在这一年里，你的泪水、爱、牵肠挂肚、愤怒与呐喊。

▲ 总见新人笑、不见旧人哭，是电视台工作的另一种写照。不断有新栏目诞生，也不断有旧栏目消失，只是后者常常被人忽略。这是 2008 年 3 月 24 日，《新闻 1+1》开播当天，领导们与我们栏目组的合影；这一天，北京奥运圣火在希腊采集，现场也受到人为干扰，我们的直播评论是“奥运让政治走开”；这一天，照片上的人们笑容很多，今后就不一定了。我并不喜欢总看到这样的照片，一个栏目，开播了，能奔“百年老店”去才是真功夫。

▲ 擦得清眼镜，却未必看得清要观察与记录的世界。从 2003 年 5 月开始，每周录制《新闻周刊》（原名《中国周刊》）已成为一种不变的生活。由于这个栏目总结本周的事与人，因此从无备播，所有的主持词都由我手工撰写。近八年来，我缺席不到五期。有时，真想看清世界，可能就需要耐得住性子的慢工夫。

一个人需要隐藏
多少秘密
才能巧妙地
度过一生
这佛光闪闪的高原
三步两步便是天堂
却仍有那么多人
因心事过重
而走不动

——六世达赖喇嘛仓央嘉措诗

目录 CONTENTS

幸福在哪里（代序）

文 / 白岩松

一

走在人群中，我习惯看一看周围人的手腕，那里似乎藏着一个属于当代中国人的内心秘密，从不言说，却日益增多。

越来越多的人，不分男女，会戴上一个手串，这其中，不乏有人仅仅是为了装饰；更多的却带有祈福与安心的意味，这手串停留在装饰与信仰之间，或左或右。这其中，是怎样的一种相信或怎样的一种抚慰？又或者，来自内心怎样的一种焦虑或不安？

手串有助于平静吗？我们的内心，与这看似仅仅是装饰的东西有什么样的关系？人群中，又为什么几乎没有人谈论过它？

沉默之中，埋藏着我们怎样的困惑？

这是一个传统的复归，还是一个新的开始？这是因祈福而产生的下意识行为，还是因不安而必然的求助？

二

2006 年的最后一天，我去 301 医院看望季羡林先生。到达时是上午，而很早就起床的季老，已经在桌前工作了很久，他在做的事情是：修改早已出版的《佛教十五讲》。他说："对这个问题，我似乎又明白了一些。"

话题也就从这儿开始，没想到，一发不可收，并持续到整个聊天的结束。

"您信佛教吗？"我问。

"如果说信，可能还不到；但我承认对佛教有亲近感，可能我们很多中国人都如此。"季老答。

接下来我好奇的是：快速前行的中国人，现在和将来，拿什么抚慰内心？

季老给我讲了一个细节。有一天，一位领导人来看他，聊的也是有关内心的问题，来者问季老：主义和宗教，哪一个先在人群中消失？

面对这位大领导，季老没有犹豫：假如人们一天解决不了对死亡的恐惧，怕还是主义先消失吧，也许早一天。

看似平淡的回答，隐藏着一种智慧、勇气和相信。当然，“早一天”的说法也很留余地。

和季老相对而谈的这一天，离一年的结束，没几个小时了，冬日的阳光照在季老的脸上，也温暖着屋内的其他人。

那一天，季老快乐而平静。我与周围的人同样如此。

三

又一天，翻阅与梁漱溟先生有关的一本书《这个世界会好吗》，翻到后记，梁先生的一段话，突然让我心动。

梁老认为，人类面临有三大问题，顺序错不得。

先要解决人和物之间的问题，接下来要解决人和人之间的问题，最后一定要解决人和自己内心之间的问题。

是啊，从小求学到三十而立，不就是在解决让自己有立身之本的人与物之间的问题吗？没有学历、知识、工作、钱、房子、车这些物的东西，怎敢三十而立呢？而之后为人父为人母为人子女，为人夫妻，为人上级为人下级，为人友为人敌，人与人之间的问题，你又怎能不认真并辛苦地面对？

但是随着人生脚步的前行，走着走着，便依稀看见生命终点的那一条线，什么都可以改变，生命是条单行道的局面无法改变。于是，不安、焦虑、怀疑、悲观……接踵而来。人该如何面对自己的内心，还是那一个老问题——我从何而来，又因何而去？去哪儿呢？

时代纷繁复杂，忙碌的人们，终要面对自己的内心，而这种面对，在今天，变得更难，却也更急迫。我们都需要答案。

四

如果更深地去想，又何止是人生要面对这三个问题的挑战？

中国三十余年的改革，最初的二十多年，目标很物化，小康、温饱、翻两番，解决人与物之间的问题，是生存的需求；而每一个个体，也把幸福寄托到物化的未来身上。

这些物化的目标陆续实现，但中国人也逐渐发现，幸福并没有伴随着物质如约而来，整个人群中，充满着抱怨之声，官高的抱怨，位卑的抱怨，穷的抱怨，富的也抱怨。人们似乎更加焦虑，而且不知因何而存在的不安全感，像传染病，交叉感染。上面不安，怕下面闹事；下面也不安，怕上面总闹些大事，不顾小民感受；富人不安，怕财富有一天就不算数了；穷人也不安，自己与孩子的境遇会改变吗？就在这抱怨、焦虑和不安之中，暴力因子也在人群中快速增长，让人更加不安。幸福，终于成了一个大问题。

这个时候，和谐社会的目标提了出来。其实，这是想解决人与人之间的问题，力图让人们更靠近幸福的举动。不过，就在为此而努力的同时，一个更大的挑战随之而来。

在一个十三亿人的国度里，我们该如何解决与自己内心之间的问题？我们人群中的核心价值观到底是什么？精神家园在哪里？我们的信仰是什么？

都信人民币吗？

我们的痛苦与焦虑，社会上的乱象与功利，是不是都与此有关？

而我们除了幸福似乎什么都有，是不是也与此有关？

幸福，成了眼下最大问题的同时，也成了未来最重要的目标。

可是，幸福在哪里？

五

幸福在哪里暂且不说，痛苦却是随时可以感受得到。

这个社会的底线正不断地被突破，奶粉中可以有三聚氰胺；蔬菜中可以有伤人的农药；仅仅因为自己不舒服便可以夺走与自己无关人的性命；为了钱，可以随时欺骗，只要于己有利，别人，便只是一个可供踩踏的梯子。理想，是一个被嘲笑的词语。

这样的情形不是个别的现象，而是随处可见。

没有办法，缺乏信仰的人，在一个缺乏信仰的社会里，便无所畏惧，便不会约束自己，就会忘记千百年来先人的古训，就会为了利益，让自己成为他人的地狱。

有人说，我们要守住底线。但早就没了底线，或者说底线被随意地一次又一次突破，又谈何守住底线？可守的底线在哪里？

一天下午，我和身后的车辆正常地行驶在车道上，突然间，一辆豪华车逆行而来，鸣笛要我们让路，可是正常行驶的我们无路可躲，于是，感觉被怠慢的那个车主，在车挤过我们身边时，摇下车窗痛骂一番。那一瞬间，我惊呆了：为这辆逆行而来的车和这个充满愤怒的人。车主是一位年轻女子，面容姣好，像是有钱也受过良好教育，然而，这一瞬间，愤怒让她的面容有些扭曲。

被指责的同时，我竟然没有一丝的愤怒，倒是有一种巨大的悲凉从心中升起。因为我和她，不得不共同生活在同一个时代，而且有的时候，我们自己也可能成为她。我们都无处闪躲。

六

如果是简单的坏，或是极端的好，也就罢了，可惜，这是一个人性最复杂的时代。

医生一边拿着红包，一边接连做多台手术，最后累倒在手术台上；教师一边体罚着学生，坚持应试教育，另一边多年顾不上家顾不上自己的孩子，一心扑在工作上；官员们，也许有的一边在腐败贪污着，另一边却连周末都没有，正事也干得不错，难怪有时候百姓说："我不怕你贪，就怕你不干事！"

其实，说到我们自己，怕也是如此吧。一半海水一半火焰，一边是坠落一边在升腾，谁，不在挣扎？

对，错，如何评价？好，坏，怎样评估？

岸，在哪里？

七

有人说，十三亿中国人当中，有一亿多人把各种宗教当作自己的信仰，比如选择佛教、天主教、基督教或伊斯兰教，还有一亿多人，选择信仰共产主义，再然后，就没了。也就是说，近十一亿中国人没有任何信仰。

这需要我们担心吗？

其实，千百年来，中国人也并没有直接把宗教当作自己的信仰，在这方面，我们相当多人是怀着一种临时抱佛脚的态度，有求时，点了香带着钱去许愿；成了，去还愿，仅此而已。

但中国人一直又不缺乏信仰。不管有文化没文化，我们的信仰一直藏在杂糅后的中国文化里，藏在爷爷奶奶讲给我们的故事里，藏在唐诗和宋词之中，也藏在人们日常的行为礼仪之中。于是，中国人曾经敬畏自然，追求天人合一，尊重教育，懂得适可而止。所以，在中国，谈到信仰，与宗教有关，更与宗教无关。那是中国人才会明白的一种执着，但可能，我们这代人终于不再明白。

从五四运动到“文化大革命”，所有这一切被摧毁得荡然无存，我们也终于成了一群再没有信仰的孩子。这个时候，改革拉开了大幕，欲望如期而至，改变了我们的生活，也在没有信仰的心灵空地放肆地奔腾。

于是，那些我们听说和没听说过的各种怪异的事情，也就天天在我们身边上演，我们每一个人，是制造者，却也同时，是这种痛苦的承受者。

幸福怎么会在这个时候来到我们的身边呢？

八

钱和权，就越来越像是一种信仰，说白了，它们与欲望的满足紧密相连。

曾经有一位评委，看着台上选手用力地表演时，发出了一声感慨：为什么在他们的眼睛里，我再也看不到真诚和纯真，而只是宝马和别墅？

其实，这不是哪一个选手的问题，而是时代的问题。人群中，有多少个眼神不是如此？夜深人静时，我们还敢不敢在镜子中，看一看自己的眼睛？

权力，依然是一个问题。

个人崇拜减少了，可对权力的崇拜，却似乎变本加厉。

不知是从哪一天开始，上下级之间充满了太多要运用智慧和心智的相处，是从什么时候开始，领导面前，下属变得唯唯诺诺，绝对没有主见？一把手的权力变得更大，顺应领导的话语也变得更多，为了正确的事情可以和领导拍桌子的场景却越来越少。

其实，是下属们真的敬畏权力吗？

你仔细观察后就会发现，可能并非如此。或许是下属们早已变得更加聪明和功利，如果这样的顺从可以为自己带来好处或起码可以避免坏处，为何不这样做？

但问题是，谁给了下属这样的暗示？

九

每一代人的青春都不容易，但现今时代的青春却拥有肉眼可见的艰难。时代让正青春的人们必须成功，而成功等同于房子、车子与职场上的游刃有余。可这样的成功说起来容易，实现起来难，像新的三座大山，压得青春年华喘不过气来，甚至连爱情都成了难题。

青春应当浪漫一些，不那么功利与现实，可现今的年轻人却不敢也不能。房价不断上涨，甚至让人产生错觉：“总理说了不算，总经理说了才算。”后来总经理们太过分，总理急了，这房价才稍稍停下急匆匆的脚步。房价已不是经济问题，而是社会问题政治问题。也许短期内房价会表态性地降一些，然而往前看，你会对房价真正下跌抱乐观态度吗？更何况房价动不动就三万四万一平方米，它降不降还跟普通人有关系吗？所以，热了《蜗居》。

而《暗算》的另类流行，又暴露着职场中的生存不易，论资排辈经过短暂退却，重又占据上风，青春，在办公室里只能斗智斗勇不敢张扬，不大的年龄却老张老李的模样。

至于蚁族们，在高涨的房价和越来越难实现的理想面前，或许都在重听老歌：“外面的世界很精彩，外面的世界很无奈……”当你觉得外面的世界很无奈，或许逃离北上广，回到还算安静的老家才是出路？

浪漫固然可爱，然而面对女友轻蔑一笑之后的转身离去，浪漫，在如今的青春中，还能有怎样的说服力？

如果一个时代里，青春正万分艰难地被压抑着，这时代，怎样才可以朝气蓬勃？如果人群中，青春中的人们率先抛弃了理想，时代的未来又是什么？

十

改革三十余年，我们进步了太多，这一切，都有数据可以证明。

而新闻进步了多少？又用怎样的数据证明着？

当然，这并不是一个可以用数据证明的东西，但是，依然有太多的标准。比如，是否有真正优秀的人才还愿意把自己的理想在这里安放；再比如，不管经历日复一日怎样的痛苦，仍然隔一段时间，就会在社会的进步中，感受到一点小小的成就感。

假如并非如此呢？

假如真正有理想有责任的新闻人，永远感受的是痛苦，甚至在领导的眼里，反而是麻烦的制造者，并且这样的人，时常因理想和责任而招致自己与别人的不安全，那么理想与责任可以坚持多久呢？

而如果理想主义者都在生活巨大的压力和诱惑之下，变成现实主义者；

如果现实主义者都变成功利主义者，而功利主义者又变成投机分子……

希望会否变成绝望？理想是否成为空想？

当然，这仅仅是一种假设。然而，它依然如同噩梦一样，虽然虚构，却会让醒着的人们，惊魂未定。

新闻事业的前行，同样需要信仰。

十一

社会有社会的问题，我们又都有自己的问题。

在2000年即将到来的时候，上海一家报纸约我写了一篇新千年寄语，当时，我选择了两个关键词，一个是“反思”，一个是“平静”。

反思，不难理解。由于生存都堪忧，荒唐岁月一结束，过去一路上的伤口只是草草地遮盖了一下，来不及更负责任地处理，我们就匆匆上路，这没什么可指责的，这是生存遭遇危机时近乎唯一的选择。

然而，三十多年走过，生存已经不再是最大的问题，或许有一天，我们该停下脚步，把伤口上的浮尘擦去，涂上酒精或消炎的东西，会痛会很刺激，然而只有这样，伤口才可以真正愈合，之后才可以真正轻装上阵。

这是对历史与未来负责的一种态度。

而之所以另一个关键词是“平静”，原因也并不复杂。因为安抚我们的内心，将是未来最大的问题。

上世纪的战乱时代，偌大的中国，放不下一张安静的书桌，而今日，偌大的中国，再难找到平静的心灵。

不平静，就不会幸福，也因此，当下的时代，平静才是真正的奢侈品。

想要平静与幸福，我们内心的问题终究无法回避。

十二

古人聪明，把很多的提醒早变成文字，放在那儿等你，甚至怕你不看，就更简单地把提醒放在汉字本身。拆开“盲”这个字，就是“目”和“亡”，是眼睛死了，所以看不见，这样一想，拆开“忙”这个字，莫非是心死了？可是，眼下的中国人都忙，为利，为名。所以，我已不太敢说“忙”，因为，心一旦死了，奔波又有何意义？

然而，大家还是都忙，都不知为何显得格外着急，于是，都在抢。在街上，红绿灯前，时常见到红灯时太多的人抢着穿过去，可到了对面，又停下来，等同伴，原来他也没什么急事，就是一定要抢，这已成为我们太多人的一种习惯。

在这样的氛围中，中国人似乎已失去了耐性，别说让生活慢下来，能完整看完一本书的人还剩多少？过去人们有空写信、写日记，后来变成短信、博客，到现在已是微博，140个字内要完成表达，沟通与交流都变得一短再短。甚至140个字都嫌长，很多人只看标题，就有了“标题党”。那么，下一步呢？

对此，一位老人说得好：人生的终点都一样，谁都躲不开，慢，都觉得快，可中国人怎么显得那么着急地往终点跑？

十三

在墨西哥，有一个离我们很远却又很近的寓言。

一群人急匆匆地赶路，突然，一个人停了下来。旁边的人很奇怪：为什么不走了？

停下的人一笑：走得太快，灵魂落在了后面，我要等等它。

是啊，我们都走得太快。然而，谁又打算停下来等一等呢？

如果走得太远，会不会忘了当初为什么出发？

2010年7月　北京

致读者：

本书独家提供白岩松与读者分享的17段视频 / 音频内容，总时长100分钟。收看 / 收听过程会产生流量费用，但应作者要求，每位读者仍可获赠两次免费收看 / 收听机会。两次以上的收看 / 收听需求，读者须向出版方支付一定的平台维护成本费。

八年后·回头看

为什么一定要“跟上时代”呢？作为新闻人，在某些方面必须敏锐地跟上变化和发展，但在另一些与职业无关的方面，恕我坚决不跟了。

01

我在 CCTV：是主人也是过客

◎一位中年女性很愤怒地推开我办公室的房门，手指颤抖着指向我的脸，“不是说只要有大事就能看到你吗？昨天为什么没有看到你？”

◎那是一个发生在美国的“9•11”事件，却遗留了一些“伤口”在遥远的中国。

◎身在央视，我总会有一种莫名的危机感，我想，央视自身，也该有。因为真正的危机感，不仅是一种动力，还是一种新生。

八年后・回头看

从 1993 年“触电”至今，这场长跑持续的时间，比我自己想象的久得多。CCTV 是一艘大船，哪个人不是过客？而我所忠诚的，不是哪位领导，甚至也不是我供职的平台，而是新闻这件事。

从1993年进入中央电视台，到现在，已经整整过去十七个年头。十七年，说短也长，把自己从一个二十五岁的青年变成了一个四十二岁的中年，这样的十七年，说是生命中最宝贵的年华不为过；可十七年说长也短，到2010年，中央电视台建台五十一周年，我的十七年，仅仅占了三分之一，对于CCTV这艘大船来说，我可以骄傲地说自己是主人，但更清醒地明白自己也就是个过客。主客之间，总有难言的情感萦绕，就从那一个上午说起吧！

沉默的“9·11”

2001年9月12日上午，大约十点半左右，一位中年女性很愤怒地推开我办公室的房门，手指颤抖着指向我的脸，开门见山地质问我：不是说只要有大事就能看到你吗？昨天为什么没有看到你？

这一瞬间来得突然，我沉默着站立，办公室里的其他同事也惊呆了，没人回话，沉默进一步在空间里弥漫。这一瞬间显得格外漫长。

这位大姐看样并不打算久留，只为不吐不快，话音落地，又盯着我看了两眼，气鼓鼓地转身走了。

那个时候，我们并不在台内办公，而是在电视台西门对面科技情报所的楼里办公，楼外没有森严的警卫，楼内还有众多其他的办公单位，因此才会有大姐闯入我们办公室的场景出现。

这位大姐我并不认识，奇怪的是，我之后也没有再见过她。或许是被指责时的心虚让我未能记住她的容貌，又或者她只是为谴责而来，平日里并不在这座楼里办公；甚至，是我根本无法记住她的面容，因为她的话语已经让我终身难忘。

这指责有道理，我无从还嘴；或者说，她指责的不是我，是我供职的中央电视台。

之所以有这个场面出现，是因为头一天晚上发生了举世震惊的“9·11”事件，而在这个事件的传播中，CCTV 除去小小的一条新闻，几乎失语。与此同时，包括凤凰在内的媒体却全程直播，让 CCTV 陷入尴尬的境地。

这该是怎样一种沉默与失语呢？

“9·11”事件发生几分钟之后，我在家中，便接到同学从福建打来的电话，他或许是从台湾媒体中获取的信息，他告诉我：美国发生了大事，火速关注媒体。又问：你们会直播吗？

我第一时间打开电视，全面搜索了一遍，当时还没有任何一家媒体开始报道。

我马上拿起电话，给两位主任打了过去，一位是时间，时任《东方时空》总负责人，一位是陈虻，时任新闻评论部副主任。

电话很简短，更像是请战：美国出事了，看样是真的，如果要直播，请火速通知我，我已准备好，随时可以出发。

电话放下不久，电视上开始出现相关的直播报道，上海东方卫视、凤凰卫视，我印象中还有内地的一家卫视。像大片一样震动人心的新闻画面，直白地展现在电视屏幕上，我为此变得更加着急，直觉告诉我：这是历史性的大事件，按理说，我们不该缺席。

我的家，离电视台五到十分钟的车程，只要定下直播，我会迅速到位。

然而，电话却迟迟不响。新闻事件进一步发展，一分钟的错过，便意味着新闻快速地死亡，正步入历史的阵营。这个道理很多人都懂，沉默电话的那一边，该是另一通电话的此起彼伏，争取、说服、焦虑、盼望……都是新闻人，都有着同样的冲动和担心，我相信时间与陈虻，我也相信中央电视台在面对大新闻时最本质的冲动。

电话依然不响，我打开电脑，网络上已是众声鼎沸，让人痛心的是：几乎一边倒的网上留言都在幸灾乐祸。当时，还不知到底有多少生命逝去，也不知这些生命中，会有多少华人。可能是美国误炸中国驻南联盟大使馆的事情才刚刚过去几年，因此，一种愤怒本就无从消解，“9·11”意外地到来，给了很多人一种解恨的感觉。然而，这是多么可怕的一种情绪，在这种情绪之中，又蕴藏着怎样的一种对生命的漠然。看着这些留言，我在想：如果一会儿直播，我该怎样说，又该怎样去追悼生命？

然而，我注定不会有这个机会，“9·11”事件的直播，将注定不会出现

我正在美国纽约进行报道，为了摄像机位，我不得不高难度地站在一个柱子上，因为在我的身后，是“9·11”废墟的重建工地。2001 年事发时，我们未能同步直播，即使几年后到了现场，这一课似乎也无法补上。

在 CCTV 的屏幕上，也因此，CCTV 将长久背上一个自己根本背不起的重负。

电话终于响了，这时，各个媒体的直播已经过去半个多小时。电话是时间打过来的，内容同样很简短：“洗洗睡吧，没戏了，不让直播。”

我听得出时间的无奈与痛苦，我当然也听得出 CCTV 人此前的争取与请求，但是，一切都必须戛然而止。

作为一家媒体，即使是 CCTV，也天然地对新闻大事件有一种直觉的渴望，它自己要放弃这个报道的可能性几乎为零。后来成为中央电视台主管新闻的副台长罗明，当时正在美国，事情发生后，他迅速确定事实真伪，然后便火速与家里联系，希望为有可能的报道提供支持。

然而，CCTV 必须服从命令，而我更只是一个小小的卒子，请战也显得那么微不足道。或许是有人担心，我们直播会显出我们在看美国人的笑话，因此“大气”一些，不直播吧。但恰恰这一个“大气”，小气了许多，也错过了一段真正的历史。

当然，论及原因，还有另外多个版本的解释：主管领导不在国内，联系不上，无法自己做主……但不管怎样的版本，结局都是一致的，我们已经错过了直播。

那一夜，我几乎无眠，而我相信，那一夜，在 CCTV 内部，无眠的人，绝不只我一个。

八年后的 2009 年，我去做《岩松看美国》，在华盛顿，有一个新闻博物馆，里面的一个展板上，是2001年9月12日，也就是“9·11”发生后的第二天，世界主要国家最主要报纸的头版。几乎是同样的选择，不管哪一个国家的报纸，头版都是昨天发生的“9·11”。而唯一的例外，是中国的大报纸，头版头条是别的内容，“9·11”只是一个小豆腐块，藏在其他的文字之中。

这一个“例外”是如此地刺眼。看来，美国人并没有领我们“大气”的情，反而对这“例外”迷惑不解。

那是一个发生在美国的“9·11”事件，却遗留了一些“伤口”在遥远的中国。然而，也该感谢这“伤口”，让人们开始集体思考媒体的职责与本分。

文章开头提到的那位大姐对我的指责，是一种期望之后的失望，是一种超越了自身利益的良知与责任，我将终生铭记，虽然有时，仅仅有我一个人记住是不够的。

争议的伊拉克

时间到了2003年，刚一开始，人们就已经嗅出伊拉克战争的味道，虽然表面上谈判与制裁在继续，但几乎谁都知道：战争在所难免。

也许是因为“9·11”之后，大家对CCTV的指责与不满太多，又或者，这指责与不满，让各个层面的人都在思考并校正着自己的思路，总之，这次伊拉克战争的直播很早就已经开始准备。春节刚过，主管新闻的副台长罗明当面向我发出指令：从现在开始，你的活动半径，就要在以CCTV为中心的十五分钟车程之内，以便随时开始伊拉克战争的直播。

说这话的时候很轻松，然而轻松话语背后的决心却很明确。进入CCTV这么多年，我从未接到过如此有趣又有味道的指令，不过，我却非常高兴地开始执行。

3月20日上午，伊拉克战争拉开大幕，中央电视台迅速开始直播，之后，我便进入了长达二十多天的直播战争历程。当时，还没有新闻频道，直播是在寸土寸金的一套里进行，而这，可是CCTV有史以来，第一次大规模地直播一场不可预测过程与结局的战争，一个同步发生在国外的事件，一个全世界媒体参与其中的传媒事件。

直播到第三天，接受《南方周末》记者的采访时，我表达了自己的感受：

我们正在直播一场悲剧，这场战争很可能既不像人们想象的那么长，也不会几天就结束。对于电视直播来说，我们最大的挑战是：我们必须冷静地判断，哪一个信息是真哪一个是假，因为这是场真实的并且有电视介入的战争，因此，双方利用媒体迷惑对方，这便给媒体带来巨大的挑战。

但是，真正的挑战并不在我这儿，我只要坚守和冷静判断就可以。更大的挑战，以一种预想不到的方式，出现在水均益那儿，当时，他已经到达伊拉克很久。

2 月上旬，水均益就到了巴格达，之后我俩之间开始制作《直通巴格达》。前方战争的阴云密布，水均益在做大量的报道与采访，除去传播信息，也是在为战争的直播报道做准备。

然而想不到的是：当战争一触即发时，水均益却被通知，出于安全考虑，必须撤出伊拉克！通知等于命令，由于来头不小，几乎让水均益和电视台都无法抗拒。

很多人分析这命令因何而发，得出的理由也似乎充分，几年前美国误炸中国驻南联盟大使馆，已造成国人巨大愤怒，如果这一次，在冷枪流弹甚至战争到来的前提下，被误伤的是水均益等中国记者们，置身事外的中国，又将怎样卷入其中？中国民众又该是怎样的情绪？

当然，这只是分析中得出的理由，可对于水均益来说，这几乎像是一场提前到来的“死亡”。他是一名到达战场的记者，如同战士，不管怎样的理由，离开，意味着放弃，像一个逃兵。

这当然是水均益无法接受的。

那些天，每天《直通巴格达》节目结束后，我都和水均益通一番电话，他的焦虑与愤怒已经无法掩盖。他想了很多办法，比如说护照丢了，比如现场辞去 CCTV 公职等，但是，在一个巨大的指令面前，不要说水均益，CCTV 也无能为力。

在中国驻伊拉克和中国驻巴林两位大使的前送后迎中，水均益们一步三回头地“被押解”出战争即将到来的伊拉克。

然后战争开始了，水均益有短暂的两天与我们失去联系，而同时，凤凰卫视的闾丘露薇在巴格达连续报道。网友与观众不干了：“水均益当了逃兵！”“女人留在战场，男人退缩了，还算什么男人！”

我们知道事实真相，但我们无法替水均益辩解。

痛苦和绝望中的水均益，却在伊拉克之外作出了一个大胆的决定。

这是我和水均益在1996年1月的合影。和现在相比，首先那时的头发都是黑的，现在白的更多；其次，那时很瘦，现在时刻处于减肥状态；当然，还有一点很不同：那时更多地在憧憬未来，现在却时常回忆过去。

失去联系两天之后，我突然接到水均益的电话，他告诉我：他们悄悄地又“违规”潜回巴格达，他让我本人当面去找新闻中心领导，告诉他们这一情况，争取报道权。

我知道这电话和托付的重量，来不及细问这一路该是怎样的艰难和危险，我马上和水均益的同事张郇去找新闻中心主任李挺。

在新闻中心的老审看间，我们找来了李主任，昏暗的空间里，只有我们三个人，当我把水均益们“违规”返回伊拉克的事实告诉主任之后，李挺第一时间脱口而出：“××，精英啊！”

说完这几个字，李挺陷入沉默，接下来拿出一根烟点上，一屁股坐到沙发上猛抽几口，突然站起来掐掉香烟，“我去和赵台汇报。”

剩下我和张郇焦急地在屋里等待，前途未卜。毕竟是“违规”之举啊！

很快，李挺主任赶了回来，他兴奋地通知我们，和赵化勇台长沟通了，赵台指示：既然进去了，就抓紧时间报道，但是，过两天还必须得撤离。

一个比绝望好得多的决定。

很快，我又进了直播间，开始直播。我知道水均益这一趟的不易，到了我和水均益连线报道时，几乎史无前例地，连线时间超过了二十分钟，我想充分利用他在伊拉克的每一分钟，不是想说明什么，而是为了一个记者的天职。

几天后，水均益再一次被命令“撤”出伊拉克，人们的指责声虽然小了很多但依然在，没人会去关心：为什么水均益莫名其妙地又出现在伊拉克，而几天后，又莫名其妙地再一次消失。人们只是在发泄着各自的不满，而水均益也几乎无从辩解，因为离开，来自无法拒绝的命令，而再次进入，却是来自个体内心的驱使，他不想拯救什么名誉，只是为了让自己心安一些。

这是伊拉克战争直播中一个几乎不该被放大的小小细节，却成了太多人难忘的记忆。

又一段日子过后，战争虽在拉锯，但伊拉克远不像萨达姆所表达的那样殊死一搏，而只是宣传部长一个人在扮演着千军万马的角色，估计离尾声不算太远了。一天下午，没有直播，我从台里开车去中央党校参加一个讲座，然而车开出台里没多久，我接到电话：美军攻入巴格达，要直播，速回。

几分钟之后，我回到演播室，开始直播，随着美军攻入巴格达，战争离结束的时刻真的不远了。

等我直播结束，再赶到中央党校，上千名师生已经等候很久，非常时期这非常的迟到，并没有被人责备，大家充满理解。

又是几天过后，伊拉克战争的直播结束，CCTV无论是在收视率，还是在口碑上都赢了属于自己的一场战役。事实证明，新闻的发展必须尊重规律，在中国日益走向大国的历程中，对世界上发生的大事已经无法置身其外，直播，已是观众与时代的共同需求。

就在伊拉克战争结束的时候，在中国，SARS如同一个有智商的幽灵，从南到北，几乎没有对手地长驱直入，显然，一场属于我们自己的没有硝烟的战争，已经开始了。只不过，那是后话。

这是我在《感动中国》节目中采访杨利伟的画面。第一次转播“神舟”五号的过程一波三折，由于结果未知，直播计划在飞船发射的几天前被叫停。我们只好打擦边球，以直播新闻的方式来播出，在演播室里直播了二十多个小时，由于飞船发射成功，后半程监管放松，终于才又进入直播状态，直到神舟五号圆满完成飞行。

东方不再红时空

2009年的冬天，在北京一所高校里，讲座之中，一位大学生站起来问我：

“我在网络上看过你们的《东方红时空》视频，好像是你们内部的年会表演，我看了很惊讶，你们怎么还会唱歌搞笑说粗话？……”

我笑了，这个提问我不陌生，近些年来屡屡被人问起，已经习惯。

我回答他：“我惊讶的不是你问的问题，而是你的惊讶。任何人都不是非黑即白，每一个人都是多元复杂的。如果生活中，我们每一个人也都像主持新闻节目时那种状态，只能说，生活和我们自己都太无趣了。还好，我们都有另一面，如同每一个人一样。你看到的是我们新闻评论部一年一度的内部年会表演的节目，那是我们创意的体现。那段日子，是我最怀念的时光。自打《东方红时空》被上了网并被大家黑白难辩地议论之后，那样平等而又充满创意的年会再也不见了。奇怪的是，创造力好像也随之被带走了。我很遗憾！”

我的回答是真实的，这个提问，也再次勾起我对那段激情燃烧日子的怀念。

表面充满恶搞气息的年会，其实背后充满着让人眼前一亮的创意，它自由、平等、民主，成为辉煌时期CCTV新闻评论部前卫文化中特有的一部分。

最初的缘起，与《东方时空》有关。1993年夏天，庆祝《东方时空》开播一百天时，梅地亚中心举办了一个评奖会，那是一群二十多岁的创业者第一次得到承认的聚会。开播百天，好的口碑不断，让当时的杨伟光台长非常兴奋，不仅率领部分台领导亲自参加，而且还让人去他办公室拿回几样特别的物品当奖品，分发给《东方时空》的员工们。

而到了新年，年会正式举办。打一开始，在评论部开放而又自由的空气中，年会的主基调就已经形成：领导必须与百姓同乐，要坚决忍受一切打击，好好服务于群众，自觉接受群众们的各种刁难。第一次年会上，我们部门的大领导孙玉胜，就非常自觉地趴到地上与员工进行顶气球的比赛，这以后，在年会上恶搞与“折磨”领导就成为我们的传统。

想把这样的年会办好并不容易，每年临近年会时，评论部的“精英们”都要会聚一堂，开多次的策划会，定下当年年会的主基调和充满创意的表现方式，然后分别落实、执行。以至于离年会还有一段时间，评论部的员工便急切地盼望着这一天的到来，打算在这一天充分“发泄”对领导的不满（领导不得有怨言）。更具吸引力的是，这一天，能充分感受评论部技高一筹的年度创意，并绝对会成

一看就是内部联欢时的场景。最初在评论部，大多数人并非央视正式职工，于是“招聘”二字的背后，是我们讽刺不平等用工制度、为自己呐喊的一种举措。借联欢之机，以搞笑方式向领导“申诉”。

为下一年贯穿始终的话题。

于是，创意变本加厉，甚至员工自己都可能被“陷害其中”。有一年的年会，在北京的郊区召开。在一个平时人迹罕至但参加年会的所有车辆都必须经过的路口，我们的组织者设了一个局，四周埋伏多台摄像机，然后安排一位刚进部里大家还不认识的新人，借来交警的衣服穿上，一辆一辆地查评论部来开年会的车。越有名越有职务的越百般刁难，比如让水均益自己抄写发动机号，将陈虻、关海鹰等主任的车扣下等等，结果被查者的应对方法各不相同，有给公安部门打电话找熟人的，有吵架的，有默默承受的，比如水均益，就非常配合。

有趣的是，当年会开始时，主持人问水均益：“听说车被查了？”水均益一副轻松的样子，“没事，已摆平！”但他没想到的是，大屏幕马上播出刚才偷拍到的画面，他正撅着屁股一笔一画地给人家抄发动机号呢。这画面一出，现场笑喷了！

在这之后，利用老电影改词对口型，讽刺或反映评论部的现实，成为最时尚的选择。这其中，《粮食》和《分家在十月》，由于准确地释放出动荡时期评论部人员的心声而一炮打响，外面的人看热闹，评论部的人却最能品出其中的五味杂陈。

而从另一个角度看，这充满自由空气的年会，越来越像是巨大压力下的内部心理医师，抚慰着焦虑，释放着压抑，沟通着情感，塑造着平等，然后，让每一个人都从第二天起再度轻松地回到竞争的战场。

辉煌到了顶峰，离下落就已经不远。

2002年的年会，由《时空连线》承办，我当时是这个栏目的制片人，自然将其当成大事来落实。崔永元、我、杨继红、陈虻这些“恶搞”的主力们早早地凑到一起，开了无数次策划会，一个又一个创意被提出又被否决，一个大胆的主意终于脱颖而出：根据史诗《东方红》的结构，全程改词，制作《东方红时空》，并全部由评论部内部人员来演出。

大家万分激动，一路辛苦不表，我们作为承办的栏目组，设计了从节目单到海报都充满着波普色彩的绝对现代派作品，最后演出效果达到了空前的巅峰。场面之热烈，创意之难忘，您大可上网去感受。

然而，这已是最后的疯狂。

由于此时已进入互联网时代，内部不知哪位好事者，或许觉得精彩应当与众人分享吧，便草率地将《东方红时空》视频上传到网络，问题随之而来。在一个普遍缺乏幽默感的国度，这个内部的演出成为罪状，“一点儿正经都没有”“哪像党的新闻工作者的样子”“话里有话嘛”“自由主义”“为新闻工作者抹黑”……这众多的话语，一句比一句沉重，也一天比一天让电视台领导感受到更大的压力。然而人们从不去想的是：这个团队一年365天里，有364天为《东方时空》《焦点访谈》《新闻调查》《实话实说》等栏目在奔波在拼命，在忍并坚持着，只把剩下的一天当作自己的节日，却错了！

终于有一天，我们接到指令，所有演出的VCD收回，海报、节目单收回，关键是，今后的年会必须阳光灿烂，四平八稳；不能恶搞，宁可不搞。

从此伤筋动骨，年会又回到所有国企或政府机关惯有的模式之中，台上领导端坐，群众下面鼓掌。有问题以为是后几排，仔细一查，根子都是主席台。大家心照不宣地又开始习惯已经不太习惯的放之四海而皆准的话语。作为一个原来年会的重要策划者和参与者，我已经几年没参加过这样的年会，我不想在四平八稳的年会中去体会伤感，体会激情的灰飞烟灭。

2010年年会，我又没去，不一会儿，接到敬一丹大姐的短信：“再也不是以前的年会了！”

我猜得出来，也感受得到老评论部人心中的那份沮丧，自由、平等、民主的那些空气，似乎一点一点在打击“恶搞”的同时被抽走了，大家都心不在焉地继续着自己的旅程。

然而我并不真的沮丧，因为那样欢快自由的日子，我们曾经拥有过。就像我安慰年轻的同事，没什么可沮丧的，并不是现在不正常，而是现在正常了，过去才不正常，我们恰巧并幸运地赶上了那段不正常的日子罢了。

听过此番话，沮丧的同事似乎释然了。

随着新闻改革在台内又一次轰轰烈烈地进行，我心中蠢蠢欲动，不知道这让人难忘的年会能不能再度归来。我也听到台领导大喊“激情，激情”的话语，或许，那自由与充满创意的年会，假如再度归来，带回的可能不只是笑声，还有屏幕上的激情与创意吧！

冬天里的一把火

2009 年元宵节的晚上，央视新台址配楼突遇大火，火光映天时，我被堵在与它相距三十米的马路对面，几十分钟的时间，我虽然寸步难行，却被迫看着那火势从小到大，当然，也看到路边人群中复杂的表情。

由于那天是元宵节，《东方时空》老《东方之子》节目组聚会，那是我作为电视人成长的最初也是最重要的空间，还是天南海北电视人当初因理想而聚集的地方，所以，大家彼此情感很深，再加上每个人也都有着现实中激情不再的诸种不如意，聚会便更有感召力。

不到八点，由于我晚上有《新闻 1+1》直播，不得不恋恋不舍地先行离开，没想到这一个提前离席，让我成为大火的一个见证人。

不一会儿，我车行至央视新台址东三环靠西一侧的辅路上，突然就走不动了，路边很多行人表情怪异，我当时以为，大家早早来到街边，等着看多年来最圆的月亮，但这念头只是一闪，便觉得不对，似乎有火光照在他们兴奋的脸上。

我向左一回头，惊呆了，大火正从央视新台址配楼的南半侧，快速地从下向上燃烧，并夹杂着“啪啪”的声响。

新台址我还算熟，北京奥运会期间，我就在这大院里的另一处办公地点直播了二十天。我们那批人，也成为到目前为止为数不多的在新台址里工作过的央视员工。

燃烧中的配楼，是即将开业的酒店，类似现在老电视台旁边的梅地亚酒店。另外，这栋楼里还有一个剧场，或许将来可供央视录制一些节目。

然而大火改变了一切。

几十分钟后我终于冲出重围，马上给新闻中心梁晓涛主任打电话，告知火灾情形，并希望报道，梁主任告诉我：已派记者赶赴现场，会翔实记录。

我心急如焚，不仅因为火灾，更因为十点就要直播的《新闻 1+1》，如此拥堵，直播是天，赶不上节目开“天窗”怎么办？

越急越出状况，到达天安门广场，恰逢中央领导参加的元宵晚会散场，我又被堵在路边。没办法，向交警求救，听说要直播，警察帮我挪开铁围栏，打开另一通道，我得以冲出重围，到达演播室的时候，离节目开始只剩四分钟，有史以来最危险的一次。

我依然在忙乱中心存侥幸：我是大火目击者，可不可以在接下来的《新闻 1+1》中直播报道评论这场火？

大家苦涩地一乐，其实说完我也一乐。我自嘲地和搭档开了一个玩笑：如果直播，导语我都想好了——“本台最新消息，本台记者报道：本台着火了……”

苦笑……

非常苦涩的笑。

直播结束，短信陆续进来。安慰中有些离谱的，“老白，没事吧？”还以为我在楼里办公，其实离搬家还早着呢，而且并不是我们未来的办公楼，只是配套酒店楼。更多的短信是询问，然后是讽刺。经典的是：“除夕夜火了小沈阳，元宵节点了大裤衩，横批：央视不差钱。”我接到这条快速到达的短信，苦笑加剧，人民怎么这么有创意啊！

苦笑还好办，真正的苦难也随之开始。从第二天起，先是办公条件上，抽烟都被禁止了，冰箱不许使了，更要命的是：微波炉都不让用了。这可真苦了电视人，工作没时没点的，采访回来想吃口热饭，过去是用微波炉一热，元宵节大火之后只能吃凉的，这种局面，一直持续到现在。

更深的苦在心里，面对这场大火，央视人对内愤怒生气，因为大家也是受害者；对外，面对众人的挖苦与嘲讽，无从回嘴。一场大火，测出了大家对央视的不满，也加剧了这种不满，改变它，依然需要我们每一个人的努力。

一场大火，让搬家事宜无限期地向后推迟了，对于那些很早就在东边买房住下的央视人来说，推迟搬家就意味着上班的路将继续漫长无比。比如我，住东五环之外，推迟搬家，就意味着我每天要在北京的大东头与大西头之间来回奔波，但是，又有什么办法？

最近听说，搬家最早也要到2011年底，甚至2012年。新楼，原本为北京奥运准备，这一把火，变成伦敦奥运了。

大火之后被抓进去的责任人徐威，在台里，我与他交往不多，但曾经的一个细节，却一直让我对他留下了很久的好印象。那是2000年的悉尼奥运会，奥运会开幕之前，各国电视媒体在场馆内外布线，之后要有自己的人看着，以免出差错。当时的徐威，是技术部门的一个负责人，有一天中午，我亲眼看到，为了让看线的小兄弟去吃饭，饿着肚子的徐威主动替班。一双布鞋一个小军用包，就那么不顾忌地席地而坐，那一个画面，让我对不熟悉的他顿生好感，这是一个心里有兄弟的男人。

然而八年之后，作为犯罪嫌疑人，他的人生被逆转，一场大火彻底改变了他的命运。我在想：如果监督和约束足够，徐威或许还是当年那个穿布鞋挎军用布包的平静男人吧。

可是，人生与生活都没有假设。其实，任何一个悲剧，都不是把责任推到哪一个人或哪几个人身上就可以完事大吉的。或许，我们都该认真思考，我，如果有机会，是不是也会在现场？是不是也有可能成为事故的责任人？是不是也可能只把原因归到“点儿背”、“巧合”上？我想，有可能。所以，谴责他们，不如多多自责。

一场冬日里的大火，像一面镜子，照出了太多东西。当然，也不是坏事，也照出了央视之后该走的道路。大火，或许正是一个另类的新起点。

再度出发

2009年春天，媒体都在报道：中央电视台将启动又一轮改革。当然，在媒体的报道中，《新闻联播》的变脸成为“众矢之的”。

这不能叫假新闻，可我还是笑了。我明白媒体及专家们对此的热情，可是，不一定所有的事情，大家都理解。其实，我常常感谢《新闻联播》，稳住一头放开一片，一个相对稳定的《新闻联播》却为众多其他新闻栏目的变革提供了最大的空间。从这个角度说，《新闻联播》虽然常被人说东道西，但它却以独特的方式一直为新闻改革做着贡献。

所以我清楚：《新闻联播》也许会不断有小的变化和从善如流的改动，但是，大变脸是不可能的。我理解同行们的用心，是希望借此，中国媒体能有更大的变革动作，是希望毕其功于一役。

知道《新闻联播》不会大变，不意味着不期待新一轮的变革。其实，身在其中者，更知道问题何在，更期待向好的变革。

在改革似乎山雨欲来的时候，应报社之邀，我和《南方周末》的记者有了一次长谈，将我个人的想法与对改革的期待在这次对话中和盘托出。比如：

“中央电视台的新闻报道应真正尊重现场，更多的报道要来自一手的现场；文风要变，要从空话套话中解放出来；各个中心都有自己的新闻采编队伍似乎落后了，应当整合；中央台应重新回到重视业务部门的传统上，而不是以行政为中心；驻外记者应当是业务部门管，而不是行政部门管；在观众看不到的内部机制上，要有真正的变革；讲政治，应当用讲业务的方式来讲……”

自然有人不高兴，甚至在报社登完这篇对话之后都能感受到一点儿小压力，但更多人支持。这么做的考虑很简单，作为一个还不算老还有改革冲动的传媒人，

《新闻 1+1》是一个我很喜欢的栏目名称，因为它又简单又复杂，你可以为它添加很多的联想与解释。作为一档天天直播的评论节目，让我总有如临深渊如履薄冰的压力感，不过，即便有风险有压力，我还是会时常想：它能做多久？它会有助于这个社会变得更好吗？

有义务谈一些自己的看法，也许不中听，但如果对将要进行的改革有一些帮助和支持，也算尽了心。而如果等到改革之后，再去马后炮，没意义。

幸运的是，在一两个月之后开始的又一轮改革中，我当初的很多想法居然真的变成了现实，当然与我的建议没有任何关系，而在于决策者的共识和决心，更在于时代的需求与推动。

前几年，也曾有两家很大的国际猎头公司找我谈过，聊天中也都会问到："什么可以让你离开这里？"或者，更直接地说："是什么样的价码？"

我的回答也都很直接：起码从目前看，没有任何物质的条件，可以让我从央视离开。

这个回答，不仅仅因为多年的感情或成长的感恩，又或者是冰冷大机构中一个又一个活生生常给我温暖的同行者，一个很重要的理由是：至少在当下的中国，当越来越多的卫视，由于现实的难题或者更快可以看到的目标，纷纷放弃新闻阵地的时候，想做电视新闻，这里依然是离新闻与战场最近的地方。对一个新闻人来说，这就是最大的诱惑，而对于央视自己来说，是否也该意识到这一点?

又一轮改革不过才刚开始不久，过早的鼓掌也许并不恰当，对于央视来说，我们身在其中的任何人都是过客，这是一艘太大的船，调头不易。其实，CCTV一直沉默、中性，向哪个方向航行，取决于工作在这里的人们以及相关人士的努力与决定。不过，我想，最终真正起决定作用的还是观众与时代。人们的需求与期待，也许不会那么迅速，但最终会改变一切。

尊重新闻规律，屏幕后面的改革必须跟上，求上进有理想的人要有正面回报，承担着再大的宣传任务也要让观众看得进去听得有味道。该干的坚决干好，别人不干的自己也要干；不该干的坚决别干，干了对自己有利也不能干。创新精神必须鼓励，不能原地踏步故步自封……

这一切，都在被看重并陆续在改变中，我看到了决策者和员工们的这种努力，并看到了在未来的很多可能。同时，我也会好奇地观察：这是上一次以《东方时空》为标志的改革的余波，还是和未来有关的新一轮改革的开始？如果是后者，那将是我们与时代的幸事。

在 CCTV 工作时间长了，我已经习惯了这样的一种评价与现状：你干的事情再好再漂亮，也别指望人家太多的喝彩，因为这是正常的，因为你在央视；而你哪一点干得不好出了漏洞，就必须接受人们的冷嘲热讽，因为你在央视，还因为别人认为你在某些领域的垄断。虽然，这种垄断并不一定给央视带来的都是好

在中国做新闻，你们为什么那么严肃？我想回答的是：得给我们一些笑的理由吧？不过，这张照片倒是告诉人们：笑的理由不多，但似乎还是拥有笑的能力。其实，全世界真正做新闻的人都严肃。

处，甚至很多是限制，但毕竟有某种垄断的存在，就很难改变别人对此产生的不满意。

到了2010年夏天，我又得知：CCTV内部，拿出二十多个部门主任的位置，让台内众多有意者直接竞聘。这动作是改革的另一种纵深，观众看不到，不过或许将来会在屏幕上感受到。我的一位年轻同事打算参加，之前并不太自信地给我打过一个电话，“能真竞聘吗？”我安慰了他：“就当真的……”之后，他竞聘成功，我发短信祝贺他，并附上一句：“还是要相信阳光下的东西。”

台内业务领导者的产生，用公开民主的方式来竞争上岗，怎么说都是好事。虽然我无心参加，但作为民主尝试的这一变革动作，我当然鼓掌支持，希望竞争者多带一些理想，多带一些观众的期待，多带一些忧患和变革的勇气，因为时代与人并不会给我们太多时间。不主动就会被动，身在央视，我总会有一种莫名的危机感，我想，央视自身，也该有。因为真正的危机感，不仅是一种动力，还是一种新生。

身在名利场

◎在十多年的时间里，我拥有着和几任领导吵架的记录，而领导们也习惯了这种争吵，大家都有一个不错的开关。做事时开着，下班或平时相处时，关上。

◎自己一定得明白："背靠大树，就真以为自己成了大树，这很搞笑！"

◎有的时候，我会很有兴趣地与叫白岩松的那个人保持一定的距离。看他的被异化，观察与思考他身上的有趣之处，看他与社会和公众之间的关系。

八年后·回头看

想不明白的时候，多看看历史书。五百年的历史，往往在书中不过半页，一翻就过去了。何况一个渺小的个体呢？

我为什么“自杀”？

那天中午一点左右，我突然接到部门副主任打给我的电话。

电话里的声音很慌张，“小白，听说你自杀了？”

正在发生的极具魔幻色彩的对话让我一头雾水，继而乐了，“你能告诉我，为什么吗？”

这是我对这条消息的第一个反应。

“是中心主任让我问的，在国外的一个微博网站上，一条微博说你自杀，警方正调查情况……”

“扯淡，我会吗？……”

我把手机挂了，依然不认为这有什么，都说无风不起浪，这年头，无风，也起浪。习惯中。

上午，我给台里要驻外的记者进行了培训；中午，刚照完台里挂历的照片；下午，例行的足球训练；晚上，要在家里，为刚从全运会上回来的刘建宏、段暄们接风。

怎么看，这都像是一个正常人的健康并且乐观的生活。

没怎么受干扰，我去踢球，见到队友们，他们比我更早知道这条消息，开起了我的玩笑。陶伟一会儿来了，告诉我因为我的“自杀”，他刚接受了别人的采访，他的回答也很搞笑，“他会自杀？”

踢完球，我和段暄等人开车回家，没想到，这时，娱乐已经拉开了网，“自杀”不真，可娱乐却真真切切地登场。我回家甚至到家后的情况，均被“勤奋”的娱乐记者偷拍，并上传到网上。你无法谴责他们视隐私为无物或者不道德，因为，对他们来说，娱乐才是道德。

回到家，接到一家我很尊重的南方报纸记者的电话，问我关于“自杀”的新闻，我在电话里只说了两句话：“不太清楚；对不起，我不接受电话采访。”

奇妙的是，第二天这家报纸登出了大半版的与我“自杀”相关的新闻，我惊讶地发现：我说过这样的话——“我以前该怎么做新闻接下来还怎么做。”我莫名其妙地第一次知道“白岩松一下午，两个手机都被打爆”，可惜，十多年来无论手机还是老婆都只有一个。

我依然会尊敬这家报纸，因为它有值得我尊敬的理由，可我替这名记者有些担心，为什么可以替被采访者说话并安排生活细节？

但是恐怕也不怪这名记者吧，娱乐至死已是时尚，谁也无法抵抗。唯一令我好奇的是：为什么会制造我“自杀”的新闻？然而几乎没有答案。这个过程中，有人故意将我的“自杀”与新闻环境不顺畅往一起牵连，对此，我和别人开过玩笑：如果因为这个原因的话，我已经自杀一千多回了！

一段时间以内，见到我的人都会一乐，参加四川的公益活动，也会被媒体以“自杀后首度现身”来开头，并加注：“白岩松看上去情绪还不错……”

于是我弄懂了，这不过是一次与我有关但其实又与我无关的娱乐，人家不求真假，只求完成这样一个娱乐的过程。后来陆续收到一些短信，也有以往“被自杀”的名人们，一想也就释然了。在地铁里，成龙、刘德华、赵忠祥，已经被自杀二十多年了，我这偶尔被自杀一回又有何妨？

所以，我终于明白，自杀的不是我，而是这个时代，是人心。

做一个不顺从的群众

我虽然做栏目制片人的时间不长，两年左右，但在我做《东方时空》牵头人的后期，我越来越为一种现象被大家习惯而感到不安甚至悲哀。每天早上编委会开会之后，半屋子的年轻同事，没人对形成的选题及操作方法提出异议，都只是眼巴巴地等着分配任务然后去执行，一天的工作也就完成了！

终于有一天，我忍不住了，开完会之后我发问：“为什么你们永远不说不？为什么你们不对自己不认可的东西表达愤怒？为什么你们不认为：不，应当这么做！”

年轻的编导们目光茫然，似乎不知道我为何如此这般。认领任务然后完成，天经地义，还有什么错吗？难道一群制片人定完的事情，年轻的同事还可以争取并改变吗？

可是，为什么不呢？难道这些年轻的同事，一直都没有注意到，这么多日子以来，开会及日常工作时，对他们的鼓励与期待甚至纵容？

或许真的没看出来，又或者时代不同了，不再有鸡蛋碰石头的故事，也许更重要的是，这不就是一个工作吗，怎么干都是工作量，认真个什么劲儿！又伤了和气，又可能让领导不高兴。节目做不好，小事；职场中做人做不好，可是大事。

说句实话，面对这样一种尴尬与无奈，我时常会想到十多年前时的工作氛围，想起自己的成长，以及一路争吵所走过的道路。做事的时候做事，做人的时候做人，两面都没耽误，争吵的同事，反而拥有着至今难忘的真挚情意。

说起来有意思，1993年4月30日晚，也就是《东方时空》正式开播的前一天，在《东方之子》内部，就发生了我与制片人时间之间的争吵。为的是我希望按原计划开会制订接下来的工作安排，而不是临时高兴把酒言欢迎接新的同事，当时的我一怒之下甚至准备卷铺盖走人。然而，这样的争吵在当时是常态，制片人时间与同事们以及整个栏目组都非常适应，一番脸红脖子粗之后，会议按原计划召开，风雨过后照常前行。

其实，在《东方时空》开播后的几年里，各个栏目组这样的争吵天天都有，大家对事不对人，真理越辩越明，一个节目该怎么做，向东还是向西，面红耳赤，但节目就这样上了台阶。同时栏目组里的每一个人，都会觉得事情与自己有关。有不同意见随时表达，并不会去考虑复杂的面子、权威等问题，谁都相信，栏目真正做好了，才有面子，节目影响力大了，才真正有权威。

记得那时的制片人时间常常为某个节目的问题大光其火，甚至严厉到当场让编导掉下眼泪的地步；反过来也常常如此，一群部下开会时将时间批得哑口无言是经常上演的情节。但这就是当时特有的电视创作环境，内部拥有着难得的民主与自由。往往在发生争吵的几个小时之后，大家又一起吃饭喝酒，就跟没事一样。

评论部成立之后没多久，我得了一个外号“白文萨”，创意来自波兰团结工会主席瓦文萨。起因是，当时的评论部成员来自四面八方，《东方时空》如同延安，但是大量的外来人员也带来新的问题，生活待遇存在差距，在电视台内部不被平等看待，权益需要维护。

于是，我挑头和一群年轻的同事一起成立了松散的工会，并要求与当时评论部的主任孙玉胜及其他领导对话，讨论权益问题。有趣的是，面对这一草台班子，孙玉胜们竟真的答应，并一本正经地举行了对话。虽然对话现场双方都激动不已，都拍了桌子，但问题却在随后陆续走向解决。于是有好事者，给我起了个“白文萨”的绰号。

可能是惯出来的毛病，又或者在特殊环境下形成的特殊文化，在十多年的时间里，我拥有着和几任领导争吵的记录，而领导们也习惯了这种争吵，大家都有一个不错的开关。做事时开着，下班或平常相处时，关上。在这样一种相对平和民主的气氛中，“平等”，这一被写进新闻评论部部训的关键词，才在工作之中，被真正地捍卫。而当它成为一种追求和生存的环境时，没人会担心或畏惧它会给自己带来什么不利的影响，而且，也真不会。反而是沉默无声，没什么真知灼见，才有可能慢慢出局。

从我进电视台起，这十几年，从来没进过两任台长的办公室，从杨伟光到赵化勇。因为我觉得，没什么可找的，认真地把自己的事做好就行了。同理，这十几年的时间里，连新闻中心主任的办公室，我进去的次数也屈指可数，而且无一例外，都是主任找我。我感谢这些领导，也坚信着自己的想法，做好自己的事，就是最好的立身之本，能有一个相对单纯的环境，于做事来说，太难得。

然而我也清楚，不知从何时起，在局部的空间里，争吵消失了，空气中充满着和谐，但总让人觉得哪儿不太对劲，大家都开始做人了！可是，该怎么做事呢？

或许，就像现在的人们怀念天曾是蓝的，水曾是清的，奶粉曾是靠谱的，人与人曾是互相帮助的一样，难道将来我们也要怀念：办公室是可以吵架的，时常脸红脖子粗是可以制造更牢靠的友情的，事情做好做不好是有人认真的，没有什么是与自己无关的，真理是常被人捍卫的，而和谐不是没有争论的，说真话是被人尊敬并欢迎的？

这近乎天真的语言，诉说着一种无言的悲哀。当年轻人不再拥有争论或争吵的环境时，也就会失去或推迟按他们想法改变世界的机会；而不年轻的人们，失去来自不同意见的冲击，也往往会使自己更早走上错误不断的路程。这中间，没人是赢家，太和谐是最大的不和谐。我们都愿意在梦想中写入民主、自由、平等这样的大词，然而，有时，它必须先从办公室里慢慢做起。

很多年前，歌词里的两句话，一直是我们思考的大问题：是我们改变了世界，还是世界改变了我和你？大家都唯恐答案是后者。今日，莫非这担心已不再是担心，就像这首歌已不再有人唱起一样？

杯满则溢，先倒了

电视主持人是一个必须以出头露面为工作方式的职业，出名是这个职业的副产品，甚至是一个衡量你工作是否成功的标准。想想看，如果一名电视主持人，出头露面十多年，人们依然记不住他的名字，估计真是个大问题。

但是，这“名”经常被异化、扭曲。

电视就像一个放大器，很容易一瞬间让你被家喻户晓，就像我一次又一次说过的那样：“中央电视台这地方，拉条狗进演播室，连播一个月，中国名狗！”但是你自己一定得明白：“背靠大树，就真以为自己成了大树，这很搞笑！”

事实还真就如此，电视主持人这个很难不出名的行当，经常让业中人士，把名气当成自己优秀的标志。其实，名气与优秀，还真不是一回事，有时甚至差得很远。这里面的泡沫成分一点儿不比房地产少，但是，无论主持人自己，还是众人，清醒者不多。

我时常恐惧于这种泡沫的放大，恐惧中，常有一种不安。

2000 年底，我突然感觉有些干不下去了，有一些光环虚幻得可怕。那一年，我主持了悉尼奥运会，然后坐专机回国；被领导接见时，朱镕基总理竟然一进屋先与我来握手，然后才是奥运冠军们；还有不停地得奖，比如“全国十大杰出青年”，“年度主持人”等等……

作家刘恒大哥开我玩笑，“小白，如日中天，小心太阳落山啊！”

我答道：“放心，大哥，换个地平线再升起一回呗！”

在 1999 年的全国新闻界演讲比赛中，我获得了特等奖。但我难忘的不是奖杯，而是“做文与做人”这五个字，它可以视为一生的题目。

这年年底，我放弃了刚刚改版的《东方时空》总主持人，关掉了手机，开始一个新栏目《子夜》的研发。这是一个希望在午夜时分播出的评论栏目，播出时间决定着，如果这个栏目开播，它很可能躲到主流之外。

没想到，这个研发过程波折太多，最后让我离开主持台近一年的时间。

那是一段寂寞的日子，当然也是收入很少的日子。为怕母亲和家人担心，早上明知没事，也要早早离开家，去一个几乎没怎么装修的空空荡荡的办公室，和几个研发同伴一聊就是一天；没什么贡献的日子，吃起单位的盒饭都有负罪感。

然而，这的确是一段“放下”的日子，如同《道德经》里的话，“杯满则溢”，杯子满了，就再也装不下什么，怎么办，倒掉它。如同计算器，不管你曾经完成过怎样的大运算，想要重新开始，必须得复零。

接近一年的时间后，《子夜》独立放生的路被堵死，为我“虚度”一年而着急的孙玉胜副总编，将《子夜》改造后并入又一次改版的《东方时空》，以《时空连线》的方式亮相，而由于无法回避的原因，我被迫必须担任制片人，一个不是官的官。

制片人制，是 1993 年始于《东方时空》的改革举措，曾经为推动中国电视前进做出巨大贡献。然而，近十年时间过去，当我担当制片人之后，却发觉这制度在有些方面已经落伍了，尤其对于每日播出的新闻栏目来说。

它让权力过于集中于个人，一股独大，节目好坏都由他来定夺，“独裁”痕迹明显，民主的气息不够。于是，我上任后，干了两件事：先是把我的工资关系全部移交到上一层部门，自己不与组里发生一分钱的财物关联；第二，经过一段时间摸索，建立编委会制，大事小事由编委会民主制订，制片人的权力被大大削减。我的想法就是，当我们还无法改变整个世界的时候，至少可以先改造自己的环境。果真，栏目组的战斗力大为改进，节目水平稳定并平均地提高，最关键的是，人才得以自由成长。像张泉灵、柴静等都是《时空连线》的主持人，王跃军、隋笑梅、王新宇等都是栏目的记者，而更有趣的是，过后几年，从这个三十个人的小组里，走出十余位主任及正副制片人。我想，这便是民主与自由的小小结果。

2003 年，借新闻频道开播之机，小小《时空连线》组，又创造出《新闻会客厅》和《中国周刊》（后改名为《新闻周刊》）两个栏目，都是由我来当制片人。一个人，负责三个新闻栏目，两个日播，一个周播，过去几乎没有。

老问题再一次出现，“杯满则溢”。

扶上马，送一程，该作的决定终要作出。几个月过后，栏目都已经打响，

十几年前一起出发的老朋友，体重都长了，焦虑与压力也都长了。得到的与失去的，自己心里明白，只不过，老友聚在一起，笑容会多一些，如同烦恼又多了一些一样。在我们四人的中间，就是《东方时空》的创办者，我们的领导兼同行——孙玉胜。

到了告别的时刻，2003年8月，我辞去三个栏目制片人的职位，重回一个单纯的主持人角色。

这对我来说，是一个重要的减法。虽然辞职的那一天，告别会开完，不过下午两点多，我开着车离开单位，突然不知道，我这车该往哪儿开，然后，漫无边际地随车逐流，但是我感受到一种难得的自由，这自由并非来自辞掉责任，而是因为卸掉了一种诱惑。于是，我很庆幸，手中的车虽然不知往哪儿开，但我还没有迷路。

至于我为什么作出这个决定，答案的版本有五个。

永远正确版：一个人只能把一件事情做好。相对制片人来说，我做主持人可能更被需要。

搞笑版：以前我妈说，别开车别当官！后来不得不开车，又要听妈妈的话，只好不当官。

内心版：做制片人的同时，做主持人的思路就为此改变。所谓屁股决定脑袋，经常怕空播怕节目被“枪毙”，而让自己作为主持人的提问与评论越来越平庸地安全着。而辞去制片人，我又回到了白岩松这个角色，独立的思考再度归来，这对于主持人来说，十分重要。

狂傲版：不当官，与任何人平起平坐；当了官，永远是人家的下级。

为您服务版：我一离开，挪出很多个位子，兄弟们顺势都可以往上坐一坐，自由了自己，成长了别人，何乐而不为？

……

于是到如今，我一直是一个永远本科文凭、在央视没有一张办公桌的普通群众，但是当群众不意味着没有责任，如同老记者艾丰对我所说："小白，能够改变领导的群众才是好群众。"

是的，我记住了，虽然它很难！

名利场里的悲喜细节

◎ 时常电话响起，半天对方没有声音，在我"喂喂"好多次之后，对我反问："你真的是白岩松？"然后一笑挂掉，留下我在电话这边摇头。

◎ 一次开车，误入一车队，被警察拦到一边。那时我开一辆富康，警察认出了我，开口就一句："哟，怎么开的不是奔驰啊？"然后和我聊了十多分钟，最后让我走时，不忘又追了我一句："下次别不开奔驰……"

◎ 2003年回广播学院，母校成立四十五周年校庆，一进校门不久，便不断面对师弟师妹合影与签名的要求。主持晚会时，我脱口而出：这不是广播学院的传统，我们那时候，不管谁来，迎接他的都是质疑的问题和怀疑的眼光，而不是签名和合影。

◎ 有一天开车，前面一兄弟突然横向开过三个车道，从前面出口上了辅路，导致后面一片急刹车，情形甚是危险。一会儿开到红灯前，我恰好和他并排，便摇下车窗，批评他危险开车。这位老兄拉我下车理论，并对周围围观者高喊："快来看啊，十佳青年当众吵架！"弄得我像无理取闹者一样落荒而逃。

◎ 有一个冬日的凌晨四点，我要值一个早班，早早到电视台西门，意外地发现，一位上访的同胞，拿着写着我名字的上访信在等我。见到我之后，没太多言语，将信塞到我手里便匆匆离去。我不知道他在这里等候了多久，而我手中的那封信却分外沉重。媒体人的能力被夸大了，就如同我时常接到要求转给总书记和总理的信一样。

◎ 在广播学院的一次带搞笑性质的评选中，我意外获得"最不可能被女生诱

虽然不太喜欢照相，但与人合影也是我“工作”的一部分。这张照片是广州申办亚运会成功那天晚上，当地一位热心观众拍的，后来人家把照片寄给我，背后还起了个标题，叫“众星捧月”。不过自己得明白，这时的我，如同动物园里一只叫白岩松的动物，要真拿自己当回事，就真没活明白。

惑的男主持人”第一名，面对这个“荣誉”，我一直不知道这是表扬还是批评，我该高兴还是自卑。不过，我猜想我夫人会很高兴，做一个被人知道名字的主持人，有太多的人在外面管着我，想花天酒地怕也不能。在《新闻 1+1》评论“天上人间”事件之后，有人不屑地评论：说得一套一套的，他怎么可能没去过“天上人间”？老兄，抱歉，我还真没去过。

◎ 儿子上初中了，每当有人说起他爸爸时，他都含糊其词，而当有人问他将来是否像父亲一样当个主持人时，他总是极其不屑地回答：拜托！我才不干那玩意儿呢！在他眼里，做一个动漫工作者才是正当职业。

◎ 我一直认为自己只是一个做新闻的电视人，特殊时代背景，让我们的名气被放大了，实际上，并不该享受到明星或名人的待遇，但可惜，似乎躲不开。被娱记跟拍过几次，仅我个人，也就罢了；可某次在机场，孩子、夫人和我都被偷拍，然后堂而皇之地在杂志上刊出，这就是典型的越界。孩子，怎么可以也成为娱记猎杀的对象？对此，你可以万分愤怒，然而又能怎样呢？只希望，人在做，天在看，大家要有底线。

◎ 我被问得最多的一个问题是：请问，对你影响最大的一个人是谁？对你影响最大的一本书是什么？我的答案总是不变：对我影响最大的一个人是我母亲，没她就没我；对我影响最大的一本书是《新华字典》，没它我就认不了这么多字。

◎ 身在名利场，就要学会面对自己绝对陌生的“履历”。比如在人家的笔下，我和我夫人中间的“媒人”是一个红薯，我的普通话多亏有她的督促才能练顺口等等，似乎我谈恋爱时，一直有记录者在场，居然还能复原我们的对话。看到这些，我和夫人常常大笑：咱们的恋爱要是像人家写的那样就好了！

◎ 在大学讲课，有一位站在最后一排的同学问我：“白老师，我在最后一排，您在第一排，我什么时候能和您一样？”我的回答是：“在我的眼中，现在的你才是在第一排。你有无数条道路可以走到我这儿，但我再也找不到一条可以到达你那儿的路，该难过的是我。”

◎ 一次做《艺术人生》，朱军问我：要干到什么时候？我答：一定要干到观众恋恋不舍，自己去意已决。旁边的杨澜插话：千万别最后反过来，自己恋恋不舍，观众去意已决。

◎ 自己话语权已经太多，于是从未有开博客或微博的打算，但后来有人告诉我：“你在网上开了博客。”我惊讶：我怎么不知道？其实，我永远不会有经纪人，也不需要新闻发言人，那些博客或微博，抱歉，不是我的。

◎ 有主持同行，接到过署我名的手机短信，说手机丢了，记住新号，几番短信交流，似乎一切正常。然而过后不久，突然同行又接到“我”发过去的短信，说有急事，让同行汇钱。这时同行才怀疑有假，开始询问，得知遇到了骗子。当我知道此事，一身冷汗，不知骗子得逞过没有。

◎ 被别人要求合影，不好拒绝，但往往加上一句话：千万自己留着用。这并不是废话，十多年里，时常有人拿着与我的合影，说我是他的弟子，是他的客户，是他的铁哥们儿，是他产品的使用者。再次抱歉，应该大多数都是假的。只是不知道，如果因此有人上当受骗，我是不是该道歉？

◎ 常有人因我在电视台，而和我探讨体制内体制外的问题。其实这可能是一个伪问题。中央电视台内也有不少特立独行的主持人，甚至反而比其他台多，说明体制内也有有趣的东西，也是有机会就会生长。而至于人们所说的体制外，我总想反问一句：在这九百六十万平方公里的土地上，哪儿，是体制外呢？

名与利，包括心理都是坎

在一次主持人的论坛上，我对台下的同行说过这样一段话：“我们这个行当，是一个名利场，从某种角度说，它也是一个绞肉机，如果不是打算以长跑的姿态进入，而仅仅因为诱惑而入，终究，是一个牺牲品。”

名，是第一个挑战。你用嘴来活，也活在别人的嘴里。人群面前，有的人被众星捧月，有的人被视而不见。你是否做得到众星捧月时还知道自己是谁？被视而不见时还知道自己该做什么？

各种奖励也是如此。有人说，如何面对失败决定人们是否可以成功，依我看不一定，如何面对表扬、奖励和成功才是真正的考验。在这个名利场里，随时会得到泡沫化的表扬，其实它更可怕。有的人，经常接受夸张的表扬，但对批评却难以承受，更别说夸张的批评。然而我想知道的是：为什么你可以接受夸张的表扬，却不可以接受夸张的批评？比如我自己，曾经今天被人称为“民族脊梁”、明天就被叫作“汉奸”，对此，我必须适应，因为，这是这个行当的伴生物。

这张照片，是1997年，我与敬一丹、倪萍、汪文华三位大姐同获“金话筒奖”时的合影。当时我还是绝对的“小弟弟”，如今，在很多同行面前，我已是“白老师”。当年获奖后，我曾困惑：下一个目标与动力是什么？现在明白了：忘掉奖项，永远把自己当一个新人。

其实，签名与留影也像是一个坎，常常让自己虚幻了麻木了，以为天经地义。我总是相信，自己签过的一些名，别人也没再看过第二眼，你如真对人有用，不留下名字，别人也会记住你。

利，是另一种考验。

这个社会，对所谓的名人，是有消费欲望的。而名人们，也就在被消费中，获取自己的利益。如果你愿意，似乎每天都可以有宴席参加。只是不知道，时间长了，还会不会有品尝味道的能力。

有了名，有时就开始有了身价，谁都喜欢钱，但适可而止守住底线取财有道就难。让人奇怪的是，我常常见到有的人永远在付出时间挣钱，却连花钱的时间都没有，那么，挣钱为什么？还有，如果你自信于一生都有挣钱的能力，为什么那么急于一时？人，是自己欲望的主人还是奴隶？

有一次，等待录制节目时，濮存昕大哥与我私下里聊天，恰恰聊到了这个话题。他的准则总结成几句话让我深有感触：该挣的钱坚决要挣，不该挣的钱坚决不挣；该花的钱一定要花，不该花的钱一定不花。

我以为，有道理，但什么该什么不该，就看每个人内心的标准，它注定因人而异。更何况，人在江湖，身不由己，不是所有的事情都可以轻易说不，谁也无法百分之百地清洁。我也同样如此。走的时间长了，就常常发现生活中有些人在计算得到的时候，往往忘记因这得到而会失去什么。如果每次去得到时都计算一下，看值不值，就不会那么拼命去得。但在“得”的诱惑面前，又有多少人在乎因此而来的“失”呢？

心理，也是一种考验。

人们都看到所谓名人人前的光辉，却很少看到人后的伤口，总是要到又有哪个名人自杀了、吸毒了，才短暂地拿起纸笔，探讨一下名利场中人的心理压力问题。

有的时候，我会很有兴趣地与叫白岩松的那个人保持一定的距离，看他的被异化，观察与思考在他身上的有趣之处，看他与社会和公众之间的关系。或许我有自己幸运的地方，刚一走进电视圈，接触的就是“东方之子”，那是一群有名有利有权有信仰有地位的人。在太多的人眼里，包括在当时的我眼里，如果达到他们的程度，还不得幸福死？然而，当我真的走近他们之后，才慢慢明白：每个人，都有着自己的人生，那些外在的东西，与幸福并不真正挂钩。时间长了，也就释然。这个时候，我妈说过的一句话就起作用了。她说：人的一生，不管贫富贵贱，最后加减乘除，一算分，都一样。

2010年夏天，中学毕业二十五年聚会，酒席上，轮到我发言，我和同学掏心窝子说了这么几句：所谓混得好的，一定有不为人知的痛苦与要付出的代价；所谓混得不好的，也有属于自己的幸福和平静。就看你怎么看待它，怎么善待拥有的好。

所以，谁都得知道自己是谁，而同样的，所谓名人，首先或本质上只是个更多人知道他名字的人，有好有坏、被更多诱惑也被更多约束的人，走得远不远，看自己的造化了。

做一个怎样的既得利益者

2010年春天，我与《新闻1+1》栏目一起获得《新周刊》电视榜的三项大奖，因为得奖不少，我就拥有了两次上台发表获奖感言的机会。有意思的是：第一段获奖感言，由于具有某种娱乐元素，第二天被媒体广泛转载；而第二段获奖感言，也许是因为太过严肃并尖锐，第二天，找不到只言片语的报道。于是，只好记录于此。

“在我看来，电视的下一步发展，取决于现在的既得利益者们，而不是年轻人和即将告别电视的人们。”

“现在的既得利益者，是过去的改革推动者，他们因此拥有了名气、权力和金钱，但接下来他们怎么做，至关重要。”这个“他们”中，自然也包括我。

“如果他们愿意让一些利，会有助于年轻人快速成长；如果他们能对自己的利益少一些在乎，就会说更多的真话办更多的实事，推动电视的又一轮改革；可如果他们是屁股决定脑袋，只在乎自己的利益，那电视就危险了！”

其实，不仅仅是电视如此。

我自己也是既得利益者中的一员，从当初那个四处租房子住敢于争吵有冲

这是十年前在体育场留下的一张照片，“人民”二字看来意味深长，其实它是“增强人民体质”中的两个字。总听到有人说：做记者的，要替人民鼓与呼。我并不喜欢这句话。你凭什么“替”啊？大家都是“民”中的一个，“人”中的一员，说实话就好了。

劲的小伙子，变成现在时常被叫作“白老师”、略有发福的中年男子，毫无疑问，我们为上一轮电视改革做出了推动并成为那次改革的受益者。

然后呢？也就是现在。

这的确是一个并不轻松的拷问。其实，回头看历史，总是这样的轨迹。革命者，充满热情与干劲，带着建设新世界的理想，革了落后者与落后时代的命，然后坐享其成，时间一长，再被新的革命者革命。

周而复始，历史在重复中前行。

我们呢？有时，既得利益者还有另外的毛病，成功过，意味着也许优秀过，于是，自以为是。殊不知，时代已发生了快速的变化，世界已不是原来那个世界，可这个时候的既得利益者，依然认为自己掌握着真理，慢慢地，成为正确理念前行的阻拦者，而自己还并不觉察，让旁观者感慨并为之发出一声叹息！

记得2008年，要创办《新闻1+1》时，有人劝过我：这是不讨好并得罪人的节目，算了吧。虽然，评论节目上马，是新闻改革与电视台的需求，但各种因素决定，如有问题，账会记到我头上。

开播一段时间后，某些事实也证明了人们的担心有一定的道理。的确，做主持人时，上上下下，支持与表扬者多，我面对不了太多风险；但成为评论员之后，隔三差五因评论而让一些人一些部门不高兴，说完全没有压力，那是不可能的，甚至曾经非常信任我的领导，也开始对我不满。我有委屈却不想解释，让时间与良心去回答吧！

其实没有选择。这条路，不是我个人的选择，电视改革走到了这一步，也许会多了很多风险，开玩笑说：成先锋或成先烈仅一线之隔。但又怎能不走，不前行呢？更何况，这条路，出发时，并不只有我，还有太多的人，太多的梦想。

当我在众多人的帮助下走到今天，肯定不是让我个人来独占利益。在我们的身上，依然有众人的期待与寄托！更何况，在这个复杂的变革时代，我们有我们的价值与推动能力。如果我们贪图自己的安全与安逸而停下脚步，年轻人又能走多远？他们的未来又在哪里？所以，既得利益者不能让自己的利益遮蔽了向前的冲动，哪怕因此可能会付出代价。

2008 年年底，12 月 23 日，《东方时空》重要创建人之一陈虻不幸去世，终年 48 岁。

午夜的北京街头，我驱车前往医院，一路上的表情注定怪异，不是哭不是笑，只觉得荒唐，似乎要送别的不是一个人，还有一个时代。仅有送别还不是大问题，而是为什么会送别得这样早？真的说了再见就不再见了吗？

陈虻，用《生活空间》讲述了老百姓自己的故事，成为我们骄傲的记忆。

后来，由于他的优秀，他被提拔了。一个中国惯有的逻辑。我们总能发现，谁优秀了，似乎只能用提拔他当官来奖励他，但我们也恰恰用这种方式毁了很多人。这可不是电视圈里的问题，是整个社会的。

有的人适合当官，有的人不适合。陈虻属于后者，于是，你发现，他时常处于矛盾之中。一方面是新的位置，一方面是过去的理想。按理说，应该不纠缠，可现实中，不纠缠不矛盾太难。于是，这个文人气十足的带兵打仗者，就不得不时常坐在办公室里让思想乱飞。估计像他这样的思想者，总会在脑海中，拥有很多美妙的栏目构想和节目设计，以及让人叫绝的细节。

然而，这一切都可能像一个又一个有创意的礼花，发射了，灿烂了，又慢慢地熄灭。

从头到尾，他是这礼花唯一的观众。

这一次，他走了，开始深深地触动了我们。一群或主动或被动已经开始有些麻木的人们。

我当初的制片人、陈虻当初的战友，时间，几乎是在悲伤中跌跌撞撞地冲

2000年底，我入选中国十大杰出青年，但正如我颁奖时所说：我是在替我的同行们领这个奖。时任国家副主席的胡锦涛在接见我们时对我说了一句话："每个行业都需要品牌，你们这个行业也要打造品牌。"我想，这可不是要打造一个让自己获益的品牌，而是因品牌，让新闻更有公信力和影响力。

进了陈虻的灵堂，然后留下这样几句话：

虻虻，我从未有过的孤独，你曾是我最好的朋友！战友没了，战壕没了，冲锋也没了……只有怀念，只剩下过去的日子……

经历过旧日子的人们，看到这段话，都百感交集，不仅感慨时代的无情，也会反思自己的减速。

那一段送别陈虻的日子，集体悲凉，不仅是因为一个人走了，还有清醒地看到，或被动或主动地，理想也似乎走了很多。

在纪念陈虻的文章里，我最后写下这样的几句话。

"如果理想，只是一瞬的绽放，之后，只在凭吊中使用，那么，理想有什么意义？

"如果激情，只是青春时的一种荷尔蒙，只在多年后痛哭时才知自己有过，那么，激情又有什么意义？

"如果哀痛中，我们不再出发，陈虻的离去，又有什么意义？"

或许所有的既得利益者，都该再次重复陈虻曾经说过的这句话：“走得太远，别忘了当初我们为什么出发！”

只要继续走，就有可能！我依然愿意乐观地看着前路。

权、钱、名，我们喜欢什么？

十五年前，上海，我采访中国银行上海分行行长刘金宝。

当时，正是他意气风发的时刻，每到一年中的最后一天——12 月 31 日，他总会在午夜时分，驱车穿越灯火辉煌的上海，感受着自己的人生与这个璀璨都市的关联。

他拥有权力，这位少壮派金融家已经上演了很多为业界惊叹的带点儿传奇色彩的故事，诸如“十大杰出青年”这样的头衔早已不在话下。

于是，在采访中，我问了他这样一个问题：“对于一个男人来说，权、钱、名、宗教都是有力量的东西，你更喜欢哪一个？”

刘金宝几乎没有思考，爽快地回答：“我喜欢权力。权、钱、名，这些东西都是中性的，不好也不坏，看在谁手里。你不觉得，让它在有理想的人手里更好吗？”

这是那一天采访中，我记住的最有价值的回答，并给了我巨大的启示。

最后一次见到他，是在 2002 年开“十六大”时的住地，他略有些骄傲地对我说：“作为中国银行香港分行的行长，我的名字印在了港币上，这可不容易……”

之后没多久，他东窗事发，一夜之间，权力财富都瞬间消失，名声还在，方向已是不同。最后，他被判无期徒刑。

审判是法律的事情，说到刘金宝，留给我的，还是那个午夜时分驱车前行的理想主义者印象，以及他对权力和名声的看法。

他的回答没有错，只不过，他用自己的人生，告诉了我们：对一个巨大的挑战性问题，回答正确与行动正确并不是一回事。

名声、权力、财富，它们究竟意味着什么？该掌握在谁手中？

让敏感的不再敏感

◎有些人不喜欢中国，更多的人开始喜欢中国人民，但绝对所有的人都喜欢中国人民币。

◎过去认为很敏感、避之不及的事情，一旦用自信作支撑，脱了敏，它也就再无力量。

◎我发现，几乎每一代人都有一次与青春荷尔蒙有关的爱国主义激情爆发，像成人礼，也像与这个国家建立休戚与共关系的仪式。

八年后·回头看

十几年前的“敏感”，现在可能没那么敏感了，但是新的“敏感”又会出现。这种敏感、脱敏、再敏感、再脱敏的过程，就是时代的进步。

三十余年改革，让中国经济以平均每年接近百分之十的速度快速前行，虽然很多数据用除法，人均与世界很多国家相比依然落后，但经济总量一路攀升。2010年超过日本成为仅次于美国的世界第二大经济体。面对这样一个态势，除去高兴和冷静，我们还应当准备什么?

恐怕得迎接越来越多的表扬与批评的声音，而且会是很多夸张的表扬与夸张的批评，甚至是完全没有道理的表扬与批评。

我在节目中，多次引用过这样一段话——

经过多年的努力与拼争，1949年10月1日，中国终于结束了挨打的时代；

经过三十余年的改革，中国人结束了挨饿的时代；

面对未来，或许，我们会迎来一个持续时间不会很短的挨骂时代。

这种判断从何而来?

是我们自身存在很多问题吗?

不可否认，我们当然会有很多问题，环境、人权、民主……很多问题我们自己早已意识到，并在陆续改变之中，即使别人不说，我们也会努力，甚至有时与别人说不说没太大关系，因为这些事情的进步与改进，与我们自己的幸福有关。

因此来自外界的很多指责之声，表面上与这些事情有关，其实又无关。

原因或许很复杂，但归根结底，来自于：你强大了，你与别人有了越来越紧密的关系，让人无法回避而又必须面对你，这个时候，你的优点与缺点都在别人眼里放大，别人内心的疑惑或担心甚至是战略目的，都会以日常夸张的表扬与批评显现出来。

中国威胁论与中国崩溃论同时存在，就是一个有趣的印证。

很多中国人和外国人聊天时会说：“东方睡狮醒了，但肯定不咬人，俺们和平发展！”以此打消对方的某些疑惑。可往往发现，对方的疑惑还在，他会说：“你是说狮子不咬人，可问题是，我知道，狮子天然有咬人的能力啊！”

显然，他还坚持着某种“中国威胁论”，想一想也可以理解。毕竟在世界历史上，新兴崛起的国家，没咬人一口的不多。

然而一转身，你又很容易听到另一个外国人在某个对话或论坛中，正在强调：以中国的体制、人口、贫富差距及众多社会问题，中国必崩溃！

你又得告诉他，因为一二三四，所以不会；可他，还会傲慢地摇摇头，坚持说“会”。

当然，按这些人一次又一次的“中国崩溃论”来看，中国早已崩溃好几回了。

于是，我们就这样，一会儿被“表扬”得让你摇头，一会儿被“批评”得让你摇头，一会儿冷，一会儿热，中国，正复杂地呈现在世界面前。

想想也正常。大家习惯的还是一个问题丛生、弱不禁风或闭关锁国内乱不断的中国，而一个强大起来，拥有泥沙俱下的活力，年轻人一般的中国，出现在世界面前，也就是近几十年甚至是十几年的事情。

于是，中国在世界的面前，被妖魔化与被夸大美化都显得正常。

一种很复杂的感情与感受，也就在注视中国的目光背后，注定长久停留。

我们可能还得适应，有些人不喜欢中国，更多的人开始喜欢中国人民，但绝对所有的人都喜欢中国人民币。

情感是一回事，利益是另一回事，这一点，国外的朋友玩儿得比我们好。经济利益面前，夸你甚至夸张地高估你都正常；政治利益或偏见面前，骂你甚至没道理地骂你也正常。

我们都要心平气和地去面对这注定来到的复杂局面，别被夸得找不到北，也别被批评得乱了方寸。如何面对世界，其实正是当下中国的一个全新课题。甚至从某种层面说，如何调节好自己的心态去面对世界，正是中国走向大国的一个考验。或者说，它就是大国之所以成为大国的一部分。

十年来，我经历了下面一些事情，它或许与此有关，或许无关，却都是我们共同成长当中不可回避的一部分。

悉尼奥运的赛场之外，很多“法轮功”在闹事，该怎么办？

2000年的悉尼奥运会，我全程参与直播，开幕前几日，就已到达悉尼，并开始拍摄很多专题，没想到，“法轮功”的黄颜色，成了工作中一个不大不小的烦恼。

那个时候，距离国内整顿“法轮功”没两年，人家在外头折腾的热乎劲儿还在。奥运会全球瞩目，再加上澳大利亚尤其是悉尼，华人众多，“法轮功”分子更似乎找到了舞台，于是表演开始了！

在很多街道上，穿着黄颜色服装的“法轮功”人士聚集在一起，打着各种横幅与标语，为中国的形象“添堵”。

当时我们电视拍摄对此是相当敏感的，不仅电视直播中，会用延时来解决类似问题，拍摄时，更要注意，一旦不小心背景中出现类似画面，都要马上重拍。

我们已经很小心，可还是撞到了一次。

那一天拍专题，我在悉尼的唐人街进行采访，之后要在此拍一段串场，很简单。拍完，编导却似乎感觉到什么，让我们回头看。很远处，有“法轮功”的旗帜，于是赶紧打开摄像机重放，仔细辨认，果真在背景中发现“法轮功”的画面。没办法，删掉重拍，此后，该编导好长一段时间都有一种劫后余生的庆幸感。

可能正是因为知道我们的敏感与千方百计的躲避，“法轮功”们越发想出风头进画面制造影响，仿佛这样，他们就胜了一局似的。

在闭幕式之前，由于中国体育代表团在那次奥运上成绩卓著，为感谢当地华人与各方的支持，在一个美丽的海滩举行了一场盛大的庆功联欢。这本是一个华人的骄傲时刻，却被“法轮功”分子当成了自己的一个机会，他们聚集到此，开始闹事破坏气氛，这样一种不堪的举动，招致当地华人与留学生们的愤慨，自发地与他们论争。想想看，在那个喜庆的时刻，同为华人，却要分成两个阵营，一些人不为中国的成绩骄傲，反而要故意破坏与抹黑，其他人的气愤心情可想而知。

当地的华人告诉我们，其实，这其中，真练“法轮功”的不多，然而为了造声势，经济因素就开始起作用，扮演一天“法轮功”爱好者有不少经济上的回报，于是，很多人就像上下班一样，来扮演这个角色。这种情况不仅在悉尼，之前或之后在欧洲、日本、美国都是同样如此，我们也不止一次遇到过。

知道这个因素之后，我们猜想，悉尼奥运会时他们的折腾，估计花了不少费用。当然也让一些不太好找工作的人挣到了不少钱。

在开闭幕式或精彩赛事之前，那些没有票的游客或体育爱好者都会早早地来到悉尼歌剧院与悉尼大铁桥周围，占一个好位置，因为这里有很多块大屏幕、有美丽的风景，再加上有来自世界各地的同好，因此，这里是没票游客看奥运的首选之地。

“法轮功”们知道这一点，于是在闭幕式前很早的时候，就组织了许多人来这里，把好位置都占了，这样一来，后来的各国体育爱好者就很愤怒，于是形成对峙。

其实“法轮功”人士就想通过这样的行为，激怒各国游客，然后骂中国，以此来破坏中国形象。可我想，绝大多数各国游客，恐怕还是会谴责“法轮功”本身的行为，因为人家不一定关心别的什么，但这种不礼貌甚至恶劣的行为，却实实在在地影响了人家的快乐生活。

看到这种局面，我一度甚至很愤怒地想：应该把这种行为直播出去，让全世界看看，这就是有些人甚至还出钱支持的所谓“教派”从事的行为？

当然，这念头一闪而过，可时隔多年之后，再一想，不无道理。

2005年，我去拍摄《岩松看台湾》，在台东的花莲，当晚要直播台湾少数民族的“丰年祭”，这是当地一年一度的重要文化活动。可在直播前，却发现，“法轮功”们拿着横幅来了，于是，我们的那一场直播取消，改拍专题。

其实，你会发现，他们就是来找摄像机的，他们的行为很不堪，当地人及游客也烦，然而，他们知道你敏感，躲着他，于是，他就想办法找你的摄像机，想进画面。这期间，他们也干过干扰卫星、弄居民电视、打电话进民宅等让人气愤的事情，让你不堪其扰。

当然，这其中，也有轻松的故事。在中国驻日本大使馆对面，有一些“法轮功”人士定点来上班，作息时间还颇严格。使馆内一位外交官告诉我：中午午休，经常是一听“法轮功”的声音，就知道到点儿了，于是，起床上班。也就是说，那几位上班的“法轮功”人士成了非常准时的闹钟。听过之后，我乐了，这可是不错的一种心态。

其实，我在想：慢慢地，大家不那么敏感了，看到它，不过轻蔑地一笑，该干吗干吗，他们会不会如同泄了气的皮球，渐渐地蹦不了多高，也再没了气力呢？毕竟要想做进一步出格的事，在哪儿都会有法律管着他们。

我称之为“脱敏”。

而需要脱敏的，绝不仅仅是面对“法轮功”的黄颜色。

看到示威的人群，我们笑起来了，看样中国还真是大国了……

以前，在报纸、电视上看到示威的人群，总觉得，这是美国、英国、法国等国家的专利，他们国家的领导人一出访，目的地国家从机场到住地，准有示威者如影相随，或许因为人权，或许因为环境，要不就是失业者，总之，都有理由，总能制造出相当效果。

当时，我们会有很多人觉得，这东道主怎么当的，人家国家元首来访，是客人，结果你这儿还管不住，那么多人上街骂人，你这主人当得多没面子。

开放的时间长了，我们也慢慢明白了其中的道道儿，事情没那么简单。东道主有时也得给示威者一个面子，而示威者也是一种表演一种表达。

道理是这个道理，却还没太往咱自己这儿想。不过，随着中国实力的增长，你与人家关系日益密切，在中国面前表达一下、示威一下的事情也开始增多。

刚开始别说“遇到”，连听说都很紧张和尴尬。在印象中，最早有相关内容的报道，是在九十年代，江主席出访美国时，大学演讲，现场外有人闹出了动静，但里面的演讲继续进行，这一个小插曲，让记者们意识到，以前文字中见识的场面，开始更多地与咱有关系了。

2008年，有一次，我去报道国家领导人出访，其中有一个环节，是在该国首都的著名大学演讲。

演讲是这一天的下午，我中午就早早地到了学校，然而一到了那儿就发现，比我到得还早的，是一大群准备好的示威者，仔细一看一了解，示威者是由几拨人构成的。有“藏独”，有“法轮功”，有其他目的的，剩下的很多人是看热闹性质的，阵势不小。不过，警察已经在礼堂与示威者之间留出了一个隔离带，中间大约有五六十米的距离。我到的时候，由于离领导人演讲还早，示威者喊口号的频率还很低，围观的人也不多。

有趣的是，不久你会发现，反对示威者的人群正在旁边逐渐壮大，一面又一面五星红旗开始出现，虽然过程中偶有冲突，但总的看，还算和平相处，各自不同的口号与标语旗帜，表达着各自诉求。骂，是一种自由；爱，也是一种自由。

在离演讲开始还有半个多小时的时候，人群中的声浪开始加大，而聆听演讲的人们也注定只能在预留的通道中通过，都能看到周围人群的动作与声音，大家好像也习以为常，甚至很多人是和陪同的人边聊天边步入礼堂，根本没关注周围的人群。现场聆听演讲的人既包括这所大学的师生，也包括我方与该国的外交人士、知名人士。

离演讲越近，外面两拨人的争锋越发热烈，有趣的是，这个时候，打着五星红旗的阵营越发壮大，气势与声浪上都压住了另一拨。没办法，这一边，心很齐，而那一边，毕竟是几拨人凑的，估计统一语言都难。

对于我来说，已不会像几年前那样，遇到此事会紧张和尴尬，反而看到了另外的一些内容。不看到抹黑者，就不会看到更多的捍卫者；不看到各种各样的杂色旗，也看不到那么多面五星红旗激情地飘扬。而同样，不直面这样的场景，也不会强烈地意识到：不过如此！过去认为很敏感，避之不及的事情，一旦用自信作支撑，脱了敏，它也就再无力量。我在想，恐怕不仅我个人，对于媒体对于一个国家与民族，应该都是如此。这就是成长，这就是成熟。好孩子也许是夸出来的，而真正的成年人，却是能面对表扬不心浮气躁，面对批评也心平气和，甚至能一笑面对杂音。

一点小遗憾，是由于这个场面不够好看，又或许我们的成长和成熟还有空间。室外的直播报道没法做了，但一会儿，领导人也从容地从通道中走进礼堂，自信并一点儿不为所动地演讲完毕。非常成功，宾主尽欢。

而场外的两拨人群，也在警察划出的线外表达着自己的声音。当演讲成功结束，前一阶段还弄出动静的所谓示威者早已化整为零，慢慢散去。或许，他们自己也开始觉得无趣吧。又或许，对很多人来说，是工作结束，下班了！

过程中，我和同事开起了玩笑，“还真是大国的样子，走到哪儿，也有示威的了。估计将来走到哪儿如果没有示威者，还挺不适应的，怎么，瞧不起中国？”

其实想想真是，如果你没什么实力，与人家没什么关系，估计表扬没有，批评与示威也同时没有。有时，成人礼之后，要面对的就是各种各样的声音和场面，要适应，还要面对，这阵势，恐怕只会是越来越多，伴随着大国崛起的各个阶段。

几个月之后，温家宝总理出访英国，在大学演讲时被现场一位年轻人扔了鞋子，没想到，温总理坦然面对，事后还替扔鞋者求情，认为不必重罚。更值得一说的是，这件事，中国媒体都给予报道，还上了《新闻联播》。之后的评论众多，不过，都是对这种自信、开放、放松的一种肯定。期间，有媒体问到我，我的看法很简单：这就是脱敏的一个过程，你越是轻松幽默地面对它，它也就不再有多大的力量，应对得好，还能让自己的形象更多地加分。

还是2008年那次采访，在大学演讲之后，领导人去另外一座城市，在一个文化景点外面，也有一些示威者，被该国警察用公共汽车给隔在了外围。采访开始前，我去上厕所，正在那儿解手，见一中年人举着一面什么旗，站在我身边展示，我没有停止解手，反而侧着脸对他轻视地一笑，仰头示意他举高点儿，让我看看……

对方一见我不仅没当回事儿，反而逗他，立即没了劲头，收了旗，红着脸跑了，我在他身后哈哈大笑。原来很多东西都是纸老虎，之所以有的时候好像很可怕，是因为你对他在意，“抬举”他，于是他变本加厉，而如果你放松地面对他，不知，他会不会很沮丧甚至很受伤？

抵制家乐福还真是一堂与民主有关的好课……

2008 年 1 月，包括吴建民与我在内的几位，应国务院新闻办之邀，在北京举行了一个持续一天的座谈，原因是大家都是国新办全国新闻发言人培训班的任教老师，国新办想听听我们对政府新闻发言人队伍成长发展以及当前相关局势的看法。

让我印象深刻的，是在这一天的座谈上，我们一致地认定：由于 2008 年有北京奥运会，因此之前必有不平静的大事或麻烦，指望风调雨顺平静度过是不可能的。

这种判断不仅来自直觉，更重要的是对中国与世界的一种特殊关系的判断。仅以奥运为例，我在座谈会上说，夏季奥运二十九届，绝大多数欧美轮流办，欧美之外只有四届，亚洲三届，社会主义国家两届，中国仅此一届。因此，恐怕在一些人眼里，我们是非主流，是突然的进入者，是红色的异类；因此，在这样的潜在暗流驱动下，各种希望北京奥运不那么顺畅的人们，就会会聚在一起，制造动静，制造麻烦；因此，要做好迎接大事大麻烦的准备。

遗憾的是，还真被我们言中。

3 月 14 日，西藏拉萨发生严重暴力事件，时隔几天之后，媒体开始报道。这时，距离北京奥运火炬采集仅有几天时间，显然，事情的发生绝非偶然，一场以北京奥运为目标的麻烦事儿拉开了序幕。

事件发生时，在国新办的主办下，八位中国媒体代表与阵容相当的八位日本媒体代表进行针对中日关系的媒体对话。本来话语间就针锋相对，拉萨事件瞬间成为焦点。日本媒体代表都希望以后类似事件能最快速透明地公开，其实这一点上我们的想法一样。但当时，拉萨事件发生一个星期之后，境外记者团才前往拉萨报道，显然错过了最佳时机。这期间，谣言、谎言、别有用心的语言就有了市场。不过，也正是这次事件带来的反思，促使一年后发生乌鲁木齐“7·5”事件时，快速透明的报道得到人们的高度肯定。

拉萨事件还仅仅是一个开始，几天之后，在希腊奥林匹克诞生地，北京奥运火种采集，虽然现场火种采集顺利，但北京市委书记刘淇讲话时，还是受到“藏独”分子的干扰，这个小小的细节已经开始让人感觉不安。

又是几天之后，在北京天安门广场，举行盛大的全球火炬传递出发仪式，仪式由我和杨澜主持，当我们看着胡锦涛主席亲手将出发的火炬交到刘翔手中时，我们还想不到，走出国境后，这火炬要经历怎样的风雨，这风雨又将在国内激起怎样的波澜。

这次北京奥运的全球火炬传递，是一次创举，经历国家之多，路线之长，均创纪录；也正因此，很多想给北京奥运添麻烦的人，就把火炬境外传递当成了突破口。

开始还顺利，到了英国伦敦就已经麻烦很大，冲击火炬的人增多，警察与他们的冲突已经显现出来。虽然情况有些混乱，可由于英国首相及皇室成员都出面，对火炬传递给予了支持，因此，中国国内民众并未对英国段的传递有太多指责。不过这个时候，国内民众对火炬传递的关注已经开始升级，不安、自尊、爱国、愤怒与期待，诸种情绪混杂在一起，就在这时，火炬到达巴黎，不幸的是，这几乎是接近失控的一站，于是，中国人的愤怒情绪爆发了。

火炬传递在巴黎失控，中国火炬手金晶在轮椅上火炬被抢，还有巴黎市政府批评中国政府的言论，都刺伤了中国人的心。另外还有一点，在欧洲，法国是新中国成立之后，最早与新中国建交的西方发达国家，这些年由于互设“中法年”，双方关系亲密，然而火炬传递，却让中国人很受伤，怎么走得最近的伤我最深？

几天后，事情向另一个方向转变，手机短信上不断显示：家乐福的大老板支持“藏独”，赞助“藏独”，我们要抵制家乐福。

信息不断转发，网络上更是如此，抵制家乐福由口号变成行动，由北京波及全国。

那几天，刚刚开播的《新闻 1+1》天天在评论火炬传递，我们对“藏独”及境外某些势力指望借拉萨事件搞乱北京奥运的行为展开了辛辣而有力的评论，但同时，对突然而至的“抵制家乐福”，我个人又有另外的看法。在搜狐网的体育评论中，我写了一篇很短的评论，文章的主题并不是该不该抵制家乐福，而是在其中顺手写了几句与此相关的看法，在此，登出该文章，为维持原貌，一字未改。

最近好多人收到了这样的短信——鉴于法国巴黎在奥运圣火传递中表现不佳，加之家乐福赞助“达赖集团”，因此号召大家5月1日抵制家乐福，坚决不去购物，让他们看看中国人的强大和团结。

5月1日我肯定不去家乐福，然而却不是因为抵制，而是要去三亚为圣火到来做准备。去不去家乐福是个人的事，即使许多人因为抵制而没去家乐福，相信那一天，家乐福也会人不少。因为对于个人来说，日子也不应有政治的干扰；更何况，拿别人的错误来惩罚自己，这等于太给别人面子。而且，家乐福里的职工大多是中国人，这不是另一种内讧吗？再加上，我们这么做，不是和我们很讨厌的那些人，采用了相同的方法吗？

在奥运火炬的传递中，的确有很多西方人，干得不漂亮干得很糟糕。当我看到火炬所到各地，华人华侨自发护卫火炬的情景时，我深深地被他们所感动。然而我又替他们有些不平，有些国家有些城市有些人，原本可以多做一些事情并可以做得更好，让奥运火炬的传递更安全更顺畅更不被干扰，但现实是，他们没有做到。当然可以拿出很多理由，但一个城市的市长挂出横幅来迎合火炬阻挠者的时候，你怎么可以相信：他尽力了呢？

但是奥运火炬并不是北京的，它属于世界也属于全人类，有人捣乱，它捣的也是全世界的乱，我们完全可以更平静更从容一些。当看到身边有些人很委屈很“生气”的时候，我总是劝他们说：你一生气，人家就真的达到目的；而如果你不生气，并继续执着地做好自己该干的事，继续在奥运火炬传递中点燃激情传递梦想，那么捣乱者就会被人们以小丑的形象来留在记忆深处。用我们的平静与大气，给他们一个这样进入历史的机会吧！

不管有什么风雨和不平静，都能继续微笑地享受火炬传递，享受奥运盛会的光荣与梦想，你就一直是强者。为什么不这样做呢？

然而，几个小时之后，有人告诉我，有问题了，你评论后面跟帖的评论成千上万，骂你的多，快把这文章撤了吧！

我上网看了看，乐了，大多数骂我的逻辑是你反对抵制家乐福，就是支持法国，就是不爱国，就是汉奸！诸如此类。几乎很少有说理的，不过还是有同意我看法的人，在那儿势单力薄地分析道理，然而，在铺天盖地的骂声中，理性极其微弱。

我太理解这样骂声背后的爱国主义，因为几乎看到自己当年的影子。我发现，几乎每一代人都有一次与青春荷尔蒙有关的爱国主义激情爆发，像成人礼，也像与这个国家建立休戚与共关系的仪式。

五十年代出生的人们用一场“文化大革命”释放了青春的激情，虽然你事后可以感慨：它差一点儿毁了这国家也差一点儿毁了那一代人，但不能怀疑的是，当他们青春之火最初燃烧的时候，是为了领袖的号召和把这个国家变得如想象中的那么好，于是，他们追随革命口号一路绝尘而去。

六十年代出生的人们用1989年春夏之交的风波，把自己投入到冷静的思考中，从此，不再年轻。

七十年代出生的人们在1999年经历了美国“误炸”中国驻南联盟大使馆事件，网络与现实中的砖头，表达着他们的青春激情与这个国家的感情。

而对于生于八十年代的人们来说，北京奥运火炬传递过程中的不顺利，悲情与委屈，激发出他们的青春与这个国家的关联。因此，我理解这种激情，甚至我曾经有过之而无不及。

不过，我依然不同意这骂声中的简单逻辑。我突然感觉到：这真的是一堂与民主有关的好课。我不仅不会撤掉这篇原来无意写家乐福事件的文章，反而要认真思考，怎样与激情中的青年朋友交流。他们，是未来中国民主进程中的基石，哪怕有百分之一骂我的人能听进去，哪怕有百分之十的人听不进去却可以悄悄地开始自己的思考，那都是一次好的交流。至于被骂，不重要，做了主持人，我就是“骂大”毕业的，更何况，中国的民主进程，注定会有很多人在被唾液淹没的过程中慢慢进步，那么唾液中的人，加我一个。

几天中，有很多媒体要采访我，最后，我在《南方周末》上发了一篇文章，算作是思考的一个结果。

民主的一个核心，是我不同意你说话的内容也要维护你说话的权利，抵制家乐福是一种个人的选择，无可厚非，但打击别人不抵制家乐福的选择，这事就不对。因为民主社会，每个人都该有自己选择的自由，而在几天之内，出现家乐福门口停大车不让人进，甚至辱骂到家乐福购物的人，这就更加离谱。

抵制需要理由，抵制家乐福的理由是它的大股东资助藏独，但几天中事实早已澄清，没有此事，属于空穴来风。师出已无名，然而法不责众，大家找个理由一哄而起，完成之后一哄而散，理由反而不那么重要。激情是否可以建立在非事实的基础上？只要心中的爱国激情是对的，起跑线错了也没问题吗？那我们随时可以编造一个理由，然后开始所谓“正义行动”？

青春的激情来得快，去得却并不快。在这次火炬传递中，虽有抵制家乐福这样的事件发生，但“80后”群体开始走进了公众的内心，没有人怀疑，他们与这个国家之间的感情。时间过去了很久，陆续有很多年轻人与我交流那一段日子的感受，心平气和之后，其实大家的想法归于一致，“家乐福”是堂课，应当有助于我们进步。每一次激情都不应当成为上一次激情的简单复制，只有这样，激情才具有最大的价值。

没人会知道，类似火炬传递中的大麻烦会怎样持续下去，然而，“5·12”汶川大地震，改变了这一切，震醒了全世界的良知，人性中伟大的一面被激活出来，全世界与中国开始一起面对灾难，而“80后”更是成为抗震救灾的主力军。2008，似乎就是年轻人的成人之年，从此，中国对于这一代人更加放心。

2009年乌鲁木齐“7·5”事件直播，空前但正常

乌鲁木齐“7·5”事件来得突然，之前，似乎毫无征兆。

我是在7月6日一早知道这条消息的，当时就在想：这次，是否可以更快速地直播？

一天都在为这个新闻做准备，越是了解了更多的详情，内心越是难受，作为一个媒体人，把它报道出去的冲动就更强烈。而一个积极的信号是，当天的滚动新闻，已经直面报道了这个消息。

经历了2008年的风风雨雨，加上奥运期间境外媒体云集，中国，经历了显微镜般的细致观察，中国的心脏显然比过去强大得多，面对突发性事件，不仅不是不报，而且要快报早报，境内境外都报，这是一种重要并积极的转变。

2008年的瓮安事件，按过去的敏感紧张，很可能压住不报，因为它是群体性事件，又涉及警民关系、暴力冲突，实际上，仅仅沉默了一小会儿，就拉开了透明报道的大门，反而就此成为良性互动的开始。这样的案例效果，增强了人们的信心，并意识到，一些负面的事件，如果及时透明传递真相，反而会带来正面反馈，这无疑更为决策者与媒体增加了透明的勇气和力度。

于是，7月6日一天，我们都在为晚上的直播做准备，虽也有一些预想中的反复，但在开播前不到三十分钟，我们在直播室外的办公室开了一个碰头会，决策者孙玉胜副台长表情并不轻松地说：“我既没有接到直播的指令，也没有接到不让直播的指令，仔细考虑一番，我们直播试一试。”

九点半，直播开始，虽然当天的消息对乌鲁木齐“7·5”事件有多条报道，然而长时间的直播，在以往类似事件的处理中，毫无疑问是第一次。更何况，

前方记者还并不多，很多细节还未详细掌握，事态依然在发展中。再加上，这也是中央电视台自己的评论员对这个类型事件第一次发表长时间的评论和分析，挑战是巨大的，作出这个决策也是有风险的。

然而在人们关注的新闻面前，在中央台已经开始新闻改革之后，在百姓拥有“知情权、参与权、表达权、监督权”的环境下，不冒任何风险是媒体最大的风险。

我们这一天的直播由董倩做主持，我做评论员，共持续了一个半小时。第二天，总局领导对直播表示肯定，同样，收视率显示，这一个半小时的直播，比平时平均收视率增长九倍还多，可见观众对此的期待和认可。

之后几天，我们或长或短地继续直播报道，其实，在7月6日直播结束后，本台就已经增派包括张泉灵在内的多路记者前往乌鲁木齐，这一个增派行为本身，就说明了问题：不是躲避而是面对，是快速与透明。与此同时，境外的记者也几乎无障碍地赶往乌鲁木齐，真相随之传遍世界，误解与偏见，也因此而减少。

不过，透明与真相，还并不能让乌鲁木齐这座受伤的城市快速康复。

我的父亲是纯正的蒙古族，我的母亲是汉族，在我的身上流淌着民族交融的血，再加上我从小生活成长于少数民族地区，因此对乌鲁木齐“7·5”之痛感同身受。记得我在节目中说过这样的话：对于乌鲁木齐这座城市来说，外伤好治，内伤却需要很长时间才会康复。同样生活在这座城市的不同民族的兄弟姐妹，突然间，心与心之间有了墙，深处留了伤口，怎样三分治七分养，让城市痊愈，是需要这个城市的几百万人口以及所有中国人共同努力的事情，我们必须祝福!

几个月之后，我采访国家民委主任杨晶，谈起民族问题，他的一句话让我永远难忘，他说：“民族团结就像空气，拥有的时候，你感觉不到它的存在，可没有，你试试!”

采访中，这位蒙古族汉子一度潸然泪下，可见他的感情与压力。

脱敏，是一个时代进步的清晰痕迹，然而脱敏并不意味着就此麻木起来，什么都无所谓，放弃原则。

恰恰相反，脱敏，让我们更理直气壮地坚守原则，坚守自己的利益。在中国与世界的磨合与博弈之中，所有事情都韬光养晦已经很难做到，不是你不低调，而是有时候你无法低调。所以，为原则与利益而放声，并慢慢建立中国对世界清晰而有用的价值观，是我们必须做的事情。

同时，自信，是最好的药，治自己的伤，治别人的偏见。对于那些过去有些敏感，有些忌讳的东西，很多都不必再用藏起来盖起来的方式来处理，面对它，正视它，与公众一起。没什么大不了。经过三十多年改革，强大起来的不仅是经济，还包括每一颗中国人的心脏。知道了，最快时间了解了，复杂的事情就会变得简单，在进步与慢慢脱敏的过程中，我们依然有大量的工作要一起去做！

14

中国病了

◎显然，信息透明是有助于恐慌消失的。

◎越是忧患，越该是媒体成长的时候，而如果在忧患的时候，媒体也沉默，那才是真正可怕的事情。

◎记者是社会这艘大船上的瞭望员，前方海面上有任何好与不好的信息，都要拿着望远镜看到，然后告诉船长和乘客，以便决定这艘大船怎样航行。

八年后・回头看

培养新闻发言人的方向是什么？是把他们培养成“江姐”吗——什么都知道，但就是不说？当然不是。

2003年5月2日，傍晚的北京，与平日里车水马龙的堵车高峰相比较，这时的北京街道上畅通无比，甚至顺畅得让人恐惧。我开车去办事，车行至西直门处，在立交桥上看见的一个画面，终生难忘。

由于我车行在高处，向下看，一个居民的院里，一根绳子上正晾晒着两件物品，一件是内裤，一件是口罩。很奇妙的是，除此之外，绳上再无其他。我当时就开始后悔，如果不是在立交桥上，如果我们带了摄像机或照相机，实在该把这一个画面拍下来。因为再没有哪个画面能更好地记录当时的现实，内裤与口罩，一个守护着尊严，一个保护着生命。这可能是危急时刻，人们最后的底线。

当时，正是SARS肆无忌惮的时分，整个中国病了。

初起：广州的怪病

事情从同学聚会的那一刻起，就显得有些不对劲。

2003年2月，春节刚过的一天，当晚我们要开始和水均益《直通巴格达》，去关注远方硝烟渐起的战争。

之前，有同学从厦门远道而来，于是，小范围同学聚会，没想到，饭桌上，她开始向我们“求援”，恳求帮忙找一箱“板蓝根”，说刚从广州来，那儿的醋都快卖光了，正流行一种怪病，怕厦门也买不到板蓝根，所以提前防范。

我们不算闭塞人士，身在媒体，按理应当早有信息，然而，奇怪的是，或许是中国人十分强调春节期间的安乐祥和，任何与此相关的信息都自觉地“人间蒸发”。再加上当时，在突发公共卫生事件方面，舆论环境仍采取宁紧毋松的管理模式，于是，这SARS已在广东“发展壮大”了两个多月，但硬是做到了“好事传千里，坏事不出门”。因此，当时的我们也并不知晓。

同学的“求援”让我有些警觉，估计不是一般的小事，然而当时的头脑中，是绝对没有“SARS”或“非典”这个概念的。

第二天，我接到广州知情人士的“爆料”，是传真过来的，说：“广州爆发奇怪的禽流感，全城恐慌，可否来报道？”

当时我是《时空连线》的制片人，这是一档《东方时空》中十来分钟的日播新闻专题节目，追新闻是我们的目标，加上有过前一天同学要板蓝根的不同寻常，于是当机立断，当天派记者隋笑梅和摄像赶往广州，没想到，这一个决定，让我们拥有了众多 SARS 报道的“第一”。

记者到达广州后发现，事情不是“奇怪的禽流感”那么简单，情形复杂得多也危险得多。2 月 11 日，在广州举行了一个新闻发布会，这是地方政府面对 SARS 举行的第一个新闻发布会。我们的记者在场。

之后是前方记者紧张的采访，而后方，我们调整了节目方案，因为已经很容易判断出事态的严重，于是，原定的一期节目，被我们改为三天三期。也就是说，《时空连线》用持续报道，来关注一个刚刚开始掀开盖头的怪病。

头两期节目，我们关注病情、事态的发展、相关的恐慌与防范，以及相关人员的采访与提醒，我们的记者成为第一个走进患者病房的央视记者，第一个采访到钟南山并在之后使之成为众多媒体焦点人物的起点。这两期节目也成为在京主流媒体最详细最快速关注 SARS 的报道，甚至有人称之为中央媒体中的“唯一”。

但是，仅有这两期节目是不够的，在几天的时间里，我们意识到，这个传染病的威胁不小，而如果大家不能从政府那里获取更透明的信息，政府的信息不能公开，那么对于整个社会来说，将会是灾难。

紧跟着，第三期节目，我们制作了“政府信息应当公开”这期节目，请到广东省副省长与著名传媒学者喻国明，跨地连线，在 SARS 的背景下，探讨“政府信息公开”。虽然由于这个话题的敏感性，那一夜，我们屡屡经受波折，但在争取、说服和适当地妥协之后，这期节目还是在第二天早上如期播出，政府信息应当公开，被我们在节目中大力呼吁。

这三期节目的播出，是在 2 月的中旬，几乎绝大多数的媒体还由于各种各样的原因处于对 SARS 无法言说的状态中，这三期节目则给了同仁以提示和信心。

并没有打算结束，虽然这三期节目播出完毕，暂时已经无法再继续跟进，但我觉得，眼下没有机会，自己却不能放弃，我们的记者应当在前方留守，继续采访和记录，一旦开闸，我们有第一手的东西。不难想象，这个时候，记录的重要性和价值有多大！

记者想回北京，我开始做她的工作，甚至为她找到了一个选题：广东春节后个别单位出现的民工荒，让她原地制作这个选题并同时采访记录SARS的发展。

最后记者还是放弃，回到北京，这让我至今想起来都有一丝遗憾。这就是一种当时凭直觉的判断，今天回头去想，记者如果能够留下来是最正确的选择，或许，这也是我提倡组内民主的"恶果"。可在当时，离开也不太坏。隋笑梅们已用创造了好几个第一的方式初步揭开了盖子，劳苦功高。同时可以宽慰自己的是，早回来的好处是记者们没有感染上SARS病毒，否则无法向她们和她们的家人交代。一切的一切，生命健康是第一位的。

在我们播出之后，《焦点访谈》也制作了一期节目，是当时的卫生部部长张文康接受采访，谈SARS的事态，播出的节目中，强调的是有挑战但要乐观，能控制不必惊慌。但听说，他在录制时也说了一些"严峻"的话，只不过，不符合当时的大氛围，那些强调形势很危险的"警世恒言"被消解掉了，当然，做主的可不是电视台。

两个月之后，张文康因对SARS防范不力被解职，有他的同事开玩笑说：或许，他用自己的离职，做了自己一直想做而没有做成的一些事情吧。当然，这仅仅是个玩笑。

随着《时空连线》与《焦点访谈》的播出完毕，关于SARS的报道戛然而止，一切又恢复了平静，SARS仿佛只是停留在广东的一个固定区域内的传染病，不会远行，全社会在一些乐观的安慰中没有警觉，并且注意力都开始转移。对外，是那战争味道越发浓厚的伊拉克；对内，是3月初马上召开的两会。这可是一次换届的两会，万众瞩目，举世关注，祥和的气氛重新占据了人们的心田。而这时，SARS这个拥有超高智商的病毒，却开始悄悄地北上，偷偷地长驱直入，它的目标是北京，即将召开两会的中国首都。

爆发：北京的SARS

时间进入到3月份，全国政协会3月3日开幕，人大会3月5日开幕。

其实，SARS已经在之前到了北京，仅比两会开幕早了一两天，假如当时有一些两会代表或委员到医院看其他的病而不幸感染上SARS的话，后果不堪设想。幸运的是，这种情况没发生，然而，这仅仅是幸运而已。

两会如期开幕，重大的议题加上换届的内容吸引着人们的注意力，而当中国的两会刚刚闭幕，美国就像商量好一样，3月20日引爆伊拉克战火，央视等多家媒体开始直播，日夜无休，事无巨细，全世界的目光都被吸引。这毕竟是人类第一次用现场直播的方式来关注展开的战争，中国人自然不例外，开始把注意力转移到千里之外，哪里想到的是：身边，一场没有硝烟的战事已经迫在眉睫。更加可怕的是，在伊拉克的战争中，有固定的敌人，肉眼可见，而在中国，正在悄悄滋长和蔓延的这场没有硝烟的战争，敌人无法看到又好像无处不在，可能让每一个人在不知情中被“卷入”战争，甚至牺牲生命。

SARS攻占了北京之后，并没有打算收住脚步，它以北京为新的根据地，向其他的方向蔓延；后来证明，宁夏、内蒙、山西等地的SARS病人，大多与北京有关。

其实这个时候，媒体内部已经有所查觉，我们已经感知到了事态的严峻性，我在做伊拉克战争直播的后期，已经向相关负责人提出要求：咱们直播SARS吧，伊拉克战争大局已定，美国人都进了巴格达，没什么大变化的可能，而SARS就在咱身边啊。

被请求者恐怕也想如此但又为难：一来当时的央视还没有新闻频道，严重缺乏资源；二来，或许有的人也希望继续转播伊拉克战争来转移人们对SARS的注意力，但哪知道，敌人终将逼得你无法转移；第三，也是很重要的一点，我们还没有接到发起总攻的号声，没有号声，寸步难行。

然而号声已经不远了。

当时的中央电视台，正紧锣密鼓地筹办新闻频道，试播的日子定在2003年5月1日，为了这个日子，我一边在直播伊拉克战争，另一边以制片人的身份在管着《时空连线》的播出。更重要的是，为新闻频道开播，我们栏目又研发了两个新栏目，《新闻会客厅》与《中国周刊》，大家紧锣密鼓地制作样片，为的是尽早通过立项审查，让栏目开始运行。

4月中旬，到了最关键的时刻，那一天，巧了，我带着《新闻会客厅》的样片来让领导审，审片的领导级别高，包括广电总局局长以及中央电视台台长赵化勇等人，审到一半的时候，中央台跑卫生口的记者急匆匆地跑进审看间，向领导汇报：上面定了，4月19日或20日，全面公布疫情，还可能要直播每天的卫生部新闻发布会。

这是爆炸性消息，大家都清楚它意味着什么，我的直觉是：这可能是一个关键性的转折，但也说明，SARS的情况，可能比我们想象的还要糟糕。也许，更危险的时刻到来了。不过，无论如何，媒体人该立刻行动了。

当天的《新闻会客厅》样片顺利通过，有趣的是，十几天后开播的《新闻会客厅》最初二三十天的节目，全都是与“SARS”之战有关的内容。

4月20日，总攻号吹响，先是卫生部部长张文康与北京市市长孟学农因防范SARS不力被免职，这等于“杀一儆百”，让全国的官员警觉起来，行动起来。这是属于中国特色的冲锋号。接下来，每天公布SARS病例人数和疑似病例人数，SARS防控，全面走向透明。这属于与国际惯例的全面接轨。

作为媒体人，来不及鼓掌，总攻号吹响，意味着，我们要冲出憋闷很久的战壕。

开弓没有回头箭，4月20日这一天，开始彻底改变媒体与突发事件之间的关系，瞒而不报，将慢慢成为历史。

僵持：全国的非典

最初一两天，人们陷入恐慌。

毕竟一夜之间，SARS病例增加了这么多，而且死了那么多人，这病毒是怎么回事还搞不清楚就已来势汹汹，自己躲得过去吗？这个国家躲得过去吗？

抢购，在当天就出现了，但值得记住的是，抢购仅仅持续了不到两天的时间就退却了。因为总攻号一响，媒体全部行动起来，各种信息透明而迅速，抢购的人们回家一看电视：山东的菜在运往北京，河北的菜在运往北京，各级领导都表态，物质准备充分，绝不涨价，老百姓将信将疑，又去抢，抢回来又看，各地物资援助的新闻持续存在，再去一看，物价还没涨，于是，抢购风转眼即逝。

显然，信息透明是有助于恐慌消失的。

不过，街上的人越来越少，很多单位陆续放假，中小学停课，平日的北京，拥堵严重，出行效率低下，而这时候，街上见不到几辆车，甚至大白天，在没什么车的街上快速开过，都会有一种恐慌感。以前大片里看到的恐怖场景，成了生活中真实无比的背景，以至于开始怀念北京的堵车时光。

作为媒体，我们不仅无法休息，反而到了最忙的时刻。我和我们栏目组成为央视“SARS直播”的负责团队，伴随着新闻频道在5月1日的开播，SARS直播日日坚持，全国几乎所有的省市自治区一二把手，都通过我们的直播表达了“抗非典”的决心和举措。人们也快速地接受了新闻频道，因为什么样的频道宣传手段，也不如需求来得更直接和更具体，这个时候的公众，在恐慌中更是对透明和快速的信息格外渴求。正是在这种媒体与受众快速而透明的互动中，人们了解了疫情防范的要点，家家户户打响了防 SARS 的局部战争。

一方面我是主持人，要主持相关节目；另一方面，我是制片人，要保证《时空连线》《新闻会客厅》与《中国周刊》的播出与推出；同时，还要平抚好同事们的心理。

每天下午四点，直播最新疫情，每天新增百位以上的确诊病例，大家的内心也恐慌，于是后来，我拿个本，让大家分析，看谁的选择最靠近准确的数字，以这种带游戏色彩的方式来缓解大家的紧张感；同时，在那一个多月的时间里，我天天最早到，一天也没戴过口罩，我要让身边的兄弟姐妹看到一种乐观的信心，虽然回到家里，自己也会担心与忧虑。

2003 年 5 月 1 日那天晚上，在刚开播的新闻频道里，《新闻会客厅》第一次播出，在我们的办公室，举行了一个小小的开播仪式。我让同事写了四个大字：生于忧患。

是的，没有哪一个栏目没有哪一个频道事先想到会是在这样的日子里诞生；然而，街上没有几个人几辆车，恰恰说明人们在家中等待着媒体去做媒体该做好的事情。越是忧患，越该是媒体成长的时候，而如果在忧患的时候，媒体也沉默，那才是真正可怕的事情。所以，生于忧患是一种无奈，却也正是媒体的天职。

当时的中央电视台自身也是危机四伏，人员流动大，二楼新闻播出区无法停顿哪怕一分钟，再加上我们《东方时空》的一位记者刘洪波已经因感染 SARS 住院治疗，更加让人担心。如果我们内部疫情发生，如何隔离？播出不许中断，播音区内如何工作？人员尤其播音员们都倒下了，怎么办？

有一天，我碰到新闻中心主任李挺，跟他半开玩笑半认真地说了一句：放心，我已做好了播《新闻联播》的准备。我们俩都没笑，其实，谁都知道：如果真到了最坏的局面，这种情况不是不会出现。

连续的工作，让我们越来越没有时间恐慌或担心，这时候的媒体，尽管平日里还经常被人骂，现在却被老百姓发自内心地尊重并需要着，而媒体人也真对得起这段日子里难得的环境自由，他们哪儿有需要去哪儿哪儿有新闻去哪儿，虽然危险，却也真正找到了一种作为媒体人的尊严和成就感。

最艰难的时刻就那么十几天，这之后，每天下午四点的直播里，每日新增病例人数开始由百位以上退到百位之内，这是一个相当重要的转折点。慢慢地，恐慌与担心进一步减小，社会及生活的秩序开始慢慢恢复。SARS 时刻，一段突如其来噩梦一般的日子，即将走到尾声。而让人奇怪的是，这 SARS 病毒，如同鬼魅一样，悄无声息地来，制造了一场大乱，之后在人们的严格防控中，又悄无

这几乎是SARS时期，我找到的唯一可用的照片，还是因栏目开播而留下的，可见，那个时候的人们，并没有拿起相机的心情。在这张照片上，大家故意戴上口罩，是为了记住那个特殊的出生日：2003年5月1日；而背后的墙上，正是我提出的四个字——生于忧患。

声息地走，甚至直到走的时候，人们还没太搞清它的底细。或许，这是一种宿命般地对我们的提醒与警告？

SARS之战中，每个人的生活都被一瞬间改变了。

人与人之间多了关切与温暖，每天手机上，都有很多短信传递问候与鼓励。SARS时期，医患关系没问题了，医生都是白衣天使；媒体负责任地报道，不再“娱乐至死”；网上不吵架了，无处不在互相祝福；甚至低密度的住房和郊区的住房，都迎来了价格的上涨，因为人们在SARS面前，意识到返璞归真亲近自然的重要性。

但是，随着SARS战役的结束，人们的脚步又慢慢加速，快速生活当中特有的问题又一一回归，病毒肆虐中立下的“珍惜健康”“珍爱家人”等信念也如同平日里的很多海誓山盟一样转瞬即逝了。没办法，人们都是健忘的，哪怕当初的恐慌是那么的真实。

尾声：提醒总理

当年8月份，SARS渐行渐远，温家宝作为总理第一次来中央电视台考察工作，他这次主要是为中央电视台建台四十五周年而来。到台里之后接见大家，一个小细节让我印象深刻。当时中央电视台的主持人们与相关领导和台里的其他工作人员，排成几列和总理照相，照相后，他离开凳子要到前方讲几句话，他向前走了几步，突然停下，回身对原来站在第二排的沈力大姐说："来，您先坐我那儿，别累着，还得讲一会儿。"这一个举动，透露出温总理的心细。

沈力大姐感动地坐下，全场掌声。

在这段讲话中，温家宝总理讲到：做一个领导，要冷静、清醒。

隔了一会儿，在中央台举行了一个小型的座谈会，温总理和电视台的一些员工坦诚互动。聊了没多久，温总理就决定，中央电视台新大楼不用进行盛大的开工典礼，"我来了，就是为你们庆祝了，别浪费了。"听过这话，现场有掌声。

面对面座谈时，我本没打算发言，因为觉得气氛不一定合适，没想到，临结束时，温总理点了我的名，于是，我也就针对刚结束的SARS之战，没太客气地谈了自己的真实想法。

"总理刚才谈到做一个领导要清醒，但怎样才能清醒？有人说记者是无冕之王，我个人不太同意，我更接受普利策的说法：记者是社会这艘大船上的瞭望员，前方海面上有任何好与不好的信息，都要拿着望远镜看到，然后告诉船长和乘客，以便决定这艘大船怎样航行，如果记者只报告前方海面的好消息，而不告诉不好的消息，这艘大船会不会成为泰坦尼克，而领导又怎能做到清醒呢？"

看见总理在笔记本上记着，我继续说。

"过去有人担心，突发事件来了，如果让媒体报道，会引发社会的恐慌，制造不稳定，但这次SARS的经验告诉我们，媒体的快速透明报道不仅不是不稳定的因素，反而是稳定的重要因素；同时媒体的透明，也终于让所有人联合起来，从政府官员到科学家，从医务工作者到社会中的每一个人，都联起手来，共同打赢了这场战争。总理您如果有时间，该感谢一下全国的女同胞，是她们每天盯着家人洗手通风，而她们之所以会这样做，是因为已经通过媒体了解了防范的要点。"

最后这句话带点儿玩笑的意思，想缓和一下气氛，接着我又说："我个人批评一下国务院的部委，重大政策出台，媒体要采访，或推或拖，等到同意了，新闻成旧闻，也错过了政策与公众之间的沟通，希望能改进。"

我讲完了，总理笑了。针对最后一点“批评”，总理现场办公，让旁边的国务委员华建敏负责落实，华建敏认真地记了下来。

第二天，有人传话给我：有领导说了，你昨天的发言不错。

一转眼，当初那场惊心动魄的 SARS 之战过去了七年，给人的感觉，就像过去了一个世纪那么遥远。人们的生活方式已经完全回归常态，甚至变本加厉。与 SARS 有关的各种信息也好像都静悄悄地消失了。

然而人类所遭受的威胁却并未走远，一切都有着奇妙的回声，你不能吃一堑长一智，大自然，仍会惩罚你。2009 年，甲型 H1N1 流感从西半球来势汹汹，死了很多人，让人依稀闻到了当初 SARS 时的气息。这个时候，我在想，如果这样一种危险的疫情，墨西哥将其隐瞒了几个月之久，最后事态很难控制才公开真相，我们会怎样看待墨西哥？而几年之前，我们的确曾这样做过。庆幸的是，我们吸取了教训，在这次防控甲流的遭遇战中，中国动作之快速有效举世公认，而我们付出的生命代价也最少。

2003 年年底，国务院新闻办公室启动了全国政府新闻发言人培训的大幕。第一期我就在场，从第二期开始成为主讲老师之一，之后全国各地跑，开始省级新闻发言人培训的工作。这之后政府新闻发言人的设立一路快跑。

在十七大报告上，更是将老百姓的知情权、参与权、表达权、监督权这四个权利，白纸黑字地写于其中。短短七年的时间，时代发生了重要的转变，这一切，都源于 2003 年那场 SARS 之战给我们留下的经验与教训。

余音：SARS 真走了吗？

任何事情，在历史中发生过，都很难真正消失得无影无踪，都会留下或长或短的影子。对于后人来说，如何去面对这影子，总是考验。

2009 年秋，我去中国传媒大学，也就是我的母校，为新闻学院的师弟师妹们讲课，结果看到一份翔实的社会调查报告，是三位师弟师妹利用业余时间搞的，报告关注了一个特殊的群体——北京 SARS 后遗症患者的治疗及生活状况。

这是一份很细致的调查，它让已被大多数人忘记的 SARS 画面再度浮现。更重要的是，将人们几乎已经不再关注的 SARS 后遗症人群重新触目惊心地呈现在社会的面前。

由于当时 SARS 病毒无法真正摸清底细，重症的病人又危在旦夕，因此大量使用激素进行治疗。这一点，人们无法在今天指责当时的做法，因为遭遇战中，挽救生命是第一位的。但问题是，生命保住了，可由于激素大剂量使用，很多患者在 SARS 病愈之后，陆续开始被后遗症缠身，其中主要的是股骨头坏死，甚至导致生活再也无法自理。

这样的后遗症患者，在北京有一百多人，他们中间很大一部分家庭出现变故，当初可以共患难，但后遗症带来的无止境的治疗使生活被严重拖累，于是，健康的一方选择离异，对于后遗症患者来说，雪上加霜。

平心而论，政府对这批人很照顾，符合标准便提供免费治疗，部分人群还得到每年一定数额的补贴。

然而，患者们依然感到恐慌与担心，病情还会不会发展？将来生活不能自理怎么办？那些有后遗症可从数据指标上又达不到标准的患者怎么办？尤其是：由于种种原因，他们的信息与状况仿佛被屏蔽掉，社会与公众不知道他们的状况，不知道他们的艰难，也无法伸出援手，就仿佛他们根本不存在一样。

师妹把调查报告交给我之后说："他们（后遗症患者）很希望你能去看一看他们。"

过了一会儿，又不放心地跑过来，"你会关注他们吗？"

我对师妹说："你们做了你们该做的事情，接下来该我们去做我们该做的事情了。"

一个星期之后，以这份调查报告为基础的《新闻 1+1》播出，相关的采访与患者的画面出现在电视屏幕上，作为评论员，我在节目中说：应当把他们的处境与现状放到阳光之下，这样，社会上愿意伸出援手的人们才知道他们在哪儿，才会去帮助他们。而政府也该明白，有些事，不一定都自己一肩挑，该社会解决的也交给社会一部分，香港在面对这样的后遗症患者时，就采用了社会上设立专门基金的方式来长期持续地帮助他们。

节目播出之后，全国众多媒体纷纷跟进，显然，人们并不愿意遗忘。

而这件事也在提醒我们，突发事件来临的时候，人们往往行动效率很高出手很快，但是事情结束并不意味着要立即画上休止符，还有很多后续问题需要我们去帮助去继续救援。我们应当为此提出"后救援"的概念，这样，才不会出现人一走茶就凉这样的状况。

其实，SARS 的印记并未走远，除去后遗症的患者之外，那些在 SARS 之中不幸离世的人该怎样面对，要不要对他们的家人有所抚恤？无论死亡的是患者还是白衣天使，家属的救助工作开展得如何？而当初的患者们，或轻或重，又是否遗留下心理方面的问题？我们面对他们，还能够做些什么？

一个习惯于遗忘的民族是不会有希望的，而面对一个并不遥远的SARS之战，过早地遗忘不仅不该，甚至危险。

除去北京，广东或其他省市自治区的SARS后遗症患者又过得如何？也许有的地区人数不多，甚至只有一个，但我们是不是也该找到他，如同拯救大兵瑞恩，只不过，是中国版的。我们能吗？

我们都是灾民

◎面对这样一场突如其来的大灾难，这一次，从一开始，就没有想过藏、躲、瞒，而是快速透明地让媒体参与其中，这是一种进步。

◎这就是直播，在生活中不用编写而自带精华的剧本，永远好过闭门造车的精心撰稿。

◎还有太多的问号，该如余震一样停留在心里，若做不好，我们还是灾民。

八年后·回头看

那些经历灾难而幸存的人们必须活得更好，国家在防震减灾方面必须取得大的进步，这样，我们才有勇气回望十年前的那一瞬间。否则，怎么对得起一个个逝去的生命？

人到中年，与年轻时相比，总会有一些变化，比如对阳光与温暖的态度。

年轻时，我可能因为来自北方，一向喜欢寒冷的冬天。家乡的太阳，不管冬天还是夏日，总是充沛，于是，并没有格外在意。

然而年岁增长，发现自己的喜好悄悄在变，对寒冷的喜好，似乎正让位给温暖，与此同时，对阳光的期待与喜爱前所未有。每天清晨，打开窗帘，不管冬夏，如果是艳阳天，接下来的都是好时光。

2010年的春天，却让我格外地受打击，冬天迟迟不去，春天一直遥远，这几乎是我在北京遭遇过的最冷的春天，或者说，是最长的一个寒冬。而阳光也格外地吝啬，一个又一个的清晨，一次又一次拉开窗帘，天空总是灰蒙蒙的，心情，也在这个春天慢慢低落。

季节的寒冷也就罢了，生离死别的打击却再次降临。或许，我们都没有想到，悲剧可以重来，眼泪居然再落，打击竟然复制。

2001年，我在台湾“9·21”地震的废墟旁，似乎是用十字架的方式为死难者致哀。没想到，七年之后，面临汶川之痛。

2010年4月14日，青海玉树发生强震，几千名同胞的生命转瞬即逝，此时，距离上海世博会的开幕还有不到二十天时间，中国人，在哀伤中沉默。相信大多数人，都在玉树地震后，想到了不到两年前的汶川“5·12”地震，想到了那一段时间自己的心情。

2010年的春天，因为玉树地震，变得更加寒冷，痛彻心扉，而疼痛的感觉，两年前的体会更加强烈。在这两年中，两场大地震，让每一个中国人不管身处何方，都无处闪躲。其实，我们都是灾民，都要一起去面对那打击和伤痛。

在日本，经历一次地震

2008年4月中旬到5月上旬，我有两次近二十天的时间在日本进行采访和报道，尤其是后一个十天，胡锦涛主席访问日本，媒体称之为“暖春之旅”，我们的大量评论和报道都在日本进行，忙得不亦乐乎。

5月上旬的一天深夜，大约一点至两点之间，刚刚熟睡的我被“吱吱”的奇怪声音唤醒，发现自己的床正撞击着旁边的墙，“吱吱”的声音是房门被挤压时发出的。

我知道，地震了。因为上一次制作《岩松看日本》时，专门做了一集日本的防震减灾专题，做过震级体验，因此梦醒时，凭着有限的经验，感觉这次地震不会太大，三级以上，应该不到五级。

电话响了，同事打来的：“地震了，赶紧下楼……”

我没有下楼，只是打开电视，看日本媒体的反应。果真很快，屏幕上已经飞起字幕，东京及周边地区，不同的震级，一遍又一遍地在屏幕上飞过，与我感觉的震级差不多，由于住在高层楼上，地震那一瞬间，生理及心理感觉都不太妙，但不知为什么，我不仅没下楼，还很快睡着了。一夜平静。

而给我打电话的同事们则真的奔下了楼，一夜无眠，散步到天明。

那一夜，其实真正紧张的不是我们，而是日方和中方负责胡锦涛主席等中国贵宾安全的人们。胡主席一行也住这栋楼，而且比我们的楼层还要高，凭地震的震级和我的身体感觉，领导们也很可能被地震震醒，而在中国国家元首访日时发生地震，当然是大事。地震发生后，转移领导人的准备，就在楼下迅速展开，一切迅速到位。但估计是日本经历相当规模地震的频率极高，因此可以快速得出定论：不会再有危险，于是那一夜，中国贵宾并没有转移住地。

第二天早晨，我们有些担心，按出访行程，一天满满的，可昨夜的地震，会不会让领导们很疲惫？

一项又一项的议程陆续展开，一切正常，就像什么都没有发生过一样。中午时分，胡主席探望清水芭蕾舞团，出门时，在车里看到正在旁边做报道的我，还冲我笑着挥了挥手，我回了一个微笑，感觉，昨夜的地震，看样真没影响什么。

一切报道完毕，2008 年 5 月 11 日晚九点左右，我从日本回到北京。一场不大不小的地震，在日本之行中甚至算不上回忆的一部分。然而让人想不到的是，仅仅一天过后，在中国的四川，会有一场让全体中国人痛彻心扉的大地震等待着我们。

大地震，隔了三十二年之后，在中国，再一次制造了让人无法忘怀的悲伤。

地震的那一瞬间，我还以为，只是一次微小的晃动

由于头一天晚上刚刚结束前后两次长达二十多天的日本采访报道，按计划，我准备休息几天。12日上午我飞赴云南，去参加一个与当地青年有关的交流活动，借机也调整一下自己，否则身心俱疲。

在我们电视台，一直流传着一句话："计划没有变化快，变化没有电话快。"用以形容传媒人习惯面临的改变和总是突发的新选题，然而这一次，突如其来的，不是电话，而是大自然的变脸。

下午两点二十八分，我正好在昆明飞机场候机楼，那一瞬间，我有明显的震感，然而强度，和几天前在日本夜里所经历的那一次差不多，甚至更弱一些。当时，我没觉得怎样，只和身边的人说："像是地震，但没事，震级不大。"当时的昆明机场，许多人也只是一瞬间小小的猜疑，脸上很快恢复了放松的笑容。

中国人不像日本人，绝大多数，对地震没有太多感觉，过去了，没什么危险，也就觉得有趣罢了。

然而过后不久，人群中似乎弥漫起一种不对劲儿的情绪来，开始仅仅以为是云南经历了小地震的人们，通过手机等方式，陆续明白，真正的地震并不是发生在云南。

最早，大家都与北京的朋友联系，知道北京震感强烈，因此，以为那里是震中。

这么一想，就有些可怕了，那么靠北的地方，地震之后会让昆明有明显的

震感，那会是多大的地震！可透过电话，北京又似乎没有太大的问题，那么，是哪儿出了问题？

很快，机场的电视被锁定在央视新闻频道，也真的很快，屏幕上开始播放：四川发生了大地震！情况还不明，但通信已中断……

从这一时刻起，眼睛就很难再从屏幕上移开，陆续地，在屏幕上，前方传来片段的消息：地震局的发布会，总理要去四川……

一切的信息组合在一起，我明白：奥运前的中国，真的来了大事情，几乎可以肯定，是一场悲剧，人类的悲剧。

一边看着新闻频道的直播，我同时又在隔一会儿搜一下四川台，地震发生后的几个小时内，四川台一直在正常播出，与地震有关的新闻虽有，可还不多，晚上还有电视剧，这样的画面甚至让我心生希望：众人的担心不过只是担心，实际的情况没那么严重？而与此同时，我也在给我的同事发信息、打电话，其中一个意思是：灾情的详细信息我们还不掌握，随时会有变化，要关注已经确定的事实，提醒演播室的主播们，不要轻易下结论，尤其在伤亡人数上，这一定是一个动态变化的数据。

第二天一早，原定的与当地青年的交流活动一开始，我提议现场的青少年，集体起立为四川地震中的遇难者默哀一分钟。我不知道，这一分钟的默哀是不是汶川地震发生后的第一个，但我清醒地记得，当时我对在场的青少年表达了我的担心和希望：但愿伤亡不要超过千人！

其实当时，我自己，都已经不敢相信自己的期望了。交流完毕，其他全部的后续活动取消，我已经归心似箭，当天就回到了北京，开始了当时还没有想到的长达一个多月的地震报道。

直播开始后，我一直在想的是：抗震救灾，媒体能做什么，该做什么？

13日深夜，我进入了直播演播室，面对的还是不全面的信息，救人是最主要的使命。这时候，记者大部分到达四川，然而一些重灾区，别说记者，连部队都无法到达。因此，任何来自前方的信息，都是宝贵的，也都是电视机前观众急切想知道的。那个时刻，作为直播的主持人，我已经清晰地感受到电视机前的观众有多少，即使深夜，关注都不会减少。

14日凌晨，当我结束了一个段落的直播，打开手机之后，一个快速显示的数字证明了观众的痛苦关切，我的手机上，接到几百条短信，这些短信虽然内容各异，然而扑面而来的悲伤与焦急却轻易地就能让人感受得到。而第二天，也就是15日凌晨结束直播之后，短信的量达到了高峰。这种情况，在我十多年的直播经历中，从来没有出现过。我知道，手机的另一边，是一个又一个关注者，他们发送的已不是短信，而是焦虑及想到现场救援却不能的无奈与痛苦。

在14日晚上的直播开始前，我认真地思考了很久，这个时候，媒体该做什么，能做什么。

我的答案是：在悲伤与加油的情感表达中，必须去推动和帮助整个救灾更有效率地向更正确的方向行进。悲伤中，如果也能给理性一点空间，我们的损失或许会更少。

14日晚上，直播的前半段，演播室嘉宾是民政部救灾司司长王振耀，在与他的访谈中，我也表达了三个意思。第一，这次救灾不会是短期的攻坚，恐怕将是长期的挑战，要做好准备；第二，绝不是靠政府就能完成，要让民间组织和NGO有发挥能力的空间；第三，要注重因地震而出现的残疾人以及老年人和孤儿的救助，同时心理救助一定要尽早上马。

这几个想法迅速得到在场的王司长的同意和支持，他在要离开演播室时，说了这样的一番话：我们的很多信息甚至是从你们的直播中来的，它对我们的决策和判断非常重要，谢谢你们……

面对这样一场突如其来的大灾难，这一次，从一开始，就没有想过藏、躲、瞒，而是快速透明地让媒体参与其中，并且不止是中国媒体，还包括世界各地的媒体，这是一种进步。在巨大的悲情与苦难中，中国，坚定地向前迈出了一大步。

救命，需要常识；救灾，需要“生死不离”

灾区的很多地方，最初道路与通信中断，形成孤岛，连军队都无法迅速进入，自救便成为很多孤岛中人们的选择。这次地震被命名为汶川地震，偏偏汶川就是最初的孤岛之一，外界无法联络，于是，在人们心中，那里一定情况危急，因此，注意力、关注度、打通道路的迫切性都更高；而实际上，北川才是所有县城甚至是整个大地震中损失最为惨重的地区。由于人们无法及时作出正确的判断，北川的人们只好大量依靠自救来应对最初的惨况。

在头几天的直播中，透过现场的信息，我们意识到一个问题，自救的行为大量存在，很多都只是出于本能而非专业；同时，大量的志愿者甚至奔赴灾区的一些子弟兵，也普遍缺乏足够的救援和救人的相关常识。而如果常识缺乏，有时，会使被救援的人致残或者出现生命危险。因此，在头两天的直播中，我向不知在哪里的医学专家们求助，谁有通俗易懂的急救常识，越短越好，越容易操作越好，越在灾区用得着越好。

当我第一次在直播中发出这样的呼吁之后，仅仅十几分钟时间，我利用放一个片子的机会来看手机，上面已经收到中国著名的神经外科专家凌峰发来的仅仅十句却非常重要的顺口溜，将急救常识蕴含其中。我迅速将短信交给同事，几分钟之后，这个顺口溜被我们连字幕带口播播出了很多遍。第二天一早，《解放军报》也迅速刊登了这个急救常识顺口溜，常识以多种方式进入灾区。也许它不能立即让太多灾区用得着的人知道，但一传十、十传百，是一个重要的提醒。

之后的几天，我们围绕救急、防疫与灾后心理支持等层面，充分强调常识的重要性。武警总医院急救中心主任王立祥、北京医院心理专家陶然，多次进入我们的演播室，用简短却通俗易懂的方式，提供不同救援状况下人们需要的相关常识。

几天的直播中，我们已经意识到屏幕前观众的痛苦，和由此而产生的焦虑与心理问题。很多的观众天天盯着地震的直播，那些情节与画面，又时常让他们泪流满面，甚至不看屏幕都会让自己有负疚感。考虑到这种状况，我做电视这么多年，第一次在直播中强调：请观众不要长期看电视，看一段时间要休息一段时间，否则谁也扛不住。照顾好自己的身体，我们才可以为灾区做更多。

这时的国人已经完全投入到救灾的进程，只不过方式不同而已。有的到灾区用手用身体尽一己之力，更多的在灾区之外，用心用泪水为之祈福，可能也正是这样一种共患难的民族特性，使一首歌《生死不离》迅速地击中了每一个中国人的心。

14日早上我起床，打开手机，众多短信中，有一首王平久发来的诗，名字叫“生死不离”。

王平久是奥组委大型活动部的一个主力干将，由于北京奥运会的几乎所有大型仪式，比如口号发布、吉祥物揭晓、火炬起跑等等，我都参与主持，因此，与奥组委中具体负责此事的王平久打了多年交道。这一次，这个一向以拼命三郎状态工作的王平久，看到了头一天晚上我主持的直播，快速地创作了这首诗《生死不离》，来释放自己内心的痛苦。

早上看到这首诗，我在给我夫人念的时候，就已经泪流满面，我的眼泪告诉我：这是好东西。晚上直播时，这首诗已经被印在一个纸板上，当我拿起它，要念的时候，有些控制不住想哭的冲动。虽然我早就告诉自己，悲伤的面前，一个新闻主持人要忍住泪水，但是，真的很难。我只好面对观众先说了这样一句话：我希望我可以不哭着把它念完。

这句话暗示并帮助了自己，我做到了，没有流泪将它全部念完，并征集作曲。然而电视机前的很多观众却无法控制泪水，一夜之间，《生死不离》不胫而走，当晚的直播结束之后，我接到了很多的短信和电话，有要为它谱曲的，有要在重要场合朗诵的，有要做公益短片的。

当夜，曲子已经谱成，很快，成龙和谭晶都克服诸种困难无条件地快速走进录音棚，二十四个小时过后，在我们的直播中，《生死不离》这首歌已经播出。之后的几个月里，成为陪伴中国人度过那段艰难时日的主要旋律。

仅仅这一个旋律，就有成龙、谭晶、孙楠三个版本，而另外的作曲，还有师鹏等版本。

在整个抗震救灾期间，《生死不离》成为最重要也是传唱最广的一首歌，相信很久以后，只要这首歌的旋律轻轻响起，人们就会迅速地将思维与记忆带回那段特殊的黑白画面的日子里。这，便是一首歌的力量。不幸的是，刚刚过去不到两年，这首歌又再度为玉树响起。

所以，该谢谢平久，让我们悲伤的时刻有真诚的歌声陪伴，共同走过了最难熬的日子。

《爱的奉献》赈灾晚会是一场情感的煎熬

16日，我们还在直播时，接到任务，中央电视台要在18日晚上直播一台《爱的奉献》大型赈灾晚会。

显然，这是一个快速制定的方案，甚至到了17日，来多少人，播多长时间，什么节目顺序，依然有太多未知数。

在我的印象中，这样的事情，以前有过一次，就是1998年中国南北都出现大洪水的时刻，在决定荆州是否分洪的那个夜晚，中央电视台直播了一台大型赈灾晚会。

这个时候，没人去说难度与不容易。其实，谁都知道，这个时候，并不需要一台艺术上无懈可击、专业上完美无缺的晚会，而只需要一个真情流露的舞台，用几个小时的时间，去传递一个理念：灾难面前，我们在一起，生死不离。

这时，作为主持人，自然要面临一个挑战：采访来自灾区的嘉宾。他们有的正承担着失去亲人的痛苦，有的惊魂未定，似乎这种时候我们不该去打扰他们，但作为一台要让更多国人以各种方式投身到赈灾队伍中来的晚会，我们又不得不这样做。

下午彩排的时候，我知道我要采访美丽的警花蒋敏，在地震中，她失去了女儿和母亲，却依然坚守在工作第一线。下午我和她见了面，简单却用心地聊了一会儿，没触碰她的伤疤，但是我感觉到她的身体状况不太好。于是，为了保护她，我和导演提出，可不可以让蒋敏这一段就不彩排了，免得让她难过两次，晚上一次通过吧！

这当然是一个冒险的决定，但是，导演与领导们爽快地答应了。

我回来告诉蒋敏，回去休息吧，你属猴，我也属猴，大你一轮，我做你的大哥吧，晚上大哥跟你一起上台。

晚上的直播，气氛无法言说，在后台与观众席，泪水与抽泣声不断，作为主持人，我们穿行在眼泪中，又必须控制内心的情感。有时，只有自己才知道，这有多难。

到了蒋敏的段落，我和她一起上台，然而，当她站到台上，我就感觉到她的悲伤与脆弱，她轻得像一片叶子，随时都会被风吹走。我只好紧抱住她的肩膀，抓起她的一只手，让她有一个支撑。问完两个问题，我就决定放弃后两个问题，这时候，痛苦而无力支撑的不仅是她，还包括我。

“不说了，我们不说了。”蒋敏简单的讲述以及她的痛苦瞬间打动了太多的人，一片泪光映衬的掌声中，我迅速地结束了访谈，几乎是抱着她，将她送到后台。

而一到后台，我把她交到同事手里，自己便再也无法控制，跑到转角，蹲在地上开始号啕痛哭。就在我刚刚准备彻底释放一下情绪的时候，当时的文艺中心主任朱彤快速走过来，他当然看到了我的泪水，但并没有劝慰，只是简单一句话：小白琳的父亲找到了，你马上核实一下情况，准备上台……

说完他转身离开。

一句话止住了我的泪水，为此我永远感谢他。恐怕在当时，这才是最有效的劝慰。

原来，刚才在台上接受过采访的女学生小白琳，告诉观众她与父亲失散，至今父亲生死未卜，而在灾区，在一个派出所的临时安置点，干警与小白琳的父

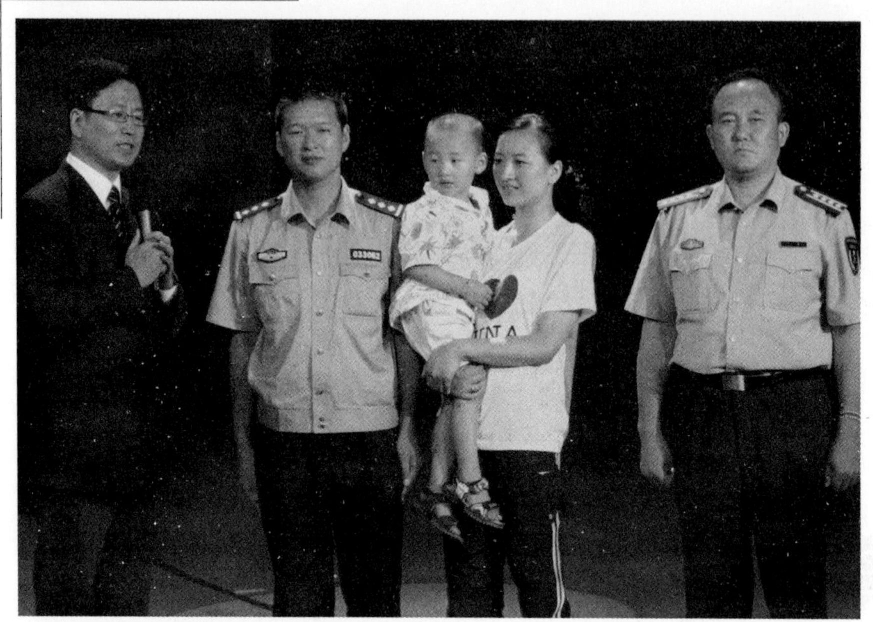

还记得汶川地震中那个“敬礼娃娃”吗？他被救出后，躺在担架上不忘向解放军叔叔敬礼的画面，成为黑色记忆中，一个让人感动的亮色。在《爱的奉献》赈灾晚会舞台，救他的解放军叔叔来了，他的父母也抱着他来了。原来，敬礼娃娃的父亲也是警察，这让他从小就学会了敬礼。

亲都在看电视。看到小白琳寻找父亲，派出所的同志马上打来电话，告诉小白琳，父亲安全，放心。

这是一个好消息，不仅对于小白琳，而且对电视机前的所有观众都是一个巨大的安慰，更是一种信心。大悲之中的我，必须马上定下心神，迅速和小白琳带着喜讯上台。在台上，激动的白琳泪流满面，然而头脑却十分清醒，她也在抖，不过是激动，为了平息她的抖动与情感，也为了抑制自己的泪水，在一手拿话筒一手抱着她肩膀腾不出手的情况下，我只能用头轻轻撞着她的头，告诉她：我们在一起。

流着泪的小白琳在这一段落的最后，对远在灾区的父亲说：去做志愿者，去帮助更多的人，去感恩……

这就是直播，在生活中不用编写而自带精华的剧本，永远好过闭门造车的精心撰稿。两三天的时间准备的一台赈灾晚会取得了最大的效果，绝不仅仅是破纪录的十五亿募捐额所能体现出的。更重要的是，接下来，让更多的人把四川当作家乡，把远方当作近邻，更大规模地爱如潮水。

而这台晚会的快速播出，也有另外的价值——再不做就晚了。从第二天起，连续三天全国哀悼日，共和国的国旗第一次为普通国民的生命而降下，除去哭声与哀乐的声音，就只有我们共同的心跳，晚会在这样的日子里已不再合适。

两年之后，我们为玉树又举办了一台类似的赈灾晚会，募捐额更是超过二十个亿，这个惊人数字的背后，也有着两年前那台赈灾晚会所打下的基础。过后不久，因为甘肃舟曲的灾难，国旗第三次为逝去的国民降下，“人”被大写了！

地震直播的压力当然很大，因为观众们因痛苦而选择拒绝宽容……

刚开始每日直播时，心理上承受着巨大的痛苦，压力主要来自于这种痛苦与未知，然而随着直播继续以及观众们期望值提高，压力增大且变复杂了。这时的压力，绝不仅仅是日复一日体力上的要求，以及情况不明并且随时会有意外的直播要求，而且还有来自精神上的压力。地震发生后的十来天里，人们的痛苦，转化为对电视直播的强烈关注，这种关注之中，含有一种因痛苦而产生的绝不宽容的情绪。

按理说，常在河边走，哪能不湿鞋，更何况是充满变数而又前所未有的大地震直播，再加上有很多年轻的记者缺乏直播经验。但是口误或容易引起误解的话语往往使记者在局部时间里，成为被攻击的对象，甚至是猛烈攻击的对象。比如直播刚开始不久，一位年轻的女记者就迅速成为被攻击的靶子和人肉搜索的对象，其中一个理由，是她回宾馆做连线报道，人们无法容忍。但其实，在当时的灾区，通信极不稳定，尤其手机连线很不靠谱，一般都要求记者去找固定电话进行连线直播。然而观众不管这些，再加上记者缺乏经验，并没有交代此中原因，于是直播结束后，她被“千夫所指”，之后，辛辛苦苦的她，只能在舆论的压力下从屏幕上离开，专注于镜头外的工作。想想看，她只是一个二十多岁的小姑娘，记得当时张羽和我都替并不认识的她解释了一下原因，也因此招来骂声一片。

类似这样的事情多了，更加重了参与报道的记者与主持人们的心理压力，任何一个小小的疏忽与口误，都可能立即被定性为没有同情心或者不是有爱之人。面对这种压力，你无法抱怨观众，或许观众也是通过这种放大敏感度扩大苛刻度的方式，表达着自己对灾区的深度关切。虽然，这苛刻有些过分，但必须理解，必须面对。

到了三天全国哀悼日的时候，这种压力更达到了极致，每个人都绷紧了弦儿，生怕说错话，表错情。不过，我那个时候安慰紧张的同事："别担心，相信自己的内心情感，这是真的存在。相由心生，心里有真情，脸上的表情与语言表达一定是对的……"

我是这样对别人说的，也是这样做的，不怕出错才会不出错少出错，越怕出错反而越出错，这已经是直播中的金科玉律。大地震的直播，同样如此。

到了直播的后期，气氛依然是压抑的，然而悲伤中的四川人，已经率先展现出自己特有的乐观主义的悲壮感，一个又一个顺口溜及相关的场景，都在向我们展现着四川人的这一面。

当初美国"9·11"之后，没隔多少日子，在一片悲情之中，纽约市长朱利亚尼说过这样一句话：当我们身边出现第一个再次讲起笑话的人，那一刻，这个城市就将慢慢地再度站起。

在四川灾区，这样感人的"笑话"其实没几天就开始以手机短信的形式流传，其中有一个很经典。由于当时有很多外国救援队参与救援，一位大娘在被俄罗斯救援队救出之后，看着金发碧眼的洋人，说了一句：龟儿子，这地震好凶啊，都把我震到了国外！

听到这个有待证实但真实反映四川人性格的故事后，我决定，在直播中把它讲出去。在哀悼日过去两天后，我真的这样做了，包括"龟儿子"这三个字，也在直播中说了出去。讲述这个情节，是为了向英雄的四川人致敬，他们在灾难面前不仅有悲情，还有忍受、担当与一种让人惊讶的乐观。

人们似乎都读懂了这个笑话以及我讲述这个笑话的用意和敬意，几乎没有人骂我，反而第二天很多网络都放大并转载了这个笑话段落。显然，大家不约而同，也开始选择更多元地展现灾区性格的丰富性，并不因敏感或压力巨大而只是选择悲情。

生命与生机，在慢慢地复苏之中。

到达灾区，不一样的冲击

作为一个记者，当然希望能快速到达灾区参与报道，并不是在演播室里直播不重要，恰恰相反，演播室里的主持很重要，对方向的判断，对细节的把握，对价值观的认定，对灾区百姓与观众内心的理解与抚慰，都需要认真落实。然而，在北京，在每天的忙碌与压力及情感的煎熬之中，似乎总有一种说不清道不明的负疚感，好像感觉只有快速到达现场，才算是身体力行地做了一些什么，内心那一直沉甸甸的东西才可能稍稍移开。

屡屡提出申请，三天哀悼日结束，又是两天的直播后，我们《新闻 1+1》团队去前方直播《灾区观察》系列节目的计划终于获得批准。

我头一天晚上在北京直播到后半夜，第二天早上和同事直飞四川绵阳。

到达后，我的第一个任务，就是坐直升机上唐家山堰塞湖导流明渠的工地。

我去的头一天，救援中发生了一起直升机坠机事故，驾驶员与机组人员全部下落不明。因此，我到达的当天，台里下达命令，不许再坐直升机。

然而我只能违规。道理很简单，山顶施工的官兵当晚将全部撤离，之后可能实施爆破，消除堰塞湖隐患，而我将乘坐的这架直升机，就是去接山顶上的总指挥和施工官兵的，如果错过，这一新闻时刻可能永远不会再有。所以违规是必然的。

到达机场，即将登上直升机前，要说内心不紧张，那是不可能的，但是当直升机腾空而起后，紧张感瞬间消失，并不是我有多坚强，而是从高空中看到的灾区惨景，立即唤起了你作为新闻人的全部职业敏感，我们的报道与拍摄已经在飞行中同步开始。

到处都是破碎的房屋和破碎的山河，飞行的过程中，有一个细节画面更因戏剧化的构成而凸显着灾难的无情。沿峭壁蜿蜒而上的盘山公路上，有一辆巨大的卡车停在途中，前方是山体滑坡被断了路，后方也是山体滑坡断了路，两堆滑落的巨石泥沙中间，仅余二三十米的路，那辆保存完好的卡车就停在那里。看着这场景，立即会想，地震发生的那一瞬间，前后的车辆都被吞没，这辆车幸运地停下，然而向上是峭壁，向下是深谷，前望后望再无路，那司机该是怎样先庆幸而过后又绝望？而他此后又是怎样逃生的？

来不及想出答案，直升机到目的地，在那狭小的空间里，我只有四十分钟的时间。我快速地用身高丈量了导流明渠，用鼻子体会着多日没洗澡一直紧张施工的官兵们的味道，用提问寻找堰塞湖的危险与挑战，然后用语言向观众报道这有可能消失的现场。也从此，开始了我们深入灾区的征程。

灾区中的人和事，总是五味杂陈

与平日的报道比起来，在灾区，每天的心都是紧的，而同时，精神压力与体力消耗都不同于以往。我们几乎每天都是两顿饭，一顿出发前的早饭，一顿一天采访全部结束之后的饭，时间一般是下午四点到八点之间。一来早采访完可以为当晚的直播节省出更多的准备时间，二来你几乎不能忍心在灾区被采访者那儿吃饭。而如果出去找午饭，依当时的交通条件，耗时不说还不一定找得着。记得采访北川临时县委驻地时，县委书记请我们中午吃方便面，这在当时算是大餐，我们当然拒绝了。

但这些都不算什么，关键是每天采访中情感与内心的冲击与起伏太大，这才是真正难熬的一种痛苦。

在绵阳体育馆采访时，见到了一对五六十岁的老夫妇，他们抱着不到一岁的孙子住在临时帐篷里。和他们一聊才知道，地震那一天，他们祖孙三人，加上儿子儿媳，一起去医院为患有先天性心脏病的孙子看病。看完病之后，儿子儿媳让老两口儿抱着孙子到院子里等，小两口儿去楼里交费，这一瞬间，地震发生了，儿子儿媳被倒塌的大楼掩埋，再也没出来，而在院子里的爷爷奶奶和孙子幸免于难。一个简单的等待，就变成白发人送黑发人；更艰难的是，

我正在看的是一面“寻人墙”，这面墙位于安置灾民的绵阳九州体育馆大门旁。大地震，让很多家庭支离破碎，人们怀着残破的希望，贴出一张又一张寻人启事，愿意相信亲人还活着，只是暂时失散而已。但是，又有多少人能够如愿呢？看到这一面又一面的“寻人墙”，每个人都会动容。

这对老夫妇又要担当起父母的角色来，爷爷说：过些日子稳定了，要出去打工挣钱，否则，一家三口，吃什么？

在采访参加救援的消防队员时，一位年轻的消防队员对我说，一个小女孩，他头一天救出了上半身，第二天救出了下半身，他知道这样做没有意义，却是对小女孩父母的一个交代，而这仿佛没有意义的救助，也让他要冒同样的危险。这样的故事，在救援中有很多。

北川，早已封城，于是也一直没有摄像机与记者进入封城后的北川老县城。经过争取，那一天，由于北川县委书记要陪同建设部副部长进入老县城，为将来的地震博物馆做准备，我们得以进入北川跟随拍摄。

然而，这绝对是一次永远不愿意再回首的行程。

经过严格的消毒防疫，我们进入了北川县城，从入口处的高处向下看北川，山体的巨大滑坡，向前移动了几百米，使原来依山而建的很多县城建筑一瞬间被掩埋，而当时生活与工作在其中的太多北川人，也几乎是一瞬间失去了生命。相比他们，在老县城其他倒塌建筑下遇难的同胞，也许经历了更为痛苦的挣扎。生前的家乡，却就这样，成为他们永远的墓地。

采访结束后，被采访者的车队离开了老县城，空旷的废墟中只剩下我们。四周寂静无声，鼻子里闻到的都是刺鼻的消毒水味道，而周围，倒塌的房屋里，依稀可见曾经的生活气息。比如半面墙上，还悬挂着一对夫妇的结婚照，也不知道他们现在在哪里？还偶尔有些狗在寂静的废墟中静静地站着，不叫，不知是不是还在等候着主人的归来……

当我们完成采访，离开老县城不远，公路上方挂着一幅代表过去北川人热情的标语牌——欢迎再到北川来——看到这几个大字，回想起刚才寂静而忧伤的画面，我鼻子一酸，停下车来。我们摄制组默默地以这个标语牌为背景照了几张照片，这是在灾区报道中，我唯一主动要求的留影，只为记住当时自己的允诺，不管将来新北川在哪里，我要再来！

一个又一个这样的细节冲击着我们，也在被我们报道之后，冲击着观众；然而灾区的采访，也注定有一些冲击只能停留在我们的记忆中。

在去德阳市汉旺镇的大企业东汽采访时，原本应当从正门进，但最后却走了侧门，原因是我们去时，由于东汽中学学生在地震中伤亡惨重，他们的亲属悲痛之外也有太多的愤怒，于是，这一天聚集在企业大门口，静坐讨说法。

采访了厂里之后，我们去了汉旺镇的一所小学，这也是地震中伤亡惨重的一所学校，我们到那里一看，学校已经夷为平地，仅剩下一座大门和传达室，上

我不知道，正在建设中的新北川，还会不会有这面牌子，当然，有的话，也不会在原地。但是，在中国，见到那么多客套话一般的类似招牌，却只有这一个让人难忘。双手合十的动作既是祈福更是许愿吧：当然要再去看看新北川。

面被家长们贴满了孩子的照片和纪念的话语。大门之外不远，有很多的家长每天像上班一样，定点来到这里，也不闹，也没什么动作，静静地一坐就是一天，一是陪陪走远了的孩子，二是与同病相怜的家长们在一起，哪怕互相不怎么说话，痛苦也似乎能减轻一些。

后来，我们也去了都江堰的聚源中学，的确如人们所讲的那样，周围的楼房情况还凑和，但聚源中学却成了一片孤独的废墟，伤亡情况可想而知。在现场，我没有见到家长，而是见到了很多负责警戒保安的警察，他们大多数来自外地，尽责尽职地守护着。

看过这样的学校，我很能理解家长与批评者的心情，换成谁不愤怒都很难。虽然这其中也许会有一定的偶然性，其他单位或部门的楼房也有的同样如此，然而学校毕竟更让人揪心。如果早在校舍修建时，各个相关环节真的把教育树人当百年大计，把孩子当国家未来的栋梁，今天的损失也许会小很多。

在当时的报道中，我们还无法全面表达，但敲响警钟却是必然的。正是看到了几所学校这样的场景，在采访建设部副部长仇保兴以及后来的相关被采访者时，我一再追问的是将来灾区学校的质量如何保证以及现如今其他地区学校的质量检查问题，得到肯定的答复，才肯转移到下一个问题。

经过近十天的采访与报道，我们结束了灾区的工作。那天早上，两个多小时的飞行之后，我们回到了北京，刚刚走下飞机走进机场，我突然生出了一种强烈的陌生感和距离感。周围阳光灿烂，人群熙熙攘攘，空气中弥漫着平和与安详，再闻不到消毒水的味道，也再看不到满目疮痍。这一瞬间，我有着很强的不适应，不过，我也告诉自己：我将一次又一次地再回四川……

只要有大片的空地，就会有大片的帐篷，这是灾区的惯常景象。而照片中的这一片帐篷，是当时已经开始上课的帐篷学校，它也坐落在安置灾民的九州体育馆空场之内。孩子们的读书声，在大人听来，是最好的心理慰藉。

灾难中，我们要学到什么？

两年后，我们又承担了玉树之痛和舟曲之痛。灾难中，除去眼泪，我们还学到了什么？

学校更安全了吗？家长们可以放心了吗？

事后的救助做得不错，可事前的预防与教育，可以做得更好吗？是否还打算只买棺材不买药？

人们还打算站在道德高地上指手画脚地逼捐吗？还会嫌这个捐得少那个捐得少吗？会不会在逼捐的压力下，其他的人或企业开始把救灾变成做秀？

爱如潮水来得快，可退潮会不会也很快？

政府正在进步，可真的开始给民间慈善机构成长和壮大的空间了吗？

会不会因为提供了捐助，就还想捐出道德，指手画脚地提醒灾区人民该干什么不该干什么？其实灾区人民有权按自己的想法生活，甚至是不一定正确的生活……

背后墙上的"1+1"，可不是在说《新闻 1+1》，而是帮助灾区进行心理救援的"心联 1+1"公益行动。2008 年 6 月 5 日，我在四川温江，和从灾区走出来、集中准备高考的学生们进行了一次面对面交流。孩子们脸上有泪，心中有伤。我作为一个大哥哥，给他们讲了自己八岁时父亲去世，母亲用五十多块钱月薪带着我们哥儿俩重新让一个小家站起来的过程。讲完这些，孩子们觉得"白大哥是自己人"。而"心联 1+1"行动，至今仍在灾区继续。

无论四川灾区还是更远的玉树或甘肃舟曲，关注并帮助，都需要十年或更多的时间，我们会一直跟随吗？

废墟会越来越少，新的建筑会拔地而起，可内心的废墟，我们又该怎样去帮助重建呢？毕竟灾后重建，不是盖房子这样简单。

……

还有太多的问号，该如余震一样停留在心里，若做不好，我们还都是灾民。

苦难，没有过去。

与泪水相关的故事

◎以我自己作为体育迷的角度来看，体育不只是竞技，更是人，是情感。

◎当中国夺得第 28 块金牌之后，我顺手在白纸上“2”和“8”之间加上两个“0”，写下“2008”这个字样，对着镜头说：这 28 块金牌，或许正奇妙地预示着我们 2008 好运！

八年后·回头看

十几年前，奥运会的主办权像颗“明珠”，大家都希望能摘到；现在却有点儿像“烫手的山芋”，因为一算账，得到的确实没有想象和期待的那么多。这股“申奥”热潮，居然在我们的见证之下，慢慢变冷了。

从悉尼到北京，从地理的层面上看，一个在南半球，一个在北半球；一个是该国非首都的第一大城市，一个是大国的首都；空中飞行距离十多个小时，时差三个小时。如果没有奥运会这一个记忆，这一对城市，顶多是结为友好城市偶尔礼貌走动，并且各自的老百姓把对方当作旅游目的地而已。然而，奥运的记忆，将这两个城市紧紧捆绑在一起，而这种记忆，恐怕中国人才真正刻骨铭心。一来，1993 年那次申奥，北京一票之差负于悉尼；二来，进入二字开头的世纪，悉尼奥运被公认为是一把尺子，衡量接下来奥运的成功与否，你不量，别人也会量；第三，在 2000 年的悉尼奥运会上，中国军团破天荒地夺得 28 块金牌，接近上两届奥运会的总和，这为一年后的莫斯科申奥成功打下一个重要基础。悉尼，这座记忆中曾经让中国人伤心的城市，又奇妙地成为中国体育与奥运的福地。其实，历史，有它深谋远虑的逻辑。如果 2000 年奥运在北京办，也会不错，但失去了一次先品尝失利再又获得成功的成长机会；更何况，哪里会像八年后那样跌宕起伏，自信而丰满。

所以，有些决定，注定是历史的安排，与一票两票无关，更与对哪一座城市的爱与恨无关。

曾经与泪水有关的故事，在 1993 年那个夏夜发生过并成为历史，以往的文字，曾详细记述；新的与泪水有关的故事，从 2000 年的那个秋日开始。

兴奋剂事件

2000 年 9 月 1 日，在我的记忆中，可真不是一个能忘掉的日子。那一个早上，儿子第一天上幼儿园，我们全家送他，我用摄像机记录下他的第一次：走进大门又迅速回头的小哭小闹。

我已经没有时间感慨人生奇妙，只带着儿子这一个人生新画面就直奔机场，因为当天上午，我要直飞悉尼，参加悉尼奥运会的直播报道。

这是我第一次直接参与到奥运会的报道之中。也曾有很多人问过我：为什么？为什么你这个新闻中心的主持人，会去主持奥运直播？是不是你爱好体育？

其实，这个决定更多地来自于爱好之外的因素。过去很长一段时间，体育部一直归新闻中心管理，成立独立的体育中心是短时间内的事，而分家之前的新闻中心主任李东生，时任中央电视台副台长，分管新闻中心与体育中心，悉尼奥运报道归他管。

那这，与我有什么关系呢？

从香港回归直播起，中央电视台开始进入大型直播时代，然而，香港回归的直播模式，被证明有巨大漏洞，多演播室的设置，使得整个直播分散，关键时刻，缺乏中心调控，无法收放自如，并因此充满风险。于是此后开始尝试总演播室的直播模式，收与放都由此负责，这种模式经三峡大江截流直播的实践，到 1999 年 12 月澳门回归直播时达到成熟，被证明行之有效。这种情况下，悉尼奥运准备首次尝试这种一个频道内由一个总演播室来统一调控的奥运直播模式，而由于过去几年大型直播，我无一例外地都出任了主持任务，再加之我又喜好体育，在新闻中心时就是奥运报道的主力，因此，李东生与体育中心的马国力主任商量，敲定我与宁辛搭档，出任整个悉尼奥运直播的总主持人。

没时间紧张或兴奋，奥运对我，画面与故事都不陌生，然而现实的奥运气氛与特点却是首次触碰，好奇大于一切。

9 月 1 日，经多个小时的飞行后到达悉尼，原本只是入住记者村调整而已，然而一件大新闻，却迅速地击中了我们。

中国奥委会当天下午在北京召开大会，决定本届奥运会，中国代表团实行严格的兴奋剂检测，不仅尿检，还动用血检，苛刻程度远超过国际水平。于是当天，中国众多运动员因此或其他一些原因，在出征悉尼的大名单上消失，这其中包括多位之前被认定有夺冠希望的选手。

巧合的是，当天《东方时空》中的《东方之子》栏目里播出的正是我之前对举重选手石智勇的采访，他可是悉尼奥运会上绝对的金牌争夺者，然而，节目还在播，他还在畅想悉尼奥运之梦，可他的名字已经在大名单中被划掉。具体的原因，他自己后来陈述过。可想而知，这样一个决定，对于有梦的运动员来说，打击会有多大，好在，四年之后，石智勇在雅典圆了金牌梦。

听到这个消息，我们都有些蒙，显然不是时差造成的，而是立即产生一种担心，在这种情况下，本届奥运，中国体育代表团，会不会因为失去了有实力的选手而失去成绩？而一旦运动成绩下滑，会不会给第二年申奥蒙上阴影？

那一天，全世界体育媒体都把它当作头条，悉尼的体育媒体也都予以高度关注，毕竟在金牌争夺上，澳大利亚是把中国当对手看的。那一夜，我们很难入眠，显然，初到悉尼的第一天，我们遭受了一个让人忧虑的“下马威”。这个由最高决策者制定的铁律，宁可牺牲成绩，也坚决要干净，被体育代表团以讲政治的高度来坚决执行。事后证明，在中国，不管什么事儿，只要领导真抓，都能见效果。兴奋剂问题，从那之后，收敛多了。

运动，才是最好的标语

距离悉尼奥运开幕还有一段时间，我们就开始了大量专题片的采访与制作，慢慢感受着悉尼这座城市与悉尼人。

悉尼的奥运氛围已经很热烈，虽然横幅与标语未必很多，但奥运的标记还是无处不在。虽然也做好了精心准备，却看不出太多的刻意，随意并放松。

最浓厚的奥运氛围，其实是由澳大利亚人热爱体育的气质营造出来的。

在悉尼城中心最“黄金”的中央大道上，每隔数米，就是一个运动用品商店，那种密度让人惊讶，而从早到晚，随时都有运动的人从你身边跑过。我相信，这与奥运到来没有关系，悉尼人平日的生活方式就是如此。这一点，让我印象深刻。之后当北京获得举办权，在很多个论坛与节目中，我大力呼吁，一个城市最美的风景并不是高楼大厦，名胜古迹，而是时刻有人在有活力地运动。我不希望，北京人或是中国人，都是电视机前的体育迷，而不是运动的参与者。

记得有一天，在悉尼的一个海滩，看到有两拨人在打沙滩排球，水平之高让我们连连赞叹，我开了句玩笑：“估计是哪国沙排运动队提前在这儿训练呢！”旁边的陪同很认真地回答：“平时也这样，就是普通的悉尼人，比这高水平的还有呢！”

等到直播开始，我们虽然守着奥运城，却很少有机会进赛场，临近结束时，我和宁辛调了一下班，各值半天，各去主体育场一次。那一天，我和马国力主任、导播方刚一起走进了主体育场，一人一杯啤酒，坐了二十多分钟。这个主体育场很大，大约能装下十万多人，我们去的那个下午，没什么重要的比赛，然而现场爆满，就连我几乎看不到的最高处最后一排也坐满了人。那一瞬间，感慨万千，我不能不感动于体育的魅力，以及澳大利亚人对体育的这一种热爱。

事后，人们都评价悉尼奥运会非常成功，依我看，除了运动成绩、开幕式、安全保卫等之外，还有两点，是悉尼成功的关键：第一，这儿的人们真爱体育，真的投入到运动之中；第二，这届奥运会的志愿者老少都有，笑容各异，但真诚与爱，却非常一致，像亲人一般，迅速让你放松，并不再有距离感。

我们在屋子里工作，进来的志愿者打扫卫生，会和我们聊家常，夸中国的成绩，自然而不做作，其他位置的志愿者，什么年龄的都有，似乎老人更多，都一概放松，并不是训练过后的千人一面，也不是每个人笑起来都露八颗牙，反倒让人如沐春风。我在想，这种放松并真诚的笑容背后，一定也有着更多自信的因素在里头，并不想给谁证明什么，于是，可以从容地自得其乐。

啤酒味儿的奥运会

在悉尼，感受最深的，是它的奥运氛围，那是一种松弛而自由的感觉，是空气中啤酒的味道，是各国游客大团结的景象。

每天直播结束时，已近悉尼的半夜，却正是奥运氛围最浓的时刻。

我们的演播室离著名的悉尼歌剧院不远，演播室的背景中，就有歌剧院与悉尼铁桥，这是最负盛名的旅游胜地，每天不到凌晨两三点不会安静下来。

于是，在直播结束后，我都会到楼下绕悉尼歌剧院与奥运广场走一大圈，因此也天天见证着体育迷们的开心时刻。

每天晚上，广场的几块大屏幕上，都是当地几个电视频道在回顾和报道当天最精彩的赛事与最受关注的人物，不同的屏幕前聚集不同的人群。普遍的场景是，三五成群站着，边看边聊，无一例外的，是手里的啤酒。看过几天，就得出几个结论。第一，老外有耐性脾气好，一瓶啤酒能喝两个小时，而且是小瓶的；第二，老外酒量不高，一两瓶啤酒之后已经基本飘飘欲仙；第三，老外男女平等，大家都又抽烟又喝酒，而且女性好像抽烟更凶；第四，老外不一定都讲修养，光膀子的一片，当然是男性。而且一样随地扔东西，这方面，开幕式之后达到巅峰，我下去的时候，发现地上已有一两厘米厚的碎玻璃碴子，都是喝 High 了之后扔瓶子造成的。这让我觉得：我们常常批评自己人光膀子扔瓶

悉尼奥运会开幕式结束之后，悉尼歌剧院附近街道上垃圾成片。我无意批评或讽刺，反倒是想：有的时候，我们的所谓“文明”是不是太自尊太敏感了？偶尔的疯狂与杂乱，其实是另一种文明。

子是不文明与没修养的表现，是否属于反思过度？因为你得承认，这混乱中有一种放松与自由，恐怕奥运的氛围中，就该有这样瞬间的无序与无处不在的啤酒味道吧。

也正是从那个时候开始，我幻想，如果有一天，奥运真的来北京办，那十几天，咱能不能把北京也弄出混杂着二锅头与燕京啤酒的味道？如果能，是另一种成功与进步。当然，八年之后，奥运来了，在各种味道当中，城市里酒的味道淡多了，不过，遗憾中也得说：没关系，总得留点儿优点给人家吧！

五湖四海来悉尼的人，更有趣。富人，有的就住在岸边停着的豪华邮轮里当临时的家，不富的或者不喜欢这口味的，常常是身上盖着自家国旗就在地铁里睡，见多了，品出他们的另一种舒服。而悉尼人，在奥运开始前就“逃”走一大批，当地放了假，生活在其中的人反而提前撤离，好像躲什么似的，这或许也是一种能够看淡了的放松。

在我散步时，也没少遇上打架的。突然一通喧哗，过去一看，里面打起来了，不一定都为姑娘，也有两拨裹着不同国旗的，估计是白天赛场上两国专业运动员比出了胜负，晚上业余的不服，再换个暴力点儿的项目比一回，裁判是周围的“观众”。还好，不劝架不起哄反而经常喝彩加油，打一会儿，哥儿俩散了，一般并列金牌，并且没准儿一块儿进哪个酒吧又喝上了。

平时，街头到处是表演的，也来自世界各地。看多了，得出一结论，这表演，不一定是给看客的，反而是自得其乐的多，周围人多人少，对他们似乎影响不大，于是，看着都舒服。

每一个角落都似乎无序，组合在一起，像一个快乐的剧场，互不干扰却互相映衬，让我明白：一届奥运的成功，非得是赛场内外都出彩才行。于是，有梦：有一天，这也是我们的奥运或平日城市的氛围，千万别总是被城管严格管理后的整洁“一刀切”。现如今，上海世博会的主题是：“城市，让生活更美好。”一不注意，我给它改了一下：“生活，让城市更美好。”

亚军是罪犯吗？

这是我第一次做奥运的直播总主持，当然，中央台以前也没有。开始前，我就和搭档宁辛说：别拿我当主持，就当我是一体育迷，是陪着观众看奥运的。

说到做到，整个奥运期间，我们放松得可以，大不同于以往。高兴时，直播中两主持人敲桌子击掌；不顺时，有情绪有牢骚话；紧张时，不敢看，躲起来让自己舒服些。比如，孔令辉与瓦尔德内尔打成二比二平后，第五局，我没敢看，跑到门外，只不过，一会儿露个头问一下比分。

必须承认，做多了新闻之后，做奥运，真是一件开心与快乐的事。没那么多禁忌，自己就先放松了，怎么可能不在屏幕上展现出来？

当然，仅有放松的状态，是远远不够的。你对体育比赛以及胜负是一种什么样的态度，是否也可以放松一些，决定着你的关注点、语言及判断。

开始前，我想过这个问题，以我自己作为体育迷的角度来看，体育不只是竞技，更是人，是情感。很多专业的术语和数据，冰冰冷冷，其实不一定让人感兴趣，奥运赛场，之所以让人牵肠挂肚，是因这里有人，有情感，是人与人的较量，是运动员情感的世界，更是体育迷在观看比赛时的情感变迁。所以，抓住人，释放情感，与观众共鸣共振，错不了。

想通了，才会有过程中喜怒哀乐的释放。当然，中央电视台第一次用这种方式直播，演播室也成了“安全阀”，于是，就有各种各样的意外要面对。比如有一次，要直播颁奖仪式，导播要求快收尾进现场，正收着呢，导播耳机里突然告诉我们：现场有问题，你们接着说。一会儿刚要进现场，又有情况又接着说，最后那一段，我和宁辛撑了二十分钟，难怪观众会留言：这会儿两位有点儿唠叨啊！

轻松归轻松，奥运也自然提供思考。在那届奥运会上，中国的首金来得不如想象中早，被寄予厚望的选手连连失手，王义夫打出了不错的成绩，最后得了银牌，却没想到，在国内骂声一片。这骂声，在当时还不算发达的互联网上清清楚楚，让我很觉不平，也自然会在直播中，为银牌正名。我不明白，为什么不容

金牌的滋味如何？虽然金牌在我嘴边，但真正的滋味，我身边的举重冠军占旭刚最清楚。从亚特兰大开始拿冠军，到悉尼奥运达到巅峰，成为传奇。体育场上没有永远的赢家，四年后的雅典奥运会，占旭刚居然连成绩都没有。不过，在这之后我反而想要请他吃饭了，只是到今天还没得逞。

易得到的银牌，竟然在一些国人的眼里，会与失败挂上钩？

这里，要讲一个澳大利亚在本届奥运上的首金故事。

其实，哪一个主办城市，都希望自己本国的选手夺得首金，悉尼奥运也是如此。他们预想的第一块金牌是女子铁人三项，参赛的两名澳大利亚选手，在世界排名前两位，澳大利亚人都认为：这块金牌跑不了。

比赛当天，万众瞩目，然而人算不如天算，比赛结束，另外一个国家选手异军突起，夺得冠军，澳大利亚选手，只夺得银牌。

按理说，骂声该起了。

但是没有，依然到处是笑脸，没有抱怨。第二天的报纸上，是亚军选手灿烂的笑容，还有她的一句话："我为我能为自己的祖国夺得第一块奖牌而开心。"

这笑容与话语，感染得我都替她开心。

再想到同样获得银牌的王义夫，却千夫所指，像一个做错了什么事的悲剧人物。好在四年后的雅典奥运会上，王义夫再度出山击落金牌，让自己的运动员生涯完美收官。如果现在你有机会问他：金牌与银牌差别大吗？或许他会平淡地告诉你：太大了。

这平淡的回答中，感受可不平淡，是王义夫用自己的难过与委屈得出来的结论，字字是泪。

不过，后来，中国军团太顺也太帅了。当中国夺得第 28 块金牌之后，我顺手在白纸上"2"和"8"之间加上两个"0"，写下"2008"这个字样，对着镜头说：这 28 块金牌，或许正奇妙地预示着我们 2008 好运！

第二天，在北京的媒体同行，将我的这个举动和这段话登在了报纸上，我想大家都想在这一个巧合上讨一个吉利。只不过没想到的是，在中国夺得第 28 块金牌之后不到一年，在莫斯科，北京相对轻松地获得了 2008 年奥运会的主办权，而我也成为这一历史时刻的见证人。这之后，可能是因为在悉尼奥运会上的主持让大家的印象深刻，于是，《新周刊》杂志的一个大调查：你希望谁主持北京奥运？我"幸运"地排列在第一位；再后来，我的确在八年之后主持北京奥运直播。而这一切，都是从悉尼，这个让人曾经忧伤又欣喜的城市开始的。

所以，无论对于中国，还是对于自己，或许都该说上一句：谢谢悉尼！

又申奥了，能赢吗？

中国体育军团在悉尼大获成功，喜悦还并未完全退去，一个悬念再次展现在中国人的面前，2001 年 7 月 13 日，莫斯科，国际奥委会将决定哪一座城市成为 2008 年奥运会的主办城市。

由于北京再度参与竞争，于是，7 月 13 日的莫斯科，也就再度让中国人牵肠挂肚。

不过，面对莫斯科，已不像 1993 年面对蒙特卡洛。那一次，我们似乎并没有准备好落选，有一种毕其功于一役的天真以及非我莫属的孩子心态，一票之差，让 2000 年奥运属于了悉尼，也实实在在给中国人上了一课：心平气和的课。争奥运的赛场，胜败乃兵家常事，在这个世界上，可不都是赢！

而这一回，面对 7 月 13 日的莫斯科，我能感觉到更多人想赢不怕输的心态转变。其实，这心态的转变正是成熟的一种标志，甚至，可能正是最后北京能够成功的因素之一。

我盼着北京赢，因为不仅期待见证自己生活的城市办一届奥运会，更重要的是，我期待着奥运这个搅拌棒，能为中国带来改变，不仅硬件，更在于软件。

不过，我从没想过会去莫斯科，会去主持北京申奥的直播。因为这与悉尼奥运的直播不是一回事。

然而出乎意料的是，2001 年的春天，接到指令，我将去莫斯科，承担主持申奥直播的任务。

听到的那一瞬间，我有点儿蒙。不是兴奋，而是诧异：为什么？

这个答案，直到一年后才有了一个不知是真还是假的回答。

据说某一天领导们开会，定夺莫斯科申奥直播的主持人选，没多久，人选确定，大家打算散会，突然间，有一领导发问：如果在莫斯科，北京申奥失利怎么办？

领导们又坐下并陷入沉思。

这个问题与主持人是有关系的。假如北京申奥失利，那一瞬间，主持人该说些什么，又得体又不卑不亢，又能抚慰那一瞬间很多破碎并难过的心？

在 1993 年蒙特卡洛的北京申奥直播时，当北京一票之差落选的一段时间里，人们听到的是沉默；多年之后，当然不希望这一幕再演，所以，散会前的这一个提问有针对性。

于是，我的名字被提了上来。原因无非是从香港回归到当时，中央电视台直播的所有大事件，都是由我来主持，还没有出过差错，并且相信我：假如面对北京再度落选的结果，我会控制住局面，不至于失控或不得体。

很快，领导们达成共识，就他了。于是，我有了莫斯科之行。

也就是说，选中我，本身就是为假如北京申奥失利所做的一种准备。这说明经历了上一次申奥之后，人们的心态走向成熟，想赢的同时也做了不赢的准备；另一方面也说明，同七八年前相比，奥运热不仅没有降温，反而热度更高，万众瞩目，相关的准备与直播，恐怕也都压力巨大。

当时的我，并不知道这一切，高兴与兴奋谈不上，反而是一种好奇夹杂着担心的心情。前去莫斯科的行装好准备，然而选择怎样的表情却最难。当行李箱的盖子即将合上的时候，我真的不知道，最后一件物品，我该放进去的是笑容，还是泪水？

我住“713”房间

从北京出发，一路上便做着各种各样的分析，分析自己，分析北京的对手。到达莫斯科之后，时常见到申奥代表团中的何振梁等资深人士，话题也离不开这一点。综合在一起，得出的结论是：有信心，没把握。

于是，心始终是悬着，任何一个小的巧合或暗示都会被放大地接收。

到达莫斯科，我们入住的是苏联风格十足的乌克兰饭店，大部队浩浩荡荡地进入大堂，等着分钥匙。一位俄罗斯大妈给大家随意地分发，钥匙到我手里，我仔细一看笑了，我的房间号是“713”，也就是说，和申奥的日期相同。看到这个巧合，我对围过来的同事说：行了，北京估计没问题，胜利的晚上，到我房间里来庆祝。

同事们都笑纳了这个乐观的建议。

虽然都笑着，当时的压力可不小。2008 年奥运由哪一座城市来办，是由国际奥委会委员一票一票投出来的，这些委员来自世界各大洲的不同国家，他们不仅有本大洲的利益要考虑，还有国家利益要考虑，以及个体与个体之间的情感，更何况，还有各申办城市几年间攻心的巧妙技巧，到最后，这一切聚在一起，会在投票时产生怎样的影响？还真是一个谜。

在莫斯科，也听何振梁老先生分析过，他当然能知道，百分之百会投中国北京的委员有谁，但是，除去这些铁定的投票者，那些百分之九十五、百分之九十、八十甚至百分之六十会投北京票的委员，到最后关头，又会票落谁家？我能感觉到，连何老本人都无法百分之百地确定。这恐怕也是何老脸上，表面平静，背后也隐藏着焦虑的原因所在。

恐怖时刻

除去实力与技术的因素，莫斯科城里也依然有一些不希望北京成功的个人或组织在活动，比如“藏独”，比如“法轮功”。

记得有一天早上，当我们走出饭店等班车的时候，看到很多藏族打扮的人，当时还有人说：“西藏体委也有人来了！”但马上有人提醒：“不对，这是‘藏独’，你看他们的旗帜。”

大家一看，果真如此，一瞬间，轻松的气氛变得凝重，只是，当时大家都不知该说些什么，该做些什么。

然而毕竟是在莫斯科，不过几分钟的时间，开过来几辆警车，下来好多英武的俄罗斯特警，很短的时间，“藏独”分子与他们的旗帜都被装上汽车，很快开离了现场，就仿佛什么都没有发生过一样。

而类似的事情绝不仅仅这一次。

在7月13日当天直播时，又发生了绝对惊险的一幕。

当时我们是全天直播，按程序，五个申办城市一一陈述，做最后也是最精彩的自我展示。

相信大家都对北京的陈述印象深刻，尤其是何老的那句话：你们的每一个决定都可以记入历史，但只有一个决定，可以创造历史。

然而这一切，我们的观众差一点儿没看到。

在北京之前陈述的城市，一个是日本的大阪，我们正在直播时，突然电视信号全都消失，好在经过简短过渡，我们播放了事先准备好的相关专题，直到信号恢复，又继续直播。由于当时不是北京的陈述，又经过了很迅速的直播处理，几乎没有观众感觉到什么。

可这是一个让所有在现场的人感觉到心惊肉跳的事件。

原来这是一些捣乱分子以为这些日本的亚洲面孔是中国人，于是，在外面，居然弄断了电缆的接口，导致信号全部消失。

好在他们弄错了，也只有在这样的事件中，我们感觉，马虎真是一个天大的优点。但有关方面可就马虎不得，从那之后，电缆端口一直由俄罗斯的保安把守，直到整个申奥过程全部结束。

在直播间听到这个变故，先是惊讶然后是庆幸：吉人自有天相，就当这一个恐怖的插曲，是为北京最后的成功做戏剧化的铺垫吧！

我比萨马兰奇早一分钟说了“北京”

决定胜负的一刻到了。

其实我们做了充分的准备，比如在蒙特卡洛，我们直到最后一轮，才一票遗憾落选，而整个过程迭宕起伏，始终保有悬念。所以，这一次，虽然之前的分析预测都指向北京成功面更大，但我们毕竟从没有成功过的经验，因此，不敢太乐观，太自信。

然而，也正是这一种压抑的好奇与期待，才在释放的那一刻，爆发出前所未有的激情。

仅仅第二轮，萨马兰奇就拿起了信封，走向发布台，显然，从信封的开口状态来看，结果出现了，而分析研究对手之后，能在第二轮就获胜的城市，我认定：只有北京。

按理说，那个时候主持人已不该说话，但我还是在萨马兰奇起身后，补上了一句：结果出来了，北京希望很大……

也就是说，我比萨马兰奇还早了一分钟，说出了“北京”。

果真，耳机里立即传来导播间的指令：“不能说，万一错了怎么办？”

其实这时，我心里已经有底，这话出口不是赌博，而是根据事前的准备与了解，第二轮获胜，只可能是北京。

于是，到了那一刻，还是萨马兰奇，还是对着全世界宣布，只不过，这一次，在他的口中，最后出现的城市不再是悉尼，而是北京。

“北京”二字一出，我相信，引爆了中国，当然，也点燃了中国通往未来的激情。像是没有停顿，“北京”字眼未落，所有的中国人都跳起来开始呐喊。

北京与您自己，在那一刻是怎样的状态，相信都是刻骨铭心；而莫斯科的演播室，三位主持人，宁辛、张斌和我，在高声尖叫甚至忘了还在直播之后，我们对着镜头端起了事先准备好的香槟酒，干杯庆祝，一饮而尽。

这一个镜头我们事后才知道，被国外多家主流电视机构切换播出，成为代表中国人庆祝胜利的一个标志性镜头。

在外面的导播间，中央电视台最早的奥运火炬手，体育中心主任马国力，在萨马兰奇宣布北京之后，当众失声痛哭。这眼泪，更加深了我对他的尊敬；这眼泪，清楚无误地告诉我们，这二十来年，他为电视体育的努力，早已不是工作，而是一种梦想，莫斯科这一历史瞬间，正是对他过去二十多年追梦的回报。

七年之后，他并不是以中央电视台体育中心主任的身份投身北京奥运会，而是成为向全世界提供北京奥运会电视转播信号的公司管理者，与莫斯科时相比，七年后的马国力头发花白，然而依然拥有年轻的心。

不只是马国力一个人在落泪，以这种方式在莫斯科庆祝的人很多，当然，更多的是尖叫与兴奋击掌蹦跳的人们。在兴奋之中，我们在莫斯科的直播结束了，这个时候，两拨人进了演播室让我印象深刻。第一拨，是对面，北京申奥竞争对手城市所在国家的电视机构的工作人员，来我们这儿祝贺北京成功，这祝贺真诚而让人感动，相信，也是克制了失望之后的举动。面对他们的祝贺，我似乎开始超越短暂的兴奋，看到了一种属于奥运的更大气的东西。第二拨，是中国申奥代表团的成员，包括屠铭德等人，他们一进来，就享受了我们英雄般的欢迎，而一个难忘的细节是，见我们桌子上饭盒里有剩下的包子，屠铭德一口气吃了两个，一边吃一边说：饿死了，真好吃！

这时的马国力（中）已经恢复了平静，只剩下发自内心的开心。他与我和方钢（悉尼奥运会时我们的导播，现在升官为主任）共同在莫斯科演播室里留下难忘瞬间，不能免俗，也用手指“V”一下。

我从这个举动中明白，他们好久没吃饭了，或者说，是吃不下。而获胜，让他们的饥饿感又再生了。

又隔了一会儿，我们几乎所有人的注意力，都被演播室内一个小小的十四寸监视器给牵住了，原来，在这台十四寸的监视器上，可以看到国内狂欢庆祝的直播。

看着天安门广场、世纪坛广场挤满了人，看着三环二环成了停车场，看着以前没见过的疯狂而兴奋的中国人，我突然开始想家。或许，在萨马兰奇宣布之前，在莫斯科身临其境是一个让人羡慕的机会，但是在北京获胜之后，最寂寞与痛苦的恰恰是在莫斯科，因为你无法在长安街上呐喊，在三环路上与他人分享。于是，我们只好对着电视屏幕目不转睛，并开始计算归程。

北京申奥胜利，在莫斯科的红场上，也得到了“列宁同志”的祝贺；可惜，祝贺完毕是要收现金的。在红场上，除去“列宁”，还有“马克思”“恩格斯”，都是民间特型演员，属于旅游创意产业。“列宁同志”与我握手之后，骄傲地告诉我：“我和毛泽东合过影！”拿出照片一看，原来是唐国强。

醉卧莫斯科

我原定14日晚从莫斯科回北京，但一个兴奋的意外，让我的归程不得不推迟一天。

当天晚上，一些同事在我的房间，也就是“713”，拿啤酒小小地庆祝了一下。

第二天中午，我们一群人，在马国力主任的率领下，到莫斯科街头找了一个小酒馆，开始忙碌之后的兴奋总结加庆祝。

那天我们喝的是俄罗斯的招牌酒伏特加，这酒下口容易，可越容易就越会让人忘了它超过40度的酒精含量，更何况狂喜中的我们，有着北京成功与直播成功的双重释放，于是，我似乎拿酒当了饭，一两一个的杯子，头十几个我还清楚，后面的，我就不记得了。

等我醒过来，是在15日凌晨的乌克兰饭店的“713”房间，也就是说，我错过了头一天晚上回北京的航班。醒来之后，身体难受极了，从未有过的难受。然而，直到今天写到这里，我依然会笑，从不后悔。人的一生中，总要做些傻事，疯狂的事，牺牲了自己两天，换回一些含笑的回忆，值了。唯一不好意思的是，那宿醉，该给同事们添了不少的麻烦，不过，他们也正是我美好回忆中的一部分。

15日的晚上，我终于登上了回北京的飞机，机舱内，大部分是中国人，抑制不住的某种兴奋神情依然在机舱内发酵。因宿醉，我一路无话也无眠，与来时的焦躁不安相比，这归程前所未有地踏实。只不过，我知道，无论于我，还是北京又或者中国，一个新的梦想开始了，七年之后，北京会给世界怎样一个答案，而时间，又会给中国一个怎样的改变？

07

古老中国的成人礼

◎我永远记得四川绵阳一位火炬手对我说过的话：大地震来了，我们没哭，然而当我知道火炬传递取消之后，我们哭了。

◎如果奥运是场考试，我们中国是应试教育的高手，绝对的高分；可如果说起素质教育，我们还需要时间。

◎低调之后的“爱国主义”反而变得更深沉，更内敛，也更实在，更深入人心。

八年后·回头看

如果拿北京奥运的标准去衡量，未来全世界没有几个城市能办奥运会了。反之，再看巴西，虽然简朴，但是开心快乐，人们信奉着“万事尽头，终将如意”。这可能就是里约奥运的价值。

2001年7月14日，莫斯科。

北京头一天刚刚获得奥运主办权，当我们轻松下来享受喜悦并认为离开幕还有七年，时间足够漫长时，申奥代表团的老体育魏纪中说了这样一番话：

“对于想看奥运的人来说，七年太长了！但对于办奥运的人们来说，七年太短了！”

我记住了这句话，而在当时，却并未深刻地明白这句话的含义；又或许，我们都算是要看奥运的，因此，虽明白这句话的含义，却依然认为时光漫长。

然后就是一次又一次与北京奥运结缘，从倒计时一千天，到口号、吉祥物揭晓，从歌曲征集到为残奥会做志愿者，既然奥运来到了北京，这些工作就不可推托。然而就在这样的过程中突然发现，原以为漫长的七年时光，就仿佛一瞬间悄然流逝，昨天还是一片工地四处让人不便的北京竟然一夜间已是张灯结彩：北京奥运真的来了。

2008年8月6日，奥运火炬经过数万公里带着波折的旅途，终于回到北京。这一天清晨，北京的传递开始，这是火炬传递的最后一站，我很幸运，将以北京站火炬传递第八棒火炬手的身份，在午门与天安门之间，完成奔跑，并将火炬交给第九棒——姚明。

这是一个神圣的五十米，虽然头一天记者发布会时，我曾开玩笑说：我将需要一个梯子以便将火炬传给姚明。但玩笑归玩笑，其实心中很难真正地轻松起来。并不是兴奋与紧张，而是2008年的中国，太过不易，这个时候，原本应当轻松的奔跑已经变得注定无法轻松。

其实，这并不是我第一次成为奥运火炬手，只不过，上一次更多的是轻松与快乐。

在2004年雅典奥运之前，圣火传递第一次选择了中国的北京，我很幸运地

2008 年的火炬传递时，两边依然有很多孩子，他们大概是各学校组织来的。抚摸还未点燃的火炬时，他们的阵形乱了，但是流露出由衷的兴奋与快乐。其实，这才该是火炬传递的意义。

被推荐，成为中国区的第十一位火炬手。记得那一天，北京阳光灿烂，温度很高，当火炬手采集车每隔二百米放下一个火炬手之后，我站在了天坛之前的道路上。道路的两边都是人，其中有很多的小朋友，于是，我拿着还未点燃的火炬，让道路两边的小朋友一个接一个地摸过去，看着小朋友们的开心，我甚至觉得：我的任务已经完成。

也正是在那一次的火炬传递中，我突然明白了一个火炬手的职责：你自己，没有多大能量，但你可以做一根火柴，使命并不是燃烧自己，而是点燃人群中的热情，这样，火柴的价值才最大化。

又过去了四年，到了北京，我们这些火柴，又该点燃什么？

由于我们头九位火炬手承担着北京火炬传递的开篇，因此一大早，我们就坐上了第一辆火炬手车，从集体驻地开进了午门前广场。

在头九名火炬手中，有起跑的杨利伟，之后的韩美林、刘恒、常昊、我和姚明等人，我将从常昊手中接过火炬传递给姚明。

传递开始，当常昊把火炬传递给我之后，我们俩用一个下围棋的方式完成了交接；接下来，我停了下来，用右手的单手指伸手向天，仰望蓝天，静默了三四秒钟，然后起跑。

这三四秒钟，时间上很短，而在我心中，却已停留了很久。

很多人懂了，不过也有人问我：“这是什么意思？”

喜欢足球的人都知道，当有队友不幸去世，他们的队友，往往在下一场比赛进球之后，用手指向天，静默几秒钟，就是为了告诉逝去的队友：“你看见了吗？我们依然在一起，我们所做的一切都是为了你！”

同样的，我只是用这个身体语言来表达对汶川大地震中遇难者的追悼。

这种感受恐怕很多人都有，而我有这个机会，我该替人们表达。记得在地震后，我在四川采访，当时负责绵阳九洲体育馆灾民安置工作的是绵阳市委办公室的熊万贵，他是一位将要退休的老公务员，也是一位入选的火炬手。然而由于地震，绵阳等地火炬传递取消，我永远记得那一天他对我说过的话："大地震来了，我们没哭，然而当我知道火炬传递取消之后，我们哭了。"

听过这话，回到北京之后，我也曾跟有关部门反映，是否可以有所抚慰，相信和我一样为他们说情的人很多。后来，在绵阳曾安置灾民的九洲体育馆内，特意举办了一个火炬传递展示仪式，不知是否是一种安慰。

在午门前做完了这个手势，我开始出发，然而不得不面对的事实是：由于我们是在午门到天安门间传递，因此，每人只能跑五十来米，所以我几乎刚出发，就看到了"中国的高度"——姚明出现在眼前。

雅典奥运火炬传递之后，七岁的儿子穿上我的行头，来了个火炬手的造型；可惜四年过后，他好像对此事没了多少兴趣，我找不到一张他穿北京奥运火炬手服装的照片。对于这一代中国孩子，很多事情已经变得天经地义，没那么值得激动了。我也不知道，这是不是一种"进步"。

我与他拉了一个勾之后完成了火炬交接，而这一个勾，我俩明白含义，这是之前聊天时定下的：你们男篮好好打，不必功利地提前决定舍弃哪一场拼命哪一场，最好是从头拼到尾，不管最后第几，我们都为你们加油。姚明当时的回答很肯定很爷们儿：我们肯定每场都拼。

我喜欢这个约定，这里蕴藏着一种心态的改变。奥运不能只是一个追求功利目标的名利场，而是大节日，我们为什么不能抛弃胜负去爽一回，没准儿结果还不错。

果真，中国男篮的结果还不错。

然而跑完火炬的我自己，却遭受了一个小小的打击，打电话回家，问夫人儿子看没看直播，得到的回答让我很受伤：不好意思，睡过了，没看到……

不过，将来有一个场合，他们一定会在现场，那就是很多年后，我会把两次奥运会前传递的火炬、衣服，全部拍卖出去，用那款项，去为需要的人们做一些什么，因为，这一切，本就不属于我自己。

火炬传递，历经波折、考验之后，终于回归本质。而对于我们来说，考验才真正开始，准备了两三年的奥运直播水准合格吗？准备了七年的北京可以吗？准备了几十年的中国可以吗？北京奥运结束，我们会用怎样的文字来给出答案，又该留着怎样的记忆通往未来？

我惴惴不安，却又充满自信。

以下的文字，是我的记忆与总结，写于北京奥运刚刚结束后的第三天，为复原那时的所思所想，我决定，一个字都不改。如有回头看时，因情绪或思考还在奥运落幕的大背景下所致的欠妥之处，敬请谅解。

未来：在回忆中开始

一直以倒计时方式出现在我们面前的北京奥运会，终于以过去时的方式出现在我们的回忆中，别人的评价我们已经听到，自己的评价也还不错。别的不说，如此平安奥运，先就是一个成功；还有菲尔普斯、博尔特这样的天才表演；与此同时，“加油”也成了国际词语；政客、明星、商界领袖，在这一个炎热的八月，都有着属于自己的中国行程；开赛前的质疑、抵制已经像笑话一样远去。这个时候，我们该想想自己：当世界得到了很多，我们又得到了什么？

金牌第一，却没有第一的扬扬自得

中国以五十一块金牌，夺得金牌总数第一。自1908年以来，除去莫斯科与洛杉矶因东西两个阵营互相抵制的奥运会不作数，五十一块金牌，是各届奥运会中，主办城市所在国家拿金牌最多的，这等于创造了一个新的历史。

有趣的是，你几乎看不到这个“第一”所应当带来的骄傲感，体育总局的领导说：我们金牌第一，但还不是体育强国。温家宝总理对美国来的赵小兰说：你们还是奖牌第一。这是典型的中国式低调，当老二可以，绝不当老大；深挖洞，广积粮，缓称王，让人急不得恼不得。

不过，一个拿到五十一块奥运金牌、奖牌数达到一百枚、在近二十个大项上全面开花的国家，如果再不是体育强国，那才真的会让人不解。因此，也没必要太谦虚，体育强国是肯定的，但强在争金夺银上，在这些看得到的指标上，我们绝对强。如果奥运是场考试，我们中国是应试教育的高手，绝对的高分；可如果说起素质教育，我们还需要时间。

一百块奖牌，金牌占了五十一块，也就是说，金牌比银牌和铜牌的总数还多，在本届奥运会金牌榜前十名国家中，这种情形是唯一的，接下来，就要去找牙买加这样的速度之国才可以看到同一现象。这充分说明了我们“金牌战略”的成功，打破了别人的金字塔型成功模式，不过，这也说明我们在厚度上的欠缺！

在五十一块金牌中，没有一块真正意义上的集体球类项目的金牌。在本届奥运会上，中国一共拿到了四个团体冠军，为历届最多，两个属于男女体操，另两个属于乒乓球男女团体。仔细一看，这几个团体项目并不靠配合与组织，依然是由个体的强大，最终夺取了金牌。而在集体球类项目中，我们最好的成绩，是女子曲棍球的银牌，再加上女排的铜牌；倒是女子花游的团体铜牌和艺术体操的团体银牌让人兴奋。这么看下来，我们依然没能在体育上告别“一个人是条龙，组合起来却是虫”的批评，而男足更成为世界级的笑话。在这方面，我们和美国、巴西、俄罗斯等国的差距太大，甚至和阿根廷等国家都相距甚远。

所以，金牌第一，还真的只是一种数字游戏，它让我们高兴，却未必让我们骄傲。这些金牌中，让人振奋的是射箭、赛艇、拳击、帆板这些从未得过金牌的项目突破，它们，仿佛向人昭示着未来的方向。当然，还有男子佩剑的金牌和男子游泳的银牌这些亮点让人印象深刻。

另外，还有一点是不能忘记的，这五十一块金牌，男人拿走了二十四块，女同胞拿走二十七块，男女差距如此之小，为历届所少见，男女终于在奥运金牌上靠近了平等。

最后想说的是，金牌总数第一的最大好处是：拿过一次第一，以后就不会有那么浓厚的第一情结，不必执着，可以放下，我们可以更轻松、更自信地向前走了。

低调的“爱国主义”与高调的“爱情主义”

夺得一枚金牌，要升一次国旗奏一遍国歌，前几届，即使分秒贵如金的《新闻联播》，也必须每一块金牌升一次国旗奏一遍国歌。好在前几届，咱们只有一次一天拿了六块金牌的情况，剩下的一天拿好几块的并不多见，于是，《新闻联播》也没太为难。

但到了本届，最多一天拿了八块金牌，没有一天没金牌，而且一天大多不止一块，如果照老规矩办，恐怕《新闻联播》就变成颁奖仪式重播了。于是你发现，不管一天多少金牌，几块金牌在画面上合并，升一次国旗奏一遍国歌就全部展示完毕，效果依然很好；而且这个决定，并不是因为金牌拿得多才定下来的！

其实，这只是一个小小的细节，这一次，人们都能感觉到，几乎与奥运共生的“爱国主义”，在本届奥运期间，并没有那么高调。媒体的报道，少了很多“为国争光”，“他（她）是中国的骄傲”这样的字眼；而运动员言语中，也少了一些空洞的套话，记者的提问也不会把他们往“爱国主义”的基调上引，低调之后的“爱国主义”反而变得更深沉，更内敛，也更实在，更深入人心。

有趣的是，当“爱国主义”更低调更内敛，“爱情主义”却前所未有地高调起来，几乎从头到尾无处不在，而且不分中外。

这个时候，我才知道，我们为什么会那么喜欢四年前的张国政，原来他四年前已用夺冠后的“老婆，我爱死你了”，提前宣告了奥运赛场“爱情主义”的到来！

埃蒙斯用四年两个最后一枪，成全了两位中国奥运冠军，但更成全了他与妻子动人的爱情故事。于是，你发现，从开赛的第一天一直到闭幕甚至很久以后的未来，埃蒙斯的爱情故事一遍又一遍地出现在中国的各种媒体

在北京奥运举办之前，我和杨扬、濮存昕等人，有时间就为残奥会做一些志愿者的事儿。相比于正常并鲜花陪伴的运动员来说，残疾人运动员以及整个社会上近八千万的残疾人，更需要支撑和支援。合影中是一位残疾乒乓球运动员，她还没有资格参加北京残奥会，但希望伦敦残奥会上出现她的身影。

中，他们夫妇几乎超越查尔斯与戴安娜以及小贝夫妇，成了在中国最知名的异域伉俪。

当然，中国运动员也更外在地展现着自己的爱情，事先就开始张扬的爱情，成了媒体聚焦并放大的重点。

杨威夺冠后，对着镜头喊“我想你”；

王楠打完最后一个球，含泪跑向老公；

沙排的田佳走出赛场，面对手拿玫瑰的男友，立即相拥深吻；

还有张宁和老公的默契，林丹和谢杏芳的相互鼓励，王敬之和谭雪共同面对失意、皮划艇外教马克和中国爱人的庆功亲吻……爱情终于成了主义，并在德国选手施泰纳夺冠后达到高峰，这位选手拿着不幸因车祸去世的妻子照片，站到领奖台上，他没有哭，却与天堂里的妻子，共同分享这份荣耀，那一时刻，爱情如此地耀眼，超越金牌！

我喜欢这种奥运与爱情的完美结合，爱情主义是另一种温暖的“爱国主义”，它从家庭爱起，从亲人爱起，它没有什么宏大的词汇，却贴近我们每一个人。是的，赛场上有些规则我们不懂，但是爱情，我们懂！

郎平赢球与刘翔退赛是两堂不错的公共课

自打郎平执教美国女排，人们就开始构思中美女排在北京奥运会上相遇的场面，让人想不到的是，它还真的来了，并且带来了人们构思时所没有想到的结果。

郎平接手美国女排时，中国女排是世界冠军和奥运冠军，而美国女排还多少显得有些业余。于是人们构思“和平大战”，是因为提前预定了中国女排胜的结局。在很多人心里，还不能接受中国人带外国人打败中国选手，如果输给我们，比如乒乓球跳水什么的，还可以接受。但出乎意料的是，当真的“和平大战”来临，中国女排和美国女排都处在危急的形势中，谁也输不起，于是“和平大战”无和平，最后中国女排输球！

不理解甚至责骂的声音一瞬间喷薄而出，在这个时候，媒体和相当多的公众显示出理性和成熟的一面，没多久，更多的人接受了郎平赢了中国女排的结果，和平之战变为平和接受之战，并迅速地在美国女排接下来的比赛中，又传出了“郎平加油”的呼喊声。别看这种转变只是一两天的时间，但它鲜活地成为我们走向成熟的一堂公开课。在这个你中有我，我中有你的时代里，我们不能只高兴于法国教练领着中国剑客击败法国人，也要适应中国人领着外国人打败中国选手的局面，适应了就是一种真正的开放，一种内心深处的开放。

这堂课刚过，另一堂课又来了。

十三亿中国人在田径赛场上的独生子刘翔，居然一枪未跑，退赛了。那一瞬间，中国一片死寂，之后一声群体叹息，我们共同为刘翔写的大团圆结尾，怎么刚开始就结束？怎么可以演砸了？

互联网以最快的速度传送出责难、质疑和让人无法读下去的咒骂，“骗子！”“你应当走到终点！”“跑不过人家吓得吧！”……于是，孙海平泪洒记者招待会……那一天，奥运会消失，中国人眼中，只剩下刘翔。

因伤退赛，其实本不该是问题，所以仔细想起来，此事已与刘翔无关，而变成我们每个人的问题，该如何接受？能不能接受？

几个小时之后，骂声依然，但理解的声音增高了分贝，媒体保持着令人尊敬的理性，慢慢地，理性占了上风，越来越多的人开始平静地接受了刘翔退赛

刘翔刚刚拿到“世界青年冠军”之后，在出征世锦赛之前，我曾将他和孙海平师徒二人请进“新闻会客厅”，这应该是央视最早做刘翔师徒人物专访的栏目。还有一次，是在演播室为刘翔过生日，因为他的生日很中国很奥运：7 月 13 日。这张照片摄于刘翔雅典奥运会夺冠后。尽管在北京奥运中退赛，他们师徒俩依然是我心中的英雄。

的事实。这个时候回头看，即使最初的咒骂，或许也不过是瞬间的发泄，不排除一段时间过后，他们中间的很多人，也慢慢成了理解者。理性的建立不容易，它需要时间，也应当给它时间。只不过，从郎平到刘翔，媒体和越来越多的公众站到了理性的一面，这是一种进步，媒体的理性，让民众的情绪在释放之后也被另一种声音平衡着，并给理性以生长的空间。

当然，中国人可以带领外国队打赢中国队，运动员除了成功还有伤病，而受伤是可以退赛的。这些问题都是常识，表面上看没什么可争论的，最后我们不过用理性捍卫了常识而已，但是，在这个时常1+1等于4的时代里，有时，常识能被捍卫，也真的是一件可喜可贺的事情！

于是，我们必须接受并感谢北京奥运中郎平赢球与刘翔退赛的存在，它帮助我们在狂热中冷静一些，思考一些超越体育的问题，测试一下我们内心的承受力，并让我们看到从感性到理性的转变，让我们更包容更大气，并能接受有缺陷的完美！虽然还并不是所有的人都能这样！

显微镜下的中国与放大镜中的未来

“开幕式很好，却出乎意料地没有毛（主席）和关于革命的内容，为什么？”

这是8月9日，开幕式第二天，一位外国记者向我提出的问题。

问题问完，我笑了，“如果不是你问起来，这个内容我连想都没想过！”接下来，告诉我旁边的中国人，大家都笑。这问题来得突然，我们中国人想都没想过的问题，在一些外国朋友的心里，看样依然是个不小的问题。

北京奥运会有很多需要保密的事儿，我与刘欢和莎拉·布莱曼合影时，主题歌啥调调，对外就依然处于保密期。我要先知道，然后采访他们，再把带子“交出去”，解密时才播。说起保守秘密的滋味，可是挺不舒服。我宁愿什么都不知道，到时候面临惊喜。

北京奥运的主题歌，原本人们以为会是一首“大歌”，没想到最后定版的是一首“小歌”——《我和你》。其实，它最初是作曲家陈其钢为国旗入场而作，却出乎意料地被当成了主题歌。

这位外国同行并不是第一次来中国，甚至可以说是中国通，而且，提问里充满善意。

“这些天，示威的人不少，在天安门广场和其他地方都有，你们的《新闻联播》为什么没有报道？”

这是奥运会进行到一半时，另一位外国记者向我提出的问题。

我对他开玩笑说：“你们的欲望可增长得真快，从‘我可以去中国吗？’到‘在中国我可以采访吗？’‘在中国我可以自由报道吗？’一步一步，终于有了对《新闻联播》报道示威内容的期待。”这一次，我没笑，目前的中国，在外国媒体和公众的眼中，就是如此复杂，纠缠着过去、现在和未来，理解误解和解让人很难分辨。毫无疑问，中国的大门打得更开，这次奥运，境外注册记者两万多人，非注册记者很难统计，奥运只是他们报道的内容之一。之前我采访他们中间的一些人，他们都开诚布公地告诉我：我们对中国所有的问题都感兴趣。为此，在奥运开幕前，我专门制作了一期节目，名字就叫“显微镜下的中国”，因为我清楚，这是一个考验，不仅是好与坏的事实，更在于我们的内心，自信与自尊的博弈。

当然，批评与质疑，也不在少数，但是十几天下来，我们损失了什么吗？似乎没有。门真的开了，负面、批评与质疑的报道虽然并没有结束，可更多的理解代替了误解。奥运会，像一座桥梁，真的拉近了中国与世界的距离。或许，有的时候，从误解开始，却依然可以以理解结束，但前提是面对面，而不是背对背。一想也是，这个世界上，爱中国与恨中国的，可能都不是多数，大多数人需要更多的靠近与了解，才会在接下来选择爱或恨。奥运是一个契机，我们应当有这个自信，中国，你只要靠近它，恨，就会远离！所以，打开大门并更彻底地打开，没什么坏处，最初的不适应过去，最后收获的一定会更多。

更何况，中国自身的民主进程正稳健地开始上路，中国的改革进入更深层次的攻坚阶段，民主、自由、人权……这些词语，不是为了奥运而喊出的临时口号，更是自身的需求。所以，一届奥运会，让我们经历了显微镜般的透视。之后，你发现，原来这一切没什么大不了，门开着，挺好！那么今天，我们也可以把这种收获当成一个放大镜，去照一照我们自己的未来，透明的中国，会更自信更有魅力！

媒体多了人性关怀，少了金牌崇拜

北京奥运闭幕的那一天上午，中国体育代表团的几位副团长去中央电视台播出区致谢，在这条电视新闻播出中，也许人们听到中央电视台体育频道总监江和平唯一的一句同期声就是："我们可真的没有唯金牌论。"马上画面中就看到崔大林点头称是，并解释中国体育代表团也是如此，画面上的口型证明他正拿陈中举例：如果唯金牌论，我们就不会接受改判的结果，因为只要我们不接受，结果就真的改不了！

看到这样的交流，真的可以很欣慰。终于到了告别唯金牌论的时候。当然，这或许有金牌已经望五十之后的轻松，假如金牌接连丢失，恐怕想不思念金牌也不行，但是，这种思念却该是代表团的事儿，作为媒体，早该知道奥运的魅力不仅仅是胜利，还有过程，还有失败，尤其是运动场上的人。

也因此，在开赛前，当知道我和宁辛要负责直播杜丽争首金的过程后，我专门给王义夫发了条短信，让他放心，我这儿不会加压，打出什么成绩都接受，一定会更好地理解比赛理解队员；并在开赛头一天，去了一趟射击馆，轻松地跟随王义夫转了一圈。我希望能通过这样的举动，告诉王义夫：我们不会唯金牌论，媒体不会也不该成为一种压力。

我之所以这样想并这样做，也是因为我和宁辛都忘不了八年前，在悉尼，我们拿首金的压力与王义夫得到亚军后遭受的质问，当然还有在澳大利亚没有夺得首金只得到亚军后，队员的笑容与媒体的祝贺！

是的，媒体不能再咬着金牌不放，而对银牌和铜牌却忽略不计，更不要说那些没有走上领奖台的运动员。

在《全景奥运》开播前，我特意在黑板上写下我们的理念：人、细节、故事、情感、戏剧化。并且专门设了奥运地理小板块，用一个演播室里的地球仪，为一些体育实力不强但重在参与完成突破的国家插上五环旗。十五天的时间，我们说到了阿富汗、伊拉克、蒙古、苏丹、博茨瓦纳等二十多个国家与地区，这里很少有金牌，但却有一个又一个比金牌还要精彩的故事，我们看到的一小步，却是人家整个国家的一大步。观众为此迅速和我们共鸣，最后这一块儿也成了我们的《全景奥运》的一个亮点。

甚至在我们主打的《封面故事》中，十五天的选择，其中好几期都与金牌无关，女排与女曲都成为过我们的故事主人公。这不是一种姿态，而是选择的标准：我们只在乎故事的精彩以及对我们心灵的冲击。

其实，不只我们，这次奥运媒体报道，不管电视还是报纸，不管广播还是网络，金牌都不是唯一的选择，否则，不会有丘索维金娜这样与爱有关的故事，不会有为阿富汗姑娘捐跑鞋的新闻，还有那么多银牌、铜牌和没有登上领奖台的选手故事，这是一种巨大的进步，让媒体与公众都更好地靠近了奥林匹克核心。

当然，就该是这样一种选择，媒体并没有多做什么，我们也只不过回到了常识之中。体育表面是竞技，但归根到底是人的故事，所有的数据和技术特点都会被忘记，可伟大的名字却永远留存。意识到这一点，并着力放大，并不晚，只是不知道，我们会不会一直坚持。

经济归经济，政治归政治，奥运归奥运

几年前股市低迷时，人们就幻想着奥运行情；去年股市火爆时，人们用奥运行情来说明当时的指数还不算高；今年年初股市暴跌时，人们说奥运前就会好起来；奥运真来了的时候，人们才发现，股市一路狂跌，砸到最低点。原来，股市与奥运是两回事儿，中国并没为了面子问题而想办法拉高股市。

奥运行情就这样，以极度深寒的姿态与让人热血沸腾的奥运共生共存，一半是海水，一半是火焰。倒是奥运一结束，股市才可能出现慢慢爬升的复苏迹象。原来奥运行情就是反奥运行情，但又必须承认，这不算是坏事！

经济的归经济，政治的归政治，奥运的归奥运，怎么说，都不是坏事。

奥运中间，居然开了一个记者招待会，由专家和官员来解读后奥运的经济走势，人们担心，奥运结束，中国经济下滑。不过，既然经济的归经济，或许这

种担心就不那么靠谱。

奥运后经济下滑，一般出现在中小国家，主办城市在该国经济中所占比例太大，所以之后下滑，但中国太大了，北京GDP只占全国的百分之四左右，您说，这种影响能有多大？一些诸如梦一样的概念，已经在中国这个巨大的经济实体里，很难再扮演兴风作浪的角色，中国的经济，有自己的脚步。

再来看政治，奥运开幕前，你听到得太多看到得太多，政客们刺耳的语言，抵制北京奥运的声音，干扰奥运的动作此起彼伏。然而北京奥运会开幕式上，八十多位外国领导人云集鸟巢，而且我要说的是：这并不是奥运开幕式的惯例。美国总统第一次到国外参加开幕式，日本首相也没去过几次，原来，我们得到的结果比别人还多得多，这就是中国的影响力，但反过来想，谁没来，不也正常吗？

布什说：与中国谈政治的时间有的是，现在是奥运时间。

萨科齐说：我无法抵制人类的四分之一。

是的，让政治归政治，而我们自己，是不是也可以更宽厚地看待各种各样的声音，就像世界必须要接受一个不一样的中国，我们也要习惯接受不太一样的声音与态度，这就叫磨合。所谓和谐，有时就是双方妥协的结果，各让半步就是和谐，当然，核心利益主权问题免谈。毕竟，单赢的世界已经很难存在了，在让别人别把奥运政治化的同时，咱自己也别把奥运用政治化解读才最好！

从此大事都当成小事，慢慢磨细节

整整七年的时间，当奥运的主办权花落北京，中国人就把2008，当成了百米终点的那一条线，你必须高速地奔跑，完美地撞线。是的，这一天来了，然而当你跑过终点，却发现，这条线不意味着结束，而恰恰是个开始，是一条新的起跑线！这一瞬间，你没有如释重负的感觉，因为前方已在等待！

五十一块金牌，除了带来内心的喜悦，它并不会带来我们个体的健康，也并不会立即带来更多人投身体育的热情。说句实话，奥运金牌越拿越多，但人们尤其是青少年参加体育活动的时间与热情，不仅没有进步，似乎还有退步的迹象，孩子们更多的时间是在准备考试，而不是在跑道上奔跑。这不是喜剧，当过完了金牌第一的瘾，我们该把注意力投放到全民健身上来，投身到帮助更多的人参与体育的热情中，并把职业化联赛和青少年人才的培养体系真正抓好，对于老百姓喜闻乐见的体育项目要格外用心！这些加在一起，才是未来中国体育进步的基础。

这七年，奥运一直是一件最大的事，压在几乎每一个中国人的心头，如今，它已完美落幕，一时间的失落与茫然过后，该是为自己加油把所有小事儿慢慢做好的时候了。今后再无大事儿，并不是没有大事等着我们，而是过了奥运这一关，我们都可以更心平气和地面对一切的事儿。粗线条奔跑的中国，将更加细心地安静下来，更专注地做好自己的事，把一切都从小处做起，从细节做起。奥运是中国改革进程中的成人礼，它恰恰与改革三十年奇妙地重合，我们该长大了！

近几年，我一直是卫生部“健康激励计划”的健康知识传播宣传员，这是我为2010年主题“吃动平衡，走向健康”拍的宣传海报。现在的中国人，很多在年轻时用命换钱，希望岁数大了能用钱买命，可惜，往往晚了。其实，健康才是真正属于自己的最大财富，储蓄健康比一味储蓄金钱更实惠。您应当每天提醒自己：迈开腿，管住嘴，让自己走向健康。

奥运会不是麻药，也不是致幻剂，它带不走这个世界上所有的问题所有的烦恼，也带不走前进中的中国所面临的一切问题。接下来，中国经济如何在通胀和增速中找到平衡？声音更加多元，我们又如何更加理性？这个世界，并不都是善意的面孔和理解的笑容，我们又该以怎样的心态去面对？

其实，我们还都没有答案！

但是，我们不该忘记的是，在奥运会的圣火中，有一种超越了国界超越了胜负的梦想，虽然人类一直没有真正地实现过它，可是我们正一步一步努力地靠近它。圣火熄灭了，也就意味着从此它燃烧在我们的心里，把圣火当一个提醒，去照亮我们未来的路吧！

又过了两年，再回头看以上的文字，看得到当时非常乐观的迹象。其实，之所以乐观，不如说是用乐观来表达一种期待，一种对再一次变革和进步的期待。

而今天，冷静下来更知道，乐观也许没错，但把现实变得真正乐观，却需要时间、耐心甚至反复。提到8月8日，我们都会想到北京奥运，然而2009年的8月8日，台湾“八·八”风灾损失巨大；2010年的8月8日，甘肃舟曲发生泥石流灾情，伤亡人数也很多。同样的8月8日，留给我们的却是快乐与悲伤的不同表情。这就是一个提醒：奥运只是我们记忆中的一部分，它并不代表着一切。中国太大了，我们既有奥运的成功，也有着前行中的很多打击，我们还在坚持的路上。

有的时候，前进一步后退半步，甚至处于后退半步的进程中，也不必沮丧，因为总体趋势是向前的；当然，如果时代的进程是前进半步后退一步，即使处于前进的半步中，也不值得庆幸，因为总体趋势是倒退的。对于中国的进程，我们必须相信是前者。

北京奥运落幕后没多久，金融危机席卷了全世界，在这个背景下，有一天，接到了一条短信，内容是一个搞笑的段子。

由于火炬传递中同为第一车火炬手的缘分，我们其中的几位在之后的每年夏天都聚会一次。这是2010年，韩美林老师、杨利伟、姚明、常昊和我相聚在韩美林艺术馆的福娃与火炬展区。虽然火炬传递只是几分钟的路程，由此结下的友谊却可能长达一生。

“由于遭受金融危机，英国伦敦已无力推进2012年奥运会的准备进程，国际奥委会经过慎重考虑，昨天在瑞士宣布：由于北京奥运的巨大成功和伦敦奥运的准备不力，国际奥委会决定，下一届奥运由北京继续办！听到这个消息，北京的警察、志愿者和很多市民都哭了！”

这是一个恶搞的幽默，然而很多人看了都会心一笑，这一笑不是认同或抱怨，而是一种成长与成熟。经过了北京奥运的中国人，已经告别表面的荣耀，做好自己的事，让自己快乐并进步，才最好！

十年“球事儿”

◎你如果真喜欢一支球队，不仅要面对它的胜利，有一天也要准备面对它的失败！

◎我自然不愿意健翔走，但是，大家不小了，作任何决定都正常，都该祝他一路顺风。只是我会有些可惜，因为很多个午夜时分，都依然想再听听他老兄的解说。

◎真希望家长还能赶着孩子上球场，不为什么功利的目的，而是：人生，怎么可以不在球场上自由地奔跑？

八年后·回头看

搞足球是个“长跑”的事，必须尊重规律。不按规律办，一定搞不好。按规律办，也不一定立即好。急功近利的时代，有多少人能经得住这种考验？

2010年7月，南非，章鱼保罗和西班牙夺得冠军

在目前的世界上，没有中国参加还能称其为“大事儿”的不多，但面对南非世界杯，中国足球成功地做到了这一点。

然而让人奇怪的是：世界杯浪潮，居然在中国越发火热，原因无法探明。有人说，越得不到的，越觉得可爱；有人说，商家与媒体联手造局，让你无法置身事外；还有人说，转型期的中国人，太累太苦，世界杯是个释放的场所，所以，世界杯不是四年一次的赛事，而是心灵重负的解药，哪有不吃的道理……

不管怎么说，南非世界杯已经像是在中国办的，更何况有人认为，由于中国足球队没去，所以维持了世界杯的水准，更重要的是，中国人因为没了主队的负担，各自挑选了喜欢的球队当主队，过了一个月黑白颠倒的疯狂日子。

对我更是如此。一个多月的世界杯，所有的直播比赛，只有一场没看，甚至连小组赛第三轮，两场同时开踢，我也往往是遥控器来回转换，不愿错过任何悬念。

在家中，这届世界杯有了新的故事。对于小名叫巴蒂的儿子来说，十三岁的他，终于开始了自己的世界杯之旅。似乎遗传，他也成了阿根廷球迷，第一场阿根廷的小组赛，就是我们俩共同穿着阿根廷球衣看的。然后，他就身陷其中，当阿根廷接连胜利时，他几乎天天穿着阿根廷队服过日子。于是，有一天，我小小地打击了他一下：“你如果真喜欢一支球队，不仅要面对它的胜利，有一天也要准备面对它的失败！”

又过了一些日子，阿根廷输了，那一天，儿子哭了。这是他第一次因足球而落泪。于是，我明白，从此足球将陪伴他一生，如同每一代球迷一样；世界杯是球迷的另一个出生日，对于儿子这一代人来说，南非是开始。

在赛前和刚开始，我一直认为，南非世界杯上，曼德拉和马拉多纳会成为最闪亮的名字，但让人想不到的是，后半程，章鱼保罗异军突起，抢了所有人的戏。很多年之后，当人们想起南非世界杯，首先就是西班牙和章鱼保罗，然后才是马拉多纳、勒夫、呜呜祖拉、郑大世的眼泪以及法国队的内讧。

面对章鱼保罗，我终于看到了贝利的委屈和不易。人算不如天算，贝利代表人，猜对了才怪；而章鱼代表天，屡屡闯关便成为传奇。当然，谁都知道，章鱼的神奇背后，注定是人的因素在起作用，可日子已经过度平庸，何不故意留下几个传奇调一调口味呢？

也许有人会感叹：世界杯越来越不好看了，没错！然而这可能就是以后的世界杯之路，各国好像更重视，更何况世界杯四年一次，一共最多七场比赛，赢是硬道理，输就要回家，所以好看已不重要。功利是功利者的通行证，美丽是美丽者的墓志铭。谁都明白这个道理，所以没什么好抱怨的，欣赏它就是了。

南非世界杯之后，球迷的心，因世界杯结束而正感觉空落落的时候，中国足协有要员喊出中国要办世界杯的口号，似乎给了中国球迷一个念想：反正有了南非作为东道主小组赛未出线的先例，中国主办世界杯也就没什么心理障碍了！

可实际上，中国办不办世界杯，真不是中国足协说了算的，恐怕体育总局说了也不算，它需要更大的决心。但我个人希望中国主办世界杯的理由只有一个——无论奥运会，还是世博会，或者亚运会，虽也有个别城市参与协办，可真正的东道主都被北京、上海、广州这一个又一个发达的城市所独占，假如举办世界杯的话，八到十二个主办城市，也就意味着四川、新疆、内蒙、吉林、云南等等地区都有可能平等参与其中，那才叫中国人的盛事，那才叫中国人的节日。中国，到了追求平等欢乐的时刻，世界杯蕴藏着这样的可能。

最快，那也是十几年后的事情啦，只不过，好饭不怕晚！

2001年10月，中国足球居然冲进了世界杯

2002年的世界杯在亚洲办，韩国、日本自动入围，对于一直梦想进入世界杯的中国队来说，机会千载难逢。于是，中国足球大兴土木，又改联赛赛程又多多练兵，尤其重要的是，阎世铎请来了米卢。

过程中有些人对米卢不感冒，倒米卢，我却是挺米卢，一篇又一篇挺米卢的文章都白纸黑字地在那儿留着。我提出了一个观点：米卢不是正统医生，而是

江湖游医，专治各种疑难杂症。对于中国足球来说，快上轿了，再练童子功显然来不及，让米卢这个江湖游医治治疑难杂症最好，也许偏方治大病。

中国队假如训练时拥有百分之百的水平，一打比赛，各种病都犯，也就打出个百分之五六十的水准，于是，黑色三分钟兵败哪哪哪都来了。可米卢看准了这病根，上了些快乐足球的偏方，再加上老江湖明白如何出线又有过硬的临场指挥能力；更重要的是，抽签漂亮而韩日又不参与，于是水到渠成。2001 年 10 月 7 日，沈阳的五里河体育场成了福地，后来被媒体称为带头大哥的于根伟成了中国足球的福人，中国队居然在阎世铎任期内进了世界杯。于是，冲进了这一年中国三件大喜事的行列之中：奥运会进了北京，中国进了 WTO，中国足球进了世界杯。

申奥成功，我在莫斯科，没混进北京游行的车河；这一次，我可不打算错过，于根伟进球后不久，我就带着四岁多的儿子，开车冲向了长安街。

那一夜的北京，又是一次被允许的混乱与无秩序。我从家到公主坟，十几公里开了不到二十分钟，而从公主坟到礼士路，再到长安街上这儿公里的路，却开了一个多小时，不是堵，而是根本不走。也不知兴奋的人们在哪儿找来那么多道具，又是吹又是鸣，车窗与天窗里探出的都是人头，都带着笑得走了形的表情。有球迷走过来：白哥，合个影！没有拒绝的道理。中国足球今天结婚娶媳妇，哪能说“不”给人添堵啊！

与建宏、段暄相识多年，是同事更是“球友”，现在依然差不多每周都一起踢。也许是为了踢球方便，我们仨住成了邻居，以便更好地相互防止“偷懒”；现在儿子和建宏的孩子也踢到了一块儿。对于男人来说，球场上结下的情义无比牢靠。

这种狂喜真让人激动，也特让人理解。一来过去中国足球从不给咱提供这机会，大家憋得太久，一爆发准猛；二来大家不说，但估计心里有谱，再等下一次，不知道啥时候，所以人生得意须尽欢，莫使“出线”空对月。一把一利索，赶紧把快乐买单。

兴奋劲儿慢慢消退，乐观劲儿又上来了。过了几个月，抽签，与巴西、土耳其、哥斯达黎加抽到一组，一大群人乐观，说出线有戏。我在《足球》报上写了一篇文章，得罪人，说没戏，小组无法出线。后来，咱这一组出一冠军一第三名。我没弄明白，为什么好多专家把土耳其当弱队，估计出线那天晚上，庆祝得太猛，把脑子伤了。

写完一篇没太过瘾，又在《足球》报写了一篇悲歌类型的，说中国足球将在2002年世界杯后步入低谷，因为梦一圆，动力一松劲，其他问题该暴露出来。

写这些，不是有啥先见之明，而是只要不被偶尔的胜利冲昏头脑都能做到。中国足球，咱自己的孩子，啥气质啥毛病咱应当清楚。

不过，我还是怀念长安街那一个多小时的狂欢，不争气的孩子居然给过我们一个那么争气的夜晚。

2002年世界杯，我的青春随巴蒂的泪水而结束

2002年的世界杯拉开大幕，由于比赛在亚洲进行，终于看比赛没了时差，于是，过去半夜爬起来看球的铁杆球迷被新加入的各种球迷包围，一届全民皆参与的世界杯开始了。

我承认，对于中国足球队来说，参加世界杯本身可不如世界杯外围赛时精彩、刺激，上来就被哥斯达黎加给打回了原形，接下来与巴西交手，收视率创有史以来最高，超过百分之二十。也就是说，一个下午时间，居然全中国人民，五个里就有一个在看中国对巴西，当然，五百个人里面也没有一个认为中国队能赢，但不可不看，要收藏一份记忆。据说，中央高层开会，也为此中止，领导都成了球迷。

在中国队的比赛之外，最让我牵肠挂肚的就是阿根廷队的命运。值得中国球迷自我安慰的是，起码在2002年的世界杯上，阿根廷队的命运和法国队的命运，都和中国队一样，小组之后就打道回府，法国队与中国队更相似，一场未胜一球未进。人家可是上届冠军。

阿根廷队的开局不错，巴蒂的进球，让阿根廷首战1∶0拿下尼日利亚，但次战英格兰，欧文的疑似假摔，让阿根廷输掉比赛，并把自己逼到了绝路之上。

对于一个球迷来说，你喜欢上一支球队，就要做好各种各样的准备。尤其对于阿根廷这样一支神经质类型的队伍来说，更是如此。然而，话是这么说，我真没有想过它会小组出不了线，但2002年这一回，小组赛第三场比赛之前，我

世界杯就是世界各地球迷的大舞台。看这六个墨西哥球迷，每个人衣服上都有一个字母，加在一起，构成了墨西哥的国名（MEXICO），绝对自得其乐。而到了赛场上，这包装，也容易让摄像机找到他们，然后，在全世界球迷面前，露一小脸。

已经预感不好，想到三十三岁的巴蒂，我必须做好告别的准备。

以往的世界杯比赛，大多和朋友们一起看，可阿根廷对瑞典这一场，我选择了孤独地守候。那是北京一个艳阳高照的午后，我早早带着四岁多的儿子回到家中，儿子不管这一切，于是我一个人打开电视，一个人看到瑞典人用一个任意球领先，然后一个人不忍再看，一个人来到寂静无声的小区院内，我突然意识到：这是一个向自己青春告别的午后，引子，仅仅是一场球。

其实又不仅仅是一场球。

我因为喜欢马拉多纳而狂热地喜欢上了阿根廷足球队，现在喜欢着梅西以及阿根廷籍的所有球员，但是，他们都和巴蒂斯图塔在我心中的位置不同。巴蒂小我半岁，我们同龄，因此看着他边踢球边成长的同时，我也同样如此。漫长的十几年时光，因足球而在屏幕上结缘，赢球时喜，输球时悲，在他 2001 年意甲夺冠时我欣喜若狂，到这次世界杯之前的巨大期待，没想到，他已经三十三，自己三十四，终于到了一个告别的时刻。

那一个下午，由不安到悲伤到绝望再到淡然后放下，五味杂陈，算计着比赛快结束，虽然直觉告诉我，结束了，不会有奇迹，可还是溜回屋里，在没关的电视上看到果真没奇迹，也看到屏幕上的巴蒂泪流满面。

我又走出了房间，回到了阳光温暖的小区院里。我早就关了手机，因为，人生中总有一些事情一些告别，是需要一个人来面对的。

我坐在小区的石凳上，仿佛什么都想了，又仿佛什么都没想，儿子小巴蒂在我前后左右欢乐地嬉戏着。足球场上的巴蒂正在承受痛苦，生活中的小巴蒂只有快乐；足球场上的巴蒂在一系列辉煌之中不可阻挡地老去，而生活中的小巴蒂却刚刚步入成长。也许，不经历辉煌才不会痛苦，不拥有回忆才拥有未来。

我突然在心里酸楚地笑了，老了的不只是巴蒂，还有我们自己。岁月在足球场上开了一个很大的玩笑，当我们只顾着寻找巴蒂长发中老去的痕迹时，却完全忘了自己。这一场比赛让我意识到这一点，谢谢你巴蒂，谢谢你和我们一起成长，我们的青春都已远去，你很快也会和我一样，成为足球的看客。不过，这没什么关系，孩子们正慢慢地成长，他们会拥有我们所期望的快乐。看他们的了。

当然不会有哭泣，“阿根廷，别为我哭泣”，是女人面对阿根廷时的坚强，男人更该如此。长发的从草原来的男人，可以被战胜，可以无言地忧郁，却没有哭泣的权利。马拉多纳可以，因为他一个人可以制造阿根廷的辉煌，但我们都是凡夫俗子，所以我们不可以。

从伤痛到坚强，我们还需要时间自我拯救，只不过在这段时间里，我突然开始反问自己，把快乐寄托到别人身上，伤痛自然难免，可在这功利的时代里，自己就靠得住吗？

就像世界杯不会因为哪支队伍离开而停止，生活也将在足球过后一如往昔。原本因为生活的沉闷而逃离到足球场上，却一次次发现，足球甚至比现实还残酷。我突然有些无能为力甚至困惑，幸福是什么？永远有多远？投入有多深，伤痛就有多深，从此我们还相信什么？当虚幻的世界和现实合二为一，哪里是我们的避难所？

晚些时候，我不得不打开手机，庆幸的是，第一个电话来自和我从小一起长大的同学，我们都出生于边疆的小城，走过青春的快乐之后，大家为人夫为人父，从此为生活奔忙。现在的他，在深圳已拼争多年，生活正越来越温柔地对待他，我为他高兴。

只不过当天，我们一起面对悲伤。

在意大利世界杯那个夏季，我们俩还有另外一个好朋友正流浪北京，我们都是阿迷，偏偏那个夜晚阿根廷要迎战前苏联，输了也得回家。不幸的是，这样的关键比赛，我们还找不到看电视的地方，于是午夜时分，我们凑钱走进一个极小的招待所，快乐地在小小的黑白电视里看着阿根廷取胜并走出沼泽。

当我们天各一方，都有电视看了，阿根廷却输了。奇怪的是，几乎在同一时间，我们一起在比赛没结束时，离开了电视。

都在为生活奔波，足球依然是最好的朋友，多年不见，一场失败让彼此思念，也许真该停下一段奔波的脚步，几个童年的好友回家乡聚上一聚，梳理一下青春和岁月的纹路，然后彼此嘲笑：我们老了。

2006年，健翔世界杯上一声吼，回忆跟着抖三抖

2006年德国世界杯之前很久，我接到命令，去德国参加世界杯报道。

世界杯是全台的大动作，跨中心抽人支援的情况却并不太多，但其实，四年前的韩日世界杯，我就被抽调了一次，与刘建宏、黄健翔共同制造红白黄三色的《三味聊斋》。

那可能是中央台历史上用时最短打造出的品牌，仅仅几期节目之后，收视率就翻了N倍。想想也正常，《三味聊斋》的制作过程极其宽松自由，一次录三四期，每期半个小时，录到三十二三分钟时打住，简单一编就播出。后来很多话题，都是到了演播现场敲定的。也许有人会说，这也太随便了吧。其实，不是随便，相关的信息以及二十多年的看球与聊球踢球的历史，早已是种深厚

这是《三味聊斋》时的三味饭局，干电视的最讨厌盒饭，因为天天要与它打交道，可吃盒饭的时候又充满快乐。同时，接下来的节目话题，可能就是吃盒饭时定的。还有一点，黑白照片上看不出来，三个人做节目时穿得如此艳丽并不多见。

这是德国世界杯时赛场内的评论员席。一米多见方的面积，两台监视器，一台电脑，还有自己的笔记本，加上和家里联络的耳机；既要时刻观察现场情形，又经常听不到自己说话，于是，一心三用，眼观六路，接受电视机前各路球迷的指指点点……

的积累。反而难得的是录制节目的宽松自由环境，它让创意出现了，让放松的氛围出现了，真正起到了陪着球迷等世界杯的作用，被关注也就在所难免。记得现在的一位中央领导，当时还是一省之长，在2002年年底碰到我，还对我说：“《三味聊斋》不错，我总看，啥时候有空和你们仨聊聊。”显然，他是一位如假包换的足球迷。

到了2006年，我们仨又聚到一起，又开张了《三味聊斋》，反响依然不错，更何况我们哥儿仨在生活与工作中已形成一种合作的默契。同一年出生，都爱球踢球，经历相当，节目自然好做。当时还想，每届世界杯之前都“三味聊斋”一下，做到老？没想到，计划没有变化快，变化没有电话快，变故出现了。

德国世界杯期间，我与刘建宏，是在慕尼黑的总部，虽然也要出去采访出去做节目，但几乎天天都要回到慕尼黑与大部队会合，工作中的很多挑战与麻烦都容易化解。可健翔与段暄们就艰难，各带着一个小组，在德国其他的赛场打游击，有压力有想法时，都难有人陪着化解或释放。

意大利打澳大利亚那场比赛，我和建宏是在总部看的上半场，一切正常得不能再正常，甚至有些沉闷。中场休息，我们出发，去拜访中国驻慕尼黑的领事馆，感谢世界杯期间对我们电视工作的关照。晚餐开始，酒杯刚端，我们的领导手机响了，接下来脸色就变了，一会儿放下手机，沉沉地说了一句：“出事了，健翔的解说出了问题！”

弄清缘由，我们也知道不妥，意大利高兴了，澳大利亚怎么办？巧的是，第二天，澳大利亚总理访华。

虽已无酒兴，可过了一会儿我和建宏还是端杯敬领导，只为一件事，别处理黄健翔，改了就好。

在德国的主管领导李挺与在北京的孙玉胜，都是我在新闻中心的老领导，他们一方面抓紧解决事情平息争议，另一方面，为健翔的前途考虑，争取处理事尽量不处理人。

我也从中做说服工作，最后健翔同意道歉，张斌在北京替他完成了道歉，事情初步平息，接下来想办法让健翔复出。

健翔的解说停了几场，不过最好的结果是哪儿跌倒就在哪儿爬起来，如果错过了世界杯再恢复解说，对健翔的打击太大。后来我们出了一个主意，我和另一位领导去陪着健翔复出，身边有人，会让很多方面都放心，后来，这个意见被采纳。

我和体育中心副主任周经坐了多个小时的火车从慕尼黑赶到柏林，在那里，黄健翔解说德国队对阿根廷队八进四的比赛，算复出之战。我们在现场没有多说什么，健翔也明白，那场比赛他解说得很好。比赛一结束，我和周经主任火速赶往火车站，连夜回到慕尼黑。其实，那一路上，我的情感可谓“痛并快乐着”。痛的是，亲眼见证阿根廷队点球出局；快乐的是，健翔度过一关。在火车上我给他发了一条短信：我输了，你赢了！

后来，一切正常，再后来，回到北京，我突然在一天傍晚收到体育中心一个哥们儿的电话：“健翔要走，劝劝他吧！”

我自然不愿意他走，在电话里也对健翔说了我该说的，但是，大家不小了，作任何决定都正常，都该祝他一路顺风。只是我会有些可惜，因为很多个午夜时分，都依然想再听听他老兄的解说。

不在一个台了，并没有结束什么，我们每周都有一次踢球的聚会，场上的默契依然如昨。人到中年，各有各的喜悦与烦恼，无论在哪里，都有着自己的顺与不顺，不过有一点与过去一样，每当有重要的国际或国内赛事，大家都会热议半天，仿佛《三味聊斋》重现。其实，没什么决定是对的或是错的，只要选择后去面对去付出，并让生活充满味道就好。

可是有一幕，怎么也忘不掉。很多年前，一切风平浪静时，建宏、段暄我们一群人在健翔家里聚会，门外狗与孩子们玩耍，旁边是夫人们的家长里短，这边是我们酒过三巡后以球为主的谈天说地。日子安静愉悦，快乐仿佛定格，然而，这一幕终成回忆，或许难以再来。但我总相信，合久必分，分久必合，谁能说得清呢！酒桌上的聚会，容易，甚至没准儿哪一天，《三味聊斋》又是红黄白开张呢！到时候，我们一定提前通知你，欢迎捧场！

三十八岁的最佳射手，是我那一年的最高成就

在我刚刚看球的八十年代初，社会上流传着天津球星左树声的一句话："是男人就该踢球！"在那个寻找高仓健的岁月，左树声的这句话很有男子气，估计也有不少孩子正是被这句话感召进了球场，不像现在这样，让孩子踢球成了家长们不愿作的决定。

不过，那时候想踢球，可不是为出名挣钱，而是为了健康、性格，更为了快乐！我开始踢球并不是因为这句或那句什么伟大的话语，而是哥哥与他周围的同学经常一起踢球，自己就自然而然地与球场结缘。从十来岁到现在，我没打过篮球、排球，一心一意与足球为伍。

上大学后更是变本加厉，我一直觉得自己是广播学院新闻系足球专业毕业的。最高纪录是一天踢过七个多小时的足球，这其中，两次成为"广院杯"上进球最多的球员，甚至毕业时，我们球队成员都是以球场为背景，照了众多的毕业纪念照。

毕业分配到中央人民广播电台，这个爱好没有终止，还迅速因此找到同好。我进台三年之后，以联赛最佳射手的身份，夺得中央电台有史以来第一个广播电影电视部（现广电总局）内部联赛的冠军。记得那一届比赛，我们第一场遭遇的就是中央电视台队，结果我们以 6 ∶ 3 大胜对手，我一个人进了五个球，并制造了一个点球，由队友罚进。有趣的是，当时中央电视台队的守门员是我大学时的

我身后是 2006 年德国队主教练克林斯曼的父母开的面包房，生意极好。那些光顾的客人告诉我，他们喜欢这里，不是因为克林斯曼，而是这里的面包真的很好吃。同时我注意到，克帅的父母看儿子的世界杯比赛，只是在一台十四英寸的小电视上。

同学兼球友毕福剑。经历了这样的打击，他之后依然继续守门，让我看到了他强大的自信心。

那一年我二十四岁，足球这个爱好，不仅让我拥有球场上的快乐，更重要的是，进入一个大的电台之后，迅速地以球会友，结识了一群踢球的同龄人。这种球场上结下的情义无比牢靠，在大学时的球友如此，在中央电台的球友同样如此。现如今，不管怎么忙，我们一年都要聚几回，几乎每一次，都会聊起那一届的冠军和平常踢球时的趣事以及对两位早逝队友的怀念。用我们的话说，我们活着，他们就活着，活在我们的思念和谈论中。

得到广电部冠军的那一年之后，我调到中央电视台，虽然与电视台的球友也常在球场上配合，但我再也没有加入电视台的球队，因为我无法接受，将以对手的身份，与过去中央电台的球队相遇争斗或进球，因为在电台球队中的日子，是我永远美好的回忆，并打算纯洁地保留始终。

然而足球却未丢下，在我们新闻评论部，有一支我们几个人最初建起的球队，到现在已坚持十多年。过去的岁月里，我们在全国许多城市打过公益比赛，

我当上了球队队长，此时正升国旗奏国歌。显然，这是场很正规的业余比赛，“正规”主要体现在赛前热身活动和出场仪式上。比赛目的也很单纯，估计又捐出了一两所希望小学。这支队伍中有不少熟脸，比如张斌和小崔，只是这两年他们不怎么踢了。

捐建了多所“东方时空”希望小学。公益比赛时，会有很多体育明星临时加盟，比如古广明、刘利福、邹振先、董炯、陶伟、宫磊、林强、杨朝晖等。这阵容让我们比赛的观众人数有时会超过甲A中超，没想到，踢球又成了做公益的一种很好的方式。

由于一直坚持比赛训练，我们评论部这支球队水平还可以，虽然年纪都不小，平均三十到四十，但战斗力很强。中央电视台内部，每一两年都有一个内部的联赛，以各个中心为单位，决出冠军，可由于管理上曾经同中国足协一样混乱不力，很多参加内部联赛的球队外援太多，导致我们这支没外援的纯新闻中心队一直没有夺过冠军。

2006年机会来了，联赛进行严格的身份调查，没在人事中心备案以及没工作证的不许上场，结果我以队长的身份与队友六战全胜，经小组赛半决赛决赛，以进二十三球仅失四球的绝对优势为新闻中心夺得有史以来第一个央视联赛冠军。我踢了五场，打进九球，尤其决赛，三个进球全部由我包办，成为中央电视台内部联赛有史以来进球最多年龄最大的“最佳射手”，这可是对手绝对不会照顾你的比赛。

记得决赛还剩十几分钟的时候，我不得不下场，因为当天晚上在八达岭长城举行残奥会吉祥物的揭晓晚会，我要主持。驱车几十公里到那里，主持完毕，又驱车几十公里回城，队友们的庆功酒席还没散，我一进屋，桌子的中央摆着属于我的“最佳射手”奖杯，周围是和我进球数相同的九杯啤酒，我只好一次性地全部干掉。这一年，我三十八岁，这个冠军也自然让我难忘。记得那年年底有记者采访我：这一年什么事最难忘？我的回答不是国家大事，而是足球场上的冠军。它在告诉我自己也提示着别人：我们的身体比我们想象的更有潜力，你有规律地激活它，它就会回报你。

当然，不服老又不行，我球场上的滑铁卢也不少。2007年秋天，我与梦舟足球队在球场上与对手比赛，由于场地不平加之年龄与体重增长后肌肉力量有所不足，在一次高速过人时，踩到一个坑里，“咔嚓”一声，我知道，骨折了。随后在北医三院接受了手术，两个多月之后才取出钢钉。

我取钉时，前脚离开北医三院的病房，女足队员马晓旭后脚进去。别人跟我开玩笑：踢球不专业，可伤却绝对专业。同学给我发来一短信：这年纪还能在球场上骨折，羡慕！

不过，手术也不能耽误工作。手术三天之后就被抬到演播室录节目，十天后，主持十七大开幕式和相关专题。两个月内，一直进行艰苦的术后康复训练，现在

这就是骨折手术三天后被抬回演播室做节目的场景。这次手术，也让我充分体会到社会上无障碍设施的缺乏，我坐着轮椅，却时常被一个10cm高的坎儿给挡在外面。行动自由时很难理解残障人士的苦，我们要改变的东西有很多！

回想，这两个月，却成为我这几年最快乐的时光。因为生活的单纯，回到生命本身一天比一天进步的快乐中，所以有时很难说清福与祸的关系。

手术后不到半年，又回到球场，现在依然每周一到两次强度不小的训练与比赛。教练兼队友有时是李维淼、高峰、陶伟、江津这些前国脚们，而自己也真的在岁数增长后，开始逐渐明白了球该怎么踢。虽然体力下降了，但足球却给了自己更大的乐趣。

那一天，我们集体给在球场上依然生龙活虎的李维淼指导过六十岁生日，队友们感慨地期待：都打算踢到五六十岁。

不厌其烦地写下以上这些与自己踢球有关的琐事，实在是想告诉更多的人，可别只当电视机前的足球迷，足球场才是球迷更大的舞台。踢得好坏不重要，关键在于自由并单纯的奔跑，以及与朋友们的配合与分担。我一直记得前国家女足守门员高红对我说过的一句话：“每次训练，都会早去一会儿，趴在草地上闻一闻那草香，真正享受足球与生命给自己的快乐！”

平日里，大家习惯了打开电视看球，关了电视骂娘。其实，国家队也好，国外的联赛也好，只不过是每一个球迷足球生活中的一部分，更重要的还是在于自己的挥汗如雨。真希望家长还能赶着孩子上球场，不为什么功利的目的，而是：人生，怎么可以不在球场上自由地奔跑？

2010年2月，中国男子足球队3：0灭了一回韩

那一天，我在办公室，准备晚上九点半的《新闻1+1》直播，话题很硬：新

生代农民工的现在与未来。

突然想起中国足球队还在日本与韩国对阵，虽没抱什么希望，还是打开电视机，中央台由于某种因素，曾想转播最后未成。转到北京台，双方激战正酣，再一看比分，我有些不适应，2 ∶ 0，中国队领先？以为自己花眼提前了，凑近一看，真是2 ∶ 0，而且打开的那一瞬间，刚进了第二个球，慢动作正一遍遍地放，挺漂亮。韩国的守门员，是一次又一次见证中国队逢韩不胜的李云在，这一次，轮到他脸色难看，像世界末日。

不过还是没敢惊喜，正如直播主持人随后的一句话："这是中国队吗？"我们都笑了。

进入下半时，解说员又一句经典："还有四十五分钟，假如韩国队打出真正的水平，会不会中国也和过去一样真实起来？"我们又乐了，又说中了我们的担心。

不一会儿，中国队又进了第三个球，一个绝对的"世界波"。不敢相信中国队能赢的想法动摇了，可比赛还有不少时间，身边的人都谈起了黑色三分钟或九分钟什么的。

快结束了，解说员来了一句："现场的中国球迷的确是在喊中国队加油，而以前这个时候，一般喊的是'下课'！"这是事实，我们只好又跟着乐了一回，这一次，一直乐到了终场，中国队结束了A级国际比赛当中逢韩国不胜的三十二年历史。

这个时候离我们晚上直播还有一个多小时，我给主任打了一个电话，希望当晚《新闻1+1》换话题，评论三十二年恐韩症被攻克，很快，主任同意了。

之所以要更换这个话题，一来3 ∶ 0击败韩国队是足球领域少见的新闻；二来，中央台没直播这场比赛，我们应当有所弥补；第三，绝不是3 ∶ 0就值得大说特说，而是在一枪接着一枪的足坛打假扫赌背景下，并且是在南勇与杨一民都落网的背景下，这场胜利就格外地有滋有味，意味深长。

不到一个小时准备，对于一个近三十分钟的节目来说，太紧了，不过我有信心，迅速帮主持人设计好结构与问题。这个话题，我必须多做一些工作。谁让这二三十年里，中国队有多衰，我们就有多受伤、多痛苦，一场场血泪史把我们变成了足球方面记忆的专家。

我们坐到了演播室，还有十几分钟节目开始。突然接到指令，这个话题免谈，恢复原来的选题。OK，没问题，原来的选题准备了一下午，恢复起来容易。新的话题被终止，谈不上失望，习惯了。只不过，少了一份快速评论的惊喜。

其实如果真的操作这个选题，我并没有打算立即忘记过去而开始为中国足球“歌功颂德”，恰恰相反，谁家过年不吃一顿饺子？只不过，过去三十二年就是韩国队顿顿吃饺子，这一次咱也吃上了，不是这场胜利有什么不正常，反而是过去三十二年太不正常。赢一回太正常不过，没必要大呼小叫，再加上中国队输得多了，反而把心态输成平常心了。韩国队赢多了，反而包袱就越来越重。更何况，韩国队正备战世界杯，大将又都未归，输一场也正常；而中国队，正处于大乱而大治的敏感时期，胜利，能拯救自己，生存的本能也让战斗力增强。

不过，这场胜利却给了我们一个重要的启示：如果我们能抵抗住很多诱惑，单纯地专注于足球本身，我们还是能把足球踢好的。对外纯洁环境，对内纯洁内心，中国足球才有希望。但起码需要五到十年的时间，并且注意力还真不全在国家队身上，而是联赛与青少年。

至于赢一场韩国，千万别太激动，而且把其实也很委屈的中央5又暴骂一顿。过去日子里，中国足球好一天坏两天的个性让我们没少跟着受罪，所以，惊喜时刻可以留点儿分寸。

果真，没隔多久，中国足球俱乐部在亚冠赛场上又输给韩国一个0：8，0：8对3：0，又亏了。

恶搞中国足球，咋就成了一种时尚？

也不知道从什么时候开始，恶搞中国足球蔚然成风，或许是中国球迷饱受多年的折磨之后，终于明白了一个道理，当痛苦成为不可避免的家常便饭，我们为什么不能用幽默搞笑来化解这种痛苦？于是，中国足球几乎成了制造“笑”果时最好的一种武器。

记得有一次，在吉林大学演讲，主题很严肃，关于中国走向世界，之后的提问阶段，一片严肃问题当中，突然一同学站起来问了一个关于中国足球队的问题，没想到，这个问题刚问完，我还没答，全场就爆发哄堂大笑。

面对这场景，我苦笑着说：“怎么一说中国足球，比小沈阳还有效果？”

第二天，媒体登出文章，标题是：白岩松说“中国足球比小沈阳还搞笑”。

又隔一天，有很多人对这句话表达愤怒：“这是对小沈阳的侮辱！”

我没处去为自己辩解，娱乐与故意误解已成为一种“主流”，这个时候，自己也要学会轻松，否则，中国足球就更不好玩了。

奥运会上，中国国奥队以少林武术的动作参与“表演”，最后被小组淘汰，当晚我在《全景奥运》的直播中说："开赛以来，中国军团夺牌无数，为了不影响大家看奥运的心情，中国男子足球国奥队决定提前退出……"

这句话说完一个小时内，几千条网上留言夸我，认为我评价准确。可他们不知道，我看完国奥比赛之后，内心会有多痛苦。

不过，与球迷们的恶搞比起来，我这些话简直是小儿科。国奥出局没两天，根据《北京欢迎你》改编的中国足球版就开始疯狂地流行，只不过演变成：我家大门常打开，要进几个随你……

这些年来，与中国足球有关的恶搞短信、歌曲、段子层出不穷，从另一个侧面，丰富了百姓的生活。不能不说，中国足球是以这样一种恶搞后深入人心的方式，证明了它作为世界第一运动在中国的位置。

韩国 0 ∶ 3 输给中国那年的除夕夜，我接到很多内容一致的短信：中国足球队都能 3 ∶ 0 胜韩国，生活中还有什么奇迹不能发生？

这让我想起前两年的一个拜年短信。

一个善良的中国人被上帝喜欢上了，上帝对这个中国人说："说一个愿望，我帮你实现！"

中国人说："请别让南北极的冰融化！"

上帝皱起眉头思考半天，"这太难了，换一个吧！"

中国人说："那就让中国足球再进一次世界杯！"

上帝痛苦地回答："来，帮我找一个地球仪，让我看看南北极在哪儿？"

您想想，这样的拜年短信，大家能不开心吗！不过，一次又一次瞬间开心之后呢？中国足球已经演变成怎样的形象呢？

在很多的聚会或正式的场合，如果现场气氛不佳或过于严肃，说两句中国足球，马上能活跃气氛并达到最佳效果。比如谈一下南非世界杯：由于中国队又没有出线，我们可以相信，这依然是一届保持水准的世界杯。再比如，有人这样评价中国足球：只负责参与世界杯预选，但不负责出线。

到了网上，那就更加丰富，比如有这样一个帖子，依然是恶搞中国足球的：

能够踢出 50 米外精确长传，找到场上队友的球员，是英国球员；

能够做出 5 米内精巧二过一的球员，是阿根廷球员；

能够做出 5 米内短传传丢，并且后卫与前锋隔着 50 米玩二过一的球员，是中国球员。

能够在 30 米外劲射破门的球员，是德国球员；

能够通过精妙配合在门前 3 米打空门得手的球员，是葡萄牙球员；

能够在罚点球时把角旗打翻的球员，是中国球员。

把足球当生命的，是非洲球员；

把足球当工作的，是欧洲球员；

把足球当游戏的，是南美球员；

把足球当儿戏的，是中国球员。

……

您看，一长串的恶搞，让你在笑之中，又能在仿佛荒诞的话语中品味出很多的真实。其实，当球迷对中国足球恶搞成风的同时，笑中有泪的恰恰也是球迷自己。谁不爱自己的孩子？但当孩子真浑得让你爱不得甚至都恨不得时，你只好自找出路。球迷不是中央首长，也不是足协负责人，当然也不是教练员运动员，于是，只好把恶搞当成一种搞法，恶搞正是球迷搞足球工作的一种方式。它是一种提醒，也是一剂药方，只不过，面对这些恶搞，球迷一笑也罢了，而如果搞足球的专业人士们也一笑而过甚至无动于衷，那可能真是对不起球迷们在恶搞中贡献的才华、热情与期盼。

对于中国球迷来说，面对足球，一见你就笑，是意味着真的不抱希望，彻底死心了吗？当然不是，不信你看，刚刚踢出两场好球，哪怕踢一场输得很悲壮的比赛，昨天还冷嘲热讽的球迷，转身就热泪盈眶。

所以，中国足球的面子在自己的手中。你如果在工作中用“恶搞”的方式搞足球，心知肚明的球迷就只好用幽默恶搞你；而如果你真能改邪归正，一步一个脚印认真搞足球，请相信，中国球迷也会善待你。

哪一天，恶搞中国足球不那么时尚了，就说明中国足球走上了正路，也意味着中国的孩子会再次把踢球当成时尚。

否则，哪一个家长敢恶搞自己孩子的前程？

三进台湾

◎相信每一个大陆人，到达台湾之后，都会有一个与自己想象作斗争的过程。

◎我永远记得那一个下午老人的焦虑，那焦虑，已与经营无关，却关乎未来。

◎台湾，小地方，却是考验海峡两岸中国人智慧的大舞台。

八年后·回头看

这几年大陆所采用的对台政策，是非常正确的。那就是，我越来越不依赖于“你怎么样”，即便你背过身去，该做的事我依然要做，依然要把好处给到老百姓。

台湾，曾经是离大陆最近却最远的一块土地。

自打记事起，除去“我爱北京天安门”，几乎头几个学会的革命口号里，就有“我们一定要解放台湾”这一句，在几乎不知道地图上大多数省份在哪儿长什么样的情况下，就知道台湾在哪里，长什么样；当然，也一直心疼台湾同胞，估计都在“白色恐怖”中过着水深火热的生活，于是，要解放台湾的冲动，成了几代大陆人的童年记忆。

也正是在这样的背景下，很长时间，在解放军还没有“解放台湾”之前，根本没想过，自己还有可能去台湾，并且不是一次两次。

第一次入台：2001年春天

机会来得突然。

2001年春天，我接到通知，准备去台湾。

从八十年代末开始，台湾解禁，除去老兵回乡探亲，海峡两岸的民间交流也日益增多，其中包括两岸十大杰出青年之间的交流。由于我当选头一年大陆的十大杰出青年，而成为大陆青联访台团中的一员，这个团由当时的青联主席胡春华带队，团员包括阎维文、宋英杰、吕虹、范芳等十多人。

不过这次出访似乎并不是时候。

头一年，台湾政坛发生变局，国民党在台几十年的统治被推翻，民进党陈水扁上台，本就敏感的海峡两岸关系变得更加麻烦。在这样的情况下，我们到达台湾，该如何与人相处？见到敏感的旗帜或标语怎么办？听到不那么悦耳甚至“反动”的话语要不要起身就走或者严正交涉？这一切，都成为“第一次”所必有的障碍与挑战。

这是我第一次去台湾时的留影，背后这汪小小的湖面，我以为是日月潭的入口，没想到它就是大名鼎鼎的日月潭本身！真是相见不如怀念，之后，我就再也没去过。然而，没去过之前，你会不去吗？更何况，日月潭对大陆人的吸引力与大小并无关系。

紧张与陌生

第一次的行程注定漫长。

我们先要到深圳集合，然后进入香港，再飞往台北。

可比地理距离更漫长的，是心理上的距离。

在深圳，大家开了一个出发前的准备会，无外乎该怎么说怎么做，遵守什么纪律以及遇到特殊情况该怎么办等等。这一个会，更加重了内心的紧张，原本应该是愉快的出行，因为目的地是台湾，而多了一份沉沉的悲壮感。

飞机在台北桃园机场降落，心跳开始加速，台湾，这一块让人紧张的神秘土地，将如何在我们面前一一展现？

负责接待我们的是台湾的新党，当时的新党召集人，是一位快人快语的大姐谢启大，后来，她因官司，很长时间都在大陆居住。不过，在我们到达时，正是她和新党都想有所作为并因此神采飞扬的时候。

台湾的第一印象，说句心里话：一般。

2001年的中国大陆，发展已经进入快车道，尤其是机场、道路等硬件建设，更是大手笔，相比之下，久负盛名的桃园机场就落后太多。估计大陆人都会小声嘀咕一句："别说北京上海，一般城市的机场都比这儿强……"出了机场上高速，路不宽车不快，找不到腾飞台湾的感觉。

然而随着访问的深入，台湾的大与小才慢慢显现出来。

去日月潭，可能是每一个大陆人到达台湾后必做的功课，不过我在那儿闹了一个笑话。船离岸了一小会儿，我发问："在哪个口进日月潭？"陪同告诉我："这就是。"我笑了，原来在想象中，日月潭应当很大很大，因此自己认为，船开一会儿后会从某一个口进去，然后大大的日月潭出现在我们面前。可没想到的是，那个我认为是入口的小湖面，就是日月潭本身。

去草山寻找蒋介石的踪迹，去胡同里探访张大千的神韵，地方都不大，起码没有想象中的大，却都小得精致。在这样的场景中，台湾开始在脑海中告别想象，慢慢真实起来。

相信每一个大陆人，到达台湾之后，都会有这样一个与自己想象作斗争的过程。

政治与一碗酒

不过，当时的台湾却处在一种亢奋的政治热情之中，似乎每一个人都是参与者。

打开台湾的电视，晚上九点到十点钟，各路名嘴都在屏幕上"参政议政"，好听的话不多，口吐白沫，一个比一个激昂，一个比一个炮火猛烈。小小的台湾，起码十来个电视频道在这个时间干这件事情，于是，你想不被政治打扰都不可能。

在台湾看电视，走两个极端。新闻时事节目中，要么是铺天盖地的民生新闻，家长里短，无处不在，刚开始感觉新鲜热闹，看几天之后就看出了问题与憋闷。在台湾，由于种种特殊原因，几乎没有国际新闻，拼命找，一天也找不到几条，让你以为：这个世界除去台湾岛本身，顶多就华人世界这么大。这么说的一个原因是，当时的大陆新闻在台湾屏幕上已经很多。

除此之外，就是脱口秀政治，全民开讲，自由、混乱、亢奋，"秀"杂其中，让人不由得感慨。

而娱乐节目，不说也罢，因为大多数都能在大陆找到克隆或山寨版本，也

来到台湾，蒋介石与蒋经国是绕不过去的两个名字，但是蒋家第三代，却大多不幸。有台湾风水师说：那是因为蒋介石与蒋经国都葬在临时墓地，未能入土为安所致。两蒋照片下，正接受采访的，是第三代中唯一的“蒋”门人——蒋孝严。不过，他也是刚从“章”姓改为“蒋”姓不久，是推动两岸直航的重要人物。

就不在台湾浪费时间。

当时的这种政治热情十分正常，毕竟台湾政坛刚刚变局，每个老百姓都觉得自己也参与历史其中，政治新鲜感未过，于是，让外来人都能明显感觉到。

对于我们这些初来乍到者，除去新鲜，有时还有些刺激，甚至刺痛。

一天在街头，突然看见一个游行车队大摇大摆地行进，原来是在愤怒声讨蒋氏父子，蒋介石的待遇比蒋经国糟糕很多，名字都被打上叉，画像倒挂，敲锣打鼓，作为从大陆来的我们，自然不适应。奇怪的也是这种不适应，为什么几十年时间，我们都恨并骂着蒋介石，可街头看见这一幕，竟有些要为蒋氏父子打抱不平的冲动。三十年河东三十年河西，看样，在历史又翻过一页之后，在一个中国的大是大非面前，我们与蒋家的情感发生了微妙的变化，只不过当时还不知道，几年之后，国共两党又走到了一起。

相比街头这一幕，更刺激的还在后头。

生活中的很多事，想象时恐惧，然而真到了具体情境中，恐惧就消失掉，第一次台湾之行就是如此。

出发之前，担心这个忧愁那个，可真到台湾之后，人与人之间的交流就化解掉这一切。做主人的，往往知道客人的为难，会有意照顾客人，避免尴尬，我们曾经担心的各种场面，基本上都没碰到过；而当客人的，也慢慢去除了没必要的敏感，偶尔主人们脱口而出的敏感话语，我们也一笑而过。轻松地面对，一些为难反而容易化解。

也正是有了这种变化，才有了临近返程之前最后一顿正餐的特殊酒局。

回来的头一天晚上，在高雄，主办方为我们摆酒饯行。现场，除去我们，也宴请了一些当地的青年才俊及有关人士。

酒桌上一聊，大家乐了，发现在我们这一桌十多人，竟有着海峡两岸五个党的党员，我们是共产党，台湾方面有国民党、亲民党、新党、民进党，真是一个过去想都没想过的奇妙组合。

酒过N巡之后，不知是谁提议：最后展开了一个“两党对决”，民进党一位年轻议员为一方，另外四个党选我为代表成为另一方，拿出一瓶金门高粱，分别倒满两个大碗，旁边的人们群情激昂，鼓励声连连，我和这位民进党议员，只好不辱使命，一人一大碗，一饮而尽。

十几分钟后，对方在走出门外几步的大堂里不省人事。

我则坚持聊到最后，回到房间才沉沉睡去，算是赢家。

这成了以后我们每次团员相聚时必聊的话题，我一直好奇的是：为什么海峡两岸的这四个党成了一拨，而民进党成了另一拨？这是一个潜意识里的“政治”决定，还是一个喝高了之后的酒桌行为？

至今，我没有答案。

不过，正是在这一碗酒里，我结束了自己的第一次台湾之行，也结束了对台湾的想象，以及因距离而产生的敏感。

告别时，我有了新的期待：什么时候，我以记者的身份再来？

第二次入台：2005年7月

告别台湾仅仅一年，我们有了和台湾媒体的第一次合作，这一次的合作，是由一个灾难引起的。

2002年，华航空难。

空难发生时，我在《时空连线》任制片人，这是新闻，我们自然要跟踪。

当时我的搭档刘爱民，追着追着就追到台湾东森电视台那儿，原本只打算“试一试”的合作，对方竟然一口答应，这让我们喜出望外。

记得当时我连线台湾东森记者，报道这起空难，耳机里真的传来台湾国语的腔调时，我才敢相信这是真的。也正是因为东森的合作，这次海峡两岸的连线报道顺利完成。

其实，我们并没有想太多，新闻事实决定了我们的报道方式，但有趣的是，还真有比我们敏感的。几天之后，境外一本杂志标题称：“两岸三通未通而媒体先通”，详细地报道了我们这次合作，原来，这竟是海峡两岸类似合作的第一次。

一不小心，我们填补了一个空白，而这一次之后，我们已经开始认真准备，待时机成熟，进行更大范围的合作。关于这一点，通过后来我们几次与东森电视的小型合作，对方也与我们想到了一块儿。

只是需要一个机会，一个历史坚冰开始融化的机会。

岩松看台湾

2005年，海峡两岸的历史翻开了新的一页。

从春天开始，连战、宋楚瑜接连来到大陆，尤其是前者的到来，结束了国共两党时隔六十年的敌对状态，跨越历史的握手在北京上演。

这两位人物的到访，相关的直播都是我在主持，这个时候，我们“看台湾”的计划已经在紧锣密鼓地筹备。

连战来访时，台湾来了众多记者，东森电视自然也继续着我们之间的合作，

宋楚瑜在目前的台湾，已基本上退出了政治的角力场，然而在大陆，他却依然拥有很大知名度。这位与马英九一样被台湾人称为形象好又懂得亲民的政坛大佬，一个高峰的动作，正是继连战之后的大陆之旅。

因为之前国共两党时隔六十年再度握手，相逢一笑泯恩仇，我才可能成为来到曾经敏感的国民党中央党部大楼进行采访拍摄的第一位大陆记者。这座大楼也证明着国民党在台湾深厚的家底，所以马英九上台后，国民党中央搬出了这栋大楼，坚持低调，与民同乐。

这一次，他们派来了当家女主播卢秀芳，她也成为第一位走进大陆央视演播室的台湾女主播。也因此，在后来的合作中，我们共同拥有了众多可记录海峡两岸传媒交往历史当中的“第一次”。

随着连战与宋楚瑜来到大陆，海峡两岸的气氛马上变得不同以往，而我们打上去的要求前去台湾采访的报告，也在海峡两边得到高效并善意的回应。前去台湾，我们的合作者，自然是东森电视台，我们希望采访的十位台湾各行业的顶级人物，都在顺利联络中，基本都很畅快地同意接受采访；而要制作的十余个专题，也都在筹划与选择中。当然，台湾有关方面，也在我们入境采访的过程中，给予了良性互动。

我们知道这其中的不易，在以往海峡两岸交流中，这样的媒体行动从未有过，这也是大陆媒体第一次入岛进行大规模地报道，而且是方方面面多角度观察。因此，没有气氛的转变，这样的绿灯是不可思议的。比如选题之中，我们报道了国民党总部大楼，前去邓丽君墓地采访，在花莲拍摄证严上人的早课并与上人“聊天”采访，当然也包括采访连战、宋楚瑜、王永庆等人，自然不必说对诚品书店、夜市、小吃的色香味的报道。

如果说有遗憾，那就是台湾方面规定，一次进入台湾，最多只能待十天，我们十个人物采访，十几个专题制作，多场直播，都要在这十天里完成，如果没有东森电视台帮我们提前准备联络、落实路线，这样的工作是不可能完成的。这也应了生活中那句俏皮话：只有一帮一才能一对红。虽然最后由于台风来袭，飞机全部停飞，我们人不留天留，又多在台湾待了一天，然而，也仅仅是一天而已。其实，如果时间更充裕，还可以看得更细更深，不过，没什么可抱怨的，出发与成行，已是最大的成功。

2005 年 7 月，我们终于迎来出发的那一刻。与第一次去台湾之前不同，再没有那些敏感紧张与概念的想象，更多的是好奇：出发之后，我们将在屏幕上呈现出一个怎样的台湾？

这个时候，大陆与台湾之间，还没有直航，早上六点起床，上午在北京起飞，飞到香港之后，再办各种手续，之后在香港又起飞，到达台北已是晚上。当办完一切手续，随车从机场驶入台北之时，灯影繁盛，台北夜复一夜地重复着自己的生活，然而，什么是已经开始改变的？这座城市这个岛，已经做出怎样的准备，来面对大陆以及更大并让人好奇的未来？

卢秀芳

她是我在“岩松看台湾”时的搭档，但我们的合作却始于几个月前的连战来访。秀芳进入东方时空的演播室，我们俩一同主持的这期节目在海峡两岸都播出，都是收视高点，也由此，开始了我们之间的多次合作。虽然之后的“看台湾”前面冠以“岩松”二字，但我在多个场合都表明：恐怕收视率更多要归功于秀芳。这不是客套话。

秀芳是美丽年轻的资深主播，这看似矛盾的评语对她是准确的，她也是当时的东森乃至整个台湾电视界的“大牌”。按理说，我们的搭档应当很需要磨合才对，毕竟海峡两岸话语习惯，对一些事情的看法，避讳的东西，都有很多差别，然而说出来难以让人相信的是，那么多次的合作，我们几乎没有过磨合，甚至你说什么我说什么都没有事先商量，可每次都能够你来我往顺利地进行。不管是这一次在台湾，还是之后在大陆，不管是拍小吃，还是报道“神舟”飞船，都是如此。我不想说默契或缘分之类，这背后，应有两个人替对方考虑的小心与善意，自然还有新闻做久了之后共同的东西；当然，也一定还有背后的大量用功。

秀芳祖籍山东，虽然在台湾长大，骨子里依然有山东人的气质，大气是最重要的特点；当然，还有山东与台湾交会的传统美德。

有一个细节让我至今难忘。到达台湾之后，有一天，国民党党部请我们吃饭，出席的有台湾前行政院副院长徐立德、秘书长林丰正等大人物，而徐立德正是秀芳的公公。记得临近结束时，徐立德先生要先走，我发现自打徐先生说过要走的话，我身边的秀芳就再没动过筷子，一直静静地坐着，像是等候什么。

果真，又隔了一会儿，徐立德先生起身告辞，这时，等候多时的秀芳，早已拿着公公的衣服，站在徐先生身后，帮他穿好，并一路伺候到电梯口，直到徐先生坐电梯离开。

这一个过程，我一直在看着，桌上其他的台湾朋友，都仿佛没看见或是习惯了一样，继续谈笑风生，而我却已是感慨万千。这一幕儿媳与公公之间的礼仪，我已是好久未见，不过还好，并未失传，还在台湾，在秀芳的身上。

也可能因为我们之间的多次合作，秀芳在大陆的知名度急剧上升，在大陆很多地方被认出，签名留影都已司空见惯，于是台湾电视界明白了一个道理：得秀芳者得大陆。2009年初，秀芳被台湾中天电视台挖走，东森电视台失去了秀芳，而我们虽然对东森电视台永远感谢，可秀芳毕竟难得，于是，合作，依然在我和秀芳之间继续，这是后话。

歌词台湾

如果将来再去台湾做报道，我想做一个“歌词台湾”的专题，这个想法的由来，是在看台湾的过程中，一次又一次，被地名唤起记忆中的旋律，挥之不去。没有哪一个地方，如台湾这样，在我们这一两代人当中，地图与音乐有着奇妙的结合。

记得有一天去采访柏杨，路途遥远，加上绝对的疲劳，正在车内昏昏欲睡，忽然听到不知谁说：到新店溪了，估计快到了……

我一瞬间就醒了，哪一个新店溪？是当初苏芮唱《一样的月光》里的那“一样的月光，一样地照着新店溪”中的新店溪吗？

回答：“是的。”

我的视线就再没回到车内。其实，现实中的新店溪没太多可看的，然而，我看到了二十年前的自己，我也突然发现，台湾，其实并不陌生，在歌词中，我已去过台湾太多的地方，只是自己没详细地总结过罢了。

去淡水古镇拍摄，不管怎样的画面与情节，我脑海中，始终有蔡琴《淡水小镇》的旋律陪伴，配乐是天然的。

在台北，一次又一次走过忠孝路，按照不同的心情，有时响起的是童安格的《让生命等候》中“走在忠孝东路徘徊在人群中”；而有时，就是动力火车“忠孝东路走九遍……”这个时候，一条普通的马路，已经有情有泪。

采访柏杨的时候，谈起被监禁在绿岛的日子，很自然，就想起《绿岛小夜曲》，不过这优美的旋律与监禁的恐惧实在太难统一，看样，有时候旋律也骗人。

去直播，地点在西门町，罗大佑的《现象七十二变》又不请自来，“在西门町的天桥上面闲逛，有多少文明人在人行道上……”于是，又仔细环视一周，看着罗大佑当初愤怒的由来以及现状的不曾改变。只是怎么看，都已看不到罗大佑的背影，今天的年轻人，不管在哪儿，都现实地抛掉了愤怒与嘶吼，或许，这是罗大佑定居北京的原因？

当然，由此，你就会想，鹿港小镇在哪里？台北为何不是我的家？当然，还有遗憾，走进阿里山，却并没有看到阿里山的姑娘，莫非时代变了，阿里山的姑娘都已停留在歌声里？

歌词台湾的最高潮，来自邓丽君墓地白日里永不停歇的歌。

我们在邓丽君墓地前的报道，竟又是大陆电视媒体的第一次。邓丽君墓前的花总是新鲜的，旁边的树上，也总是挂满了留言的千纸鹤，上面有各种内容，都无一例外地写着成长与感谢。

七月的台湾，一个大汗淋漓的季节，湿热之感让人无处躲藏。人，也多少有些烦闷。

不过，去邓丽君墓地的几个小时，这夏天被遗忘了。

邓丽君墓地在台湾最北面的一座山上，商业性墓园的经营者把最好的一块墓地给了她，从此，这成了墓园最大也是最好的广告，只不过，生前身边声音纷扰的邓丽君，已不会再理会这一切。

我和秀芳手捧着花，一路向上，献过花，沿邓丽君雕像的视线一回头，才知道邓丽君墓地的精彩，一片浩翰的大海无边无际地出现在眼前，无遮无挡，方向，正对着大陆，邓丽君的老家，一个她从未去过的地方。

这个时候，我才突然意识到现场歌声的存在。在邓丽君的墓地，不断播放着精选出的邓丽君的歌，其中之一就是《何日君再来》，一首曾让我们谈之色变的歌。然而这一天，它只剩下伤感，甚至你发现，它就像一个预言。

"好花不常开，好景不常在……"这或许是当年的邓丽君在唱着多年后的自己，只不过，时过境迁，歌者已无力，听者却有心。

邓丽君遗体回台湾的时候，万人同悲，那一天，正是秀芳在直播。今天讲起来，又是十多年过去，不过也好，邓丽君永远定格在一朵好花盛开的季节，她再也不会老去，永远变成一座雕像，面朝大海，春暖花开。

邓丽君，配得上这墓地的精彩，因为她的歌声，承载着太多中国人的记忆，全世界，有华人的地方，就有她的歌，能让全世界中国人安静下来的，恐怕只有邓丽君的歌。她的声音纯真，但又不属于孩子，而是告别了童年的人们，飘飘悠悠的歌声忽远忽近，有拯救也有沉醉，像是解脱又像是枷锁，它成为现代人再难回去的乡村，成为所有中国人的乡愁。

诚品书店

为一个书店拍一个专题，这在过去很少出现，但这一次，到达的是台北，这一次，面对的是诚品书店。

没到台湾之前，就知道诚品，甚至提到台湾，必提到诚品，这几乎是到达台湾人们的共识，甚至与读不读书都没关系。

这是一家二十四小时营业的书店，在台湾多个城市里连锁经营。不灭的灯，照亮着城市，也似乎照亮着人心，当然，如果你愿意的话，诚品，已经成为台湾的骄傲与尊严。

诚品书店里铺的都是实木地板，清洁无尘错落有致，只为读书人可以方便地席地而坐，只要你不挡住书架影响别人买书，你大可一坐五六个小时，没人会打搅你。

二十四小时营业，不仅提供服务还提供了一种生活方式。我采访是在晚上十点半之后，自己也曾几次在二十四点后去闲逛，人都不少。那一种安静而高贵的氛围，让你觉得生活是美好的，读书是有尊严的。

东森电视台的张玉玲，我们的合作者，业务主管，一个温柔的女强人，常常加班到后半夜三四点钟，有时会接到“残酷”老板的电话：上午七点开会！这空出来的三四个小时怎么办？回家，打扰家人；在办公室，枯燥单调得让人绝望；于是，玉玲不止一次地选择去诚品书店，点一杯咖啡，翻两本书，打一个小盹，时间到了，又气定神闲地去开会。

台北如玉玲这样生活与选择的人，多了。

至于诚品的服务，有一件我们亲身经历的事情。

我的同事刘爱民受托要买一本医学方面的书，在台北诚品敦南店一查，全台湾，只有高雄诚品还剩下一本，于是约好，过几日到高雄去买。

没想到，到达高雄，正赶上台风“海棠”来袭，全高雄所有店铺都歇业，我的同事抱着试试看的心理打了一个电话，结果是没问题。

那一天，高雄的诚品为我的同事开了一次门，一天就只卖这一本书。

所以，如果今后经常选择台北为旅游目的地，理由之中必有一个：这里有诚品。

台北故宫

故宫有两个，一个在北京，一个在台北。

到达台北故宫博物院马上明白：北京的，故宫本身是最大看点；台北的，则靠里面的展品来吸引人。

从 1965 年开门至今，台北故宫博物院隔几个月就更换展品，到现在，藏品还未展完。

不仅数量，还包括质量。比如“三希堂”中的“两希”都在台北。但有趣的是，台北故宫博物院有三个展品从不更换，玉雕“翠玉白菜”、肉石“东坡肉”和毛公鼎。

毛公鼎不用说，中国两件“青铜器之最”中的一个，另一个，是北京故宫里的司母戊大方鼎。

而翠玉白菜和东坡肉形石，从文物的角度说，也许远不如台北故宫博物院里其他很多藏品价值高，但没办法，在公众心目中，可能由于它们十分亲民，让人没有距离感，又或者，中国人实在爱吃，总想着“肉炒白菜”，于是它们俩的人气居高不下，台北故宫也就以人为本，从不更换，让进院就找这俩宝贝的游客尽兴。

台北的故宫是新建筑，不过这就为展示藏品提供了最好的舞台。这一次我们摄像机得以进入拍摄，又是破天荒地开恩，甚至连之后大陆《台北故宫》纪录片剧组都未获准，由此可想艰难。

离别时又多了一份牵挂，下一次再来台北故宫，不知又会看到什么。也会有遗憾，故宫，分成两个，然而，也不错，多了这份因分离而有的牵挂，又各自用自己的方式，承接并守护着老祖宗的温度，让你有更多的信心：文化的脉不断，血脉就断不了。

义工

义工，台湾用法，我们叫志愿者。

在台湾，不用寻找，到处可见义工。

为拍摄“义工”这个内容，秀芳与我一起去台北一家医院做义工。工作简单又复杂，挨个房间去做小患者的工作，然后把同意者领到一个房间，和他们

和请来的小朋友游戏之后，一起合个影。中间除去我和秀芳，还有很多义工。不知游戏后的孩子们开不开心？但记忆告诉我：做义工真的很开心。

一起游戏，让他们开心，病也许会好得快一些。每天都有类似我们这样的义工，轮流与小朋友游戏，这成了治疗中的一种方式。

除去我们做的不说，一进医院，就见大堂一个义工柜台，其实不用看，你刚进门就有义工过来，问你怎么不舒服看哪一科有什么需求，然后陪你帮你。每天都有义工在做这份工作，医院只提供场地和最开始的培训，了解了这一点，我又多了一个盼望：什么时候，大陆的医院也如此，到那个时候，医患关系都会缓和不少。因为义工如同润滑剂一般穿梭在你和医生之间，烦恼与火气也因此减少。

不只如此，让我想不到的是，台北故宫博物院里的讲解员都是义工。不过，成为这种义工不容易，要经过严格的资质考核，也因此，陪我们的故宫义工会骄傲地说："虽然一周可能只来半天，但穿着这身衣服走在街上，周围都是羡慕的目光。"

只要细心观察，义工就无处不在，而且中老年人更多，不像咱们这儿，志愿者这事儿归青联。其实，志愿是一种心，与年龄无关，何况，中老年人更有时间去做自己想做的事，这一点，大陆的未来，潜力无限。

连战

到了台湾，当然需要采访连战与宋楚瑜。相比采访宋楚瑜的记忆，采访连战更特别，时间是 2005 年 7 月 14 日傍晚，这就意味着，由于 16 日将开始国民党主席的大选，我们对连战的这次采访，基本上是他在党主席选举前的最后一次

在采访中连战对我骄傲地说，原来国民党和民进党的支持率差不多，但他从大陆回来后这几个月，国民党的支持率已达到 34%，民进党只有 19%。所以照片上的连战虽然已要卸任党主席，但似乎有着更自信的表情。

接受采访。

连战看上去忠厚老实，也因此似乎缺乏偶像与明星的气质，同宋楚瑜相比，连战的口才也一般，被台湾媒体称为“木讷”，也因此，连战两次败选。没办法，如果说选举是一场以民主为招牌的秀场，那么缺乏明星气质、口才不好可实在吃亏，连战是例子。

不过连战的大陆行，却把他的魅力与功德推到了最高点，一向“木讷”的他，在北大的演讲获得了极高的评价。一是连战的所谓木讷只是与台湾其他口吐莲花的竞争对手比；二是大陆行，让连战全情投入。难怪太多人认为：如果来大陆之后再竞选，连战赢定了。不过，历史没有如果。

看似忠厚老实的连战，其实不缺幽默与霸道的地方。据说，在北京胡总书记宴请连战一行，席间敬酒，对连战说：“您是学政治的老大哥，还得向您请教。”连战迅速回话：“哪里哪里，（陈水扁挨的）那两枪我就没学过。”话音落，在座的人大笑。

在台北，我问了他过几天卸任党主席后的打算，他的回答不复杂。

“我要做一个国民党的义工。”

其实不止，海峡两岸未来的义工更对。

柏杨

柏杨老了，这从外表就看得出来，七年之前我在北京采访过他，当时的他虽年近八十，黑发依旧，行动敏捷，大嗓门，当时的他回河南老家，像孤雁归巢，满怀兴奋与好奇，如同一个少年。

而这一次全然不同，站起来已显得困难。一些事情也时常话到嘴边却想不起来。坐在他的对面，突然慢慢地心酸。无论怎样的战士，也终究敌不过岁月，谁都会最终倒下。

当他张嘴后，我的心酸消失了。替代的是心碎，一种更大的伤感与绝望搅拌在柏杨的交谈话语中，让听者无处躲藏。

一个以杂文著称的作家，却坦陈杂文的无用，因为更好的东西是建设与改变，而杂文只有些偏激的语言，于事无补。这时，柏杨的话语中，终于显露出尖锐后的脆弱及愤怒当中自身的痛苦。说到故乡，老人叹着气说：“我们这一代人永远无法衣锦还乡，但能平安还乡吗？”接着坦白了自己，“我这一生都没有快乐……”听到这里你明白，这是一个时代交付给他的悲剧性的叹息，偶尔的笑声，不过是一个又一个悲剧中的短暂转折罢了。

只有谈到他的夫人张香华时，柏杨才又幽默和快乐起来。老天爷有时是公平的，拿走你一些什么，会又补偿你一点什么，比如爱情之于柏杨。

离开时我几乎知道，不会有下一次了，谁都无法抗拒，一个时代与生命的的背影，他能带走的，不会是幸福，而只能是些或隐或现的希望。然而，这希望，又会与他有怎样的联系呢？

两年后，我接到东森张玉玲的短信：柏杨走了，你们的采访是最后的记录。

又一段时间过后，2010 年，传来消息：柏杨的遗骨将送回河南老家安葬，这该算是老人真的叶落归根了。

王永庆

到台湾，不采访王永庆，等于没面对台湾的经济。

不管台湾有多少品牌，经济界最大的一个，恐怕就是王永庆。

知道我们去采访王永庆，秀芳也跟随采访，因为王永庆已经拒绝采访很久，对于台湾媒体，如秀芳这般，都是机会珍贵难得。

已经九十岁的王永庆让人无法相信以他的年龄仍在上班工作，仍然拒绝社会各界对接班人的猜测，仍然敏感于世道与社会的变化。等采访全部结束，老爷子居然谈兴未尽，留下我们喝咖啡，又是一个小时破天荒的畅谈。这时的王永庆，焦虑大于一切，他无所顾忌地批评当时年轻的岛内执政者，认为台湾快要错失与大陆走近的机会，再晚两年，你连和大陆谈判的机会都没有……

王永庆是从卖米开始起家的。谈到卖米时的想法，他对我说：当时没有梦想，就是把当前做好，结果自然会好；如果当时觉得卖米是小生意，要做大的，那就会力不从心。你还没到这个程度就这样想，就变成妄想，反过来就不会成功。

外表如同大陆马三立的王永庆，讲的话可不让人笑，而让人陪他同样地焦虑起来。离开这些话题，老爷子的另一面却同样让人印象深刻。

虽然王永庆富可敌国，却始终认为自己是替社会理财，一条毛巾能用十年，自己在办公室楼上住，并坚持吃太太种的菜，一绿色二健康。可对于大陆，做起慈善来却是大手笔，一直不停歇。

四年之后，工作中的王永庆在美国巡视中突然离世，华人世界一代经营之神，从此成为传奇。老人离世后，电视机构来采访我，我的回答不复杂：

“我永远记得那一个下午老人的焦虑，那焦虑，已与经营无关，却关乎未来。”

证严上人

采访证严上人的要求，在两岸都一路绿灯顺利通过，我稍有些意外。这是中央电视台第一次对台湾宗教界人士进行专访报道，我们知道其中的敏感，提出这个要求，是因为台湾“人间佛教”经过多年发扬光大，已成为台湾社会的重要支撑，甚至在海外华人中也影响巨大，而慈济的证严上人，是其中的卓越代表。

1963 年，二十六岁的王姓姑娘皈依佛门，法号“证严”，回到花莲普明寺后，她以“不赶经忏、不做法会、不化缘”为原则，开始“一日不作一日不食”的修行生活。在慈济，你很难分清谁是信徒谁是志愿者，或者说，每个信徒都以志愿者的身份投身社会，赈灾济民，做一切该做的善事。全台湾，有超过五分之一的民众参加过慈济的善事。

而证严上人的“人间佛教”思想，也在信徒与社会之间搭建了和谐相处的平台。比如慈济的“十诫”中，前五诫如不抽烟不喝酒，似乎与以往没什么不同，但在后五诫中，出现了遵守交通规则、孝敬父母、不参加政治游行等项目。于是，你也就品出“人间”的味道。

慈济与大陆互动最早。在 1991 年的大陆华东水灾中，慈济就投入捐赠，以后每有灾情，必有慈济的善款与慈济人的身影。更不要说慈济骨髓库，早已成为大陆骨髓移植手术中最大的骨髓配型提供源。我们采访的当天，就有一场生命接力在上演，配型后的骨髓早上从花莲出发，转机香港，目的地北京，傍晚时分，手术在北京的医院进行，一切平安。

早上五点三十分，我们便以旁观者的身份参与到证严上人组织的早课中，来自台湾各地的人们与证严上人分享心得，这其中，有很多的中学生。虽然我们

与证严法师的沟通，不叫“采访”，而叫“聊天”。炎热的夏天，屋内没有空调，只有风扇在悄悄地转，然而，并不觉得热，只有清凉。

在工作，在拍摄采访，然而春风化雨之间，心，似乎也慢慢静了下来。

在之后与证严上人的不叫采访的聊天中，她的一些话让人感慨良多。

要学会感恩被你帮助的人，是他们，让你有所启悟，用苦难教育了你。

甘愿做，欢喜爱，挨骂受委屈都不为所动。

不要怕被磨，被磨的那块石头是会发亮的，磨人的更辛苦，他是会消耗的，所以，人生哪里有什么敌人……

当我问到证严上人，思考最多的是什么？

她的回答是：“总是感觉来不及，因为想做的事太多，想帮的人太多。”

告别了慈济与花莲，觉得离台湾又近了一些，总有一些经验与心里的悟是要借鉴的。在台湾，不止证严上人在这么做，星云大师等人也都在这么做。“人间佛教”这四个字不只是一个简单的排列组合，更像是千百年来一次重要的佛教革命。它告别了深山，走向红尘，告别独修，而引领众人，已不仅仅是宗教那么简单，更像是一种新的社会动员与安抚方式。我愿意相信，这是台湾在未来，可为华人世界带来经验的领域。或许，受益的人更多，甚至变成整个社会。

台风

心静了下来，然而大自然却不再安静。

当我们的采访接近结束，只剩下高雄的内容时，台风“海棠”以摧枯拉朽之势登陆台湾，让我们这些北方人终于体会到台风的厉害。

所有的店铺都已关门，只能待在房间里，也正因为如此，电视人就必须奋战在台风中，因为人们都在家里看电视。于是，这个时候，我看到了台湾电视人令人尊敬的另一面。几乎所有传媒机构的记者都在台风之中，事无巨细地以直播方式将“海棠”的威力展现在公众面前。

这的确不是一件容易的事情，因为我也立即开始直播，因此知道这里面的艰难。想想看，晚上睡觉时，风力之大，让你始终感觉有壮汉在敲打窗户，而第二天，满大街都是被刮断的树干，一片狼藉。做直播时，两腿必须分开，否则站不住；摄像的后面，有我们的另一个同事抱着他，否则根本没法拍。

两天的直播下来，感受了台风的威力，也体验了台湾百姓每年都有几次的另类生活。由此，台风于我，变成了在台湾体验过的风。

那几天，大街小巷几乎空无一人，电视人用辛苦找到了尊严，也算是给了我特别的观察同行的机会吧。

一场台风，将我们多留了一天，但作为一个过客，终将踏上归程，这一次，台湾已经让我“横看成岭侧成峰”，终于立体起来。而难得的这一切，也通过镜头交还给观众，只是不知，对观众来说，台湾是否依然遥远？

第三次入台：2009 年 8 月

一晃几年时间过去，与 2005 年相比，海峡两岸和风尽吹，已太多不同，马英九替代了陈水扁，而陈水扁却在监牢中。台湾人常常拿此来打趣：陈水扁上台下台都是进步与对台湾的贡献。上台是历史新的一页，民主进步，而下台进监牢，更是进步，法制与民主相得益彰。话虽轻松，但对台湾造成的震荡却不小。

这四年间，三通已通，两岸互动之密切，甚至让普通大陆游客去一次台湾，成了轻而易举的事情。而且我相信，再不会如我第一次那般紧张、担心与敏感了！

“朋友之间越来越有礼貌，是因为大家见面越来越少……”这是罗大佑的歌词，而如果见面越来越多呢？不会不礼貌，只会更多了解。

交往多了，你也会看到更多。不仅仅是可借鉴的经验，还会有伤口，外在的，和内在的。

“八·八”风灾

2009年8月8日，北京奥运开幕一周年，然而这一天的台湾，却遭受台风带来的巨大创伤。一个叫“小林”的小村庄，一瞬间几乎灭村，一百余位村民被埋丧生。台湾上下震惊，悲伤与社会关注的程度，如同一年前的汶川地震之于大陆。

几天之后，我接到通知，去台湾报道“八·八”风灾，没什么说的，出发。

由于直航，仅仅两个多小时，就到了台北，坐上高铁，一个多小时后到达高雄。

之后再到小林村和其他灾区的道路就没这么顺畅。“八·八”风灾的巨大威力，肉眼随处可见，到处是山体滑坡，道路中断，桥梁倒塌，寺庙成了灾民收容所，平日里对大陆广播的电台办公处也成了避难所，救灾，成了台湾当时的第一任务。

当我来到小林村，站在高处，第一眼望过去，我便知道，所见的景象这一生都很难忘记。并不是肉眼中的惨况空前，而恰恰相反，滑落的山体覆盖了几乎一切，仅剩下两个原来在高处的房屋还孤独地存在，新的地面上水沟纵横，如果不是旁边的人们介绍：这土地下面就是原来的小林村，你几乎以为，这里，原本就什么都没存在过。

既然来了，就不想远观。由于这是一个山谷，向下要滑落十几米，然后，过一个又一个临时出现的小河沟才能靠近，所以，摄制组无法进入。但我还是没打招呼就自己滑落下去，然后深一脚浅一脚地向里走了几百米的路，大约四十多分钟，终于来到那两个遗留的房子前面，生活的一切痕迹都在，门前站着两只不叫的狗，似乎在等待救援。而再近一步仔细看，其中一个房子是平时的宗教场所，可惜，灾难的面前，只保佑了建筑，却无法保住村民的生命。

在我沉默地走回公路的时候，我真实地知道了“八·八”风灾给台湾带来的创痛。台湾不大，任何一场不小的灾难，都会成为全岛百姓的悲情；救援不力，也会引发全岛的愤怒，更不要说这么严重的“八·八”风灾。

一边是灾情触目惊心，灾民们居无定所，而另一方面，是全民呛声、追责、叫骂。

那几天，媒体天天在曝光，风灾当天，哪一个官员在宴席中，哪一个麻木不仁。

在相关政论节目中，骂声一片。必须承认，台湾的民主进程前行迅速，但另一方面，巨大的灾难，暴露出政府救灾效率的不足。或许，台湾民主需要进一步前行，才会找到公平与效率更大的平衡，而不是在做事与做秀之间游移。否则不会出现这一幕——我去采访大陆前来救援的活动板房施工队队长，队长对着我都快掉下眼泪。因为效率太低，一会儿让干一会儿不让干，配套的台湾工人，上班来下班走，似乎不着急。用队长的话说："在大陆，这些天估计已经干完了，在这儿，才搭完俩样板房。"

这不是民主的问题，而恰恰是民主需要进一步前行的问题。在这个方面，台湾成功的经验与失败的教训，都将让更多人少走弯路。所以，当我们已陆续看淡台湾硬件优势之后，它的软实力，只看我们如何借鉴与合作。

也为失败者歌唱

从小林村到阿里山，从死难者到无家可归的人，不到十天的时间，我触碰

大自然的确具有翻手为云覆手为雨的能力，我正在穿越的乱石滩地下几米深，就是曾经人声鼎沸的小林村。从2009年8月8日那天起，原来的小林村便只在人们的心里存在。然而让我没想到的是，一年后的同一天，甘肃舟曲遭遇泥石流，也有一个村子和很大面积的县城被埋。这一特殊的巧合，让两岸民众有了相同的苦难感受。

到大自然的灾难给台湾留下的一个又一个伤口，然而，机缘巧合，当我即将离开台湾的前夜，在宁静并温馨的空间里，我触碰到台湾另一个伤口，它不是来自大自然，而是来自历史。

结束了采访，第二天就要回北京，回到台北做完最后的直播并一起吃完欢送饭，回到酒店很久睡不着，这个时候，诚品书店二十四小时不关门的优势显现出来，我独自来到诚品。

一会儿，热销榜上的两本书牢牢地抓住了我。

其中一本书的封底上，有这样的话：所有的生离死别，都发生在一个码头，上了船，就是一生。让你看见我们的父母，一整代人隐忍不言的伤。这是一本你从来没认识过的一九四九。

而在另一本《台湾，请听我说》的封面上，还有一行字：压抑的、裂变的、再生的六十年。

一九四九，六十年，多么熟悉的字眼，一瞬间，换了个角度击中我。

这一个夜晚，是2009年9月2日凌晨。从台北回到北京，我将全身心投入到共和国六十年大庆的直播工作中，这注定是一个欢腾的时刻，举世瞩目。这是一个庆典，也是因为一九四九，也是六十年，是一个属于胜利者的六十年。

但在诚品书店的那个午夜，在两本书的面前，我突然看到了一个属于“失败者”的六十年。过去，我们几乎将这一点忘记，也似乎粗心地不再记起。六十年前，一个又一个码头或机场上以为很随意的离别，却让亲人离别了一生。在二百多万个六十年前从大陆到台湾的大陆人里，接下来都是怎样的人生，眼泪、思念、隐忍、绝望、幸运……又是怎样的一种交织？

那一个午夜，我突然感觉到真的离台湾近了。有人以失败者后代的名义，为“失败者”歌唱；而我，也天真地想当然地以“胜利者”后代的名义，开始正视并尊重起“失败者”来。起码，从认真地阅读与聆听他们的故事开始。

也正是在那个午夜，我似乎更清楚地看到了连接海峡两岸的道路。

时常，台湾，不过是我们发泄愤怒或畅谈梦想时的一个工具，而真实的台湾，它的悲情与压抑，自强与自尊，又有多少人认真听过，想过？

当我终于有机会站在人性的角度上，重新审视胜利与失败，重新阅读台湾这个历史的孤岛在过去岁月里的深深悲情，也才真正听懂了罗大佑《亚细亚的孤儿》与陈映真等人乡土背后的孤愤与挣扎。

两岸之间，柔化的人性与心灵统一之路，虽然艰难，却持久而稳固。近几年，大陆对台善意交往，以台湾及百姓所需为本，就是功德无量之事。大陆的“大”字，也正在此体现。在台湾，希望立即独立的，是少数，希望立即统一的，也是少数；大多数，在观望，在心灵与情感上感受，在具体生活需求与未来上思量。这注定有一个过程，我绝不悲观。不说的理想才像理想，比“三通”更重要的是心通。台湾，小地方，却是考验海峡两岸中国人智慧的大舞台。

10

靖国神社与垃圾分类

◎我带着上了初中的儿子第一次来到日本，特意带他去看了这石灯笼上让中国人愤怒并难过的画面。看完之后，儿子问了我一句："爸爸，我可以说一句脏话吗？" 我回答说："可以！"

◎一位教授绝对没有恶意地问我一个问题："当初日本进入中国，是否也帮助了中国呢？" 看着他，我仿佛轻松地回答："我不征求你同意就进了你们家装修一通，你会不会愤怒？"

◎日本人尤其是日本男人，在白天与夜晚，在酒前与酒后，根本不是同一种动物。白天彬彬有礼，注重细节与外表，一到酒后的晚上，就呈现出另外一种面貌。

八年后·回头看

当日本越来越能接受中国比它强大的事实，当未来中国 GDP 发展到日本的 3 倍、4 倍甚至 5 倍的时候，中日关系才会进入一条非常平稳的河流。

曾经有人问我："你恨日本吗？"

我说："我是东北人，你说呢？"

然而，2007年3月初，我要出发去日本，不是开会，不是旅游，而是制作大型系列专题《岩松看日本》，对于中国媒体来说，这是第一次。

自打香港回归直播报道之后，我几乎再没有过因工作而紧张的时候，但去日本之前，我的紧张持续着。不是准备不足，而是无法判断：观众会怎样看待这次行动？他们能理解吗？因为我清楚，在中国人心里，"日本"两个字，意味着什么。

出发之前，我们在网上征集问题和建议，没想到，一个副产品是：我不仅看到了好多人的支持与理解，而且在征集来的问题中，有很多很深很专业，显然，是理性思考的结果。于是，我有些明白：在沉默的大多数中，理性从未缺席，而只要你打算做的事儿是该做的，尽心去做好了。患得患失，对不起那些沉默的人们。

在我去日本的行李中，有近百页网上观众的意见与问题，不知道为什么，带着它们，我觉得踏实。

去东京的飞机，上午九点多起飞，我们七点就到了机场，十几分钟后，我的手机上接到了母亲的短信，很长，我有些诧异。对于母亲来说，发短信是一件颇费气力的事情，我一年到头，也接不到母亲几条短信。

显然，母亲是为我去日本的任务而发。在短信中，她告诫我：涉及日本无小事，百多年的历史，让人们的内心非常敏感，因此到日本做节目时，要把措辞仔细斟酌，最好先落在纸上，以免出问题。

我母亲是一位历史教师，生于吉林，长于辽宁，工作并生活在黑龙江很长时间，出生年份是爆发了卢沟桥事变的1937年，她的父亲也就是我的姥爷死于日本侵华期间，死因据说就与日本人有关。

我知道母亲的心情与担心，我猜想：这不短的短信，该是她几夜未眠的结果。

然而，我们注定出发，因为时间到了，有些事总要去做。

决定比台风还猛

打算去日本，不是一时的头脑发热，虽然将想法脱口而出只是一瞬间。

要感谢“岩松看台湾”时的海棠台风，在台湾的最后一夜，完成所有直播后，由于台风，我们只能闷在宾馆里闲聊。当时，大家已有感觉，这次《岩松看台湾》，注定已经成功，成就感让大家在台风之夜有些小小的兴奋，有人随口一问：“接下来咱们去看哪儿？”

我脱口而出：“去看日本！”

片刻沉默，似乎答案大大出乎人们的预料。

“为什么？”

我记得我回答了很多，但核心的一句是：“因为新闻在那里。”

说这话的时候，是2005年夏天。当年的4月份，从北京到上海，从西安到成都，中国接连爆发大规模的年轻人反日游行，中日关系一跌再跌，屡创新低。这局面自然与当时的日本首相小泉屡次参拜靖国神社直接相关。

在这样的背景下，提出看日本，的确是一件让大家迷惑不解的建议。

“中日关系不会永远恶化下去，在目前的情况下，媒体能做什么？更何况日本了解我们，而我们并不了解日本，对于未来来说，这是危险的。”

在当时的中国书店里，对日本的介绍，依然停留在美国人的《菊与刀》以及近百年前戴季陶的《日本论》中，而对于现实中的日本，由于过于敏感加之人群中的愤怒，媒体很少多方位地报道。只要写到日本，大部分与历史或教科书问题有关。愤怒，已经遮蔽了我们的双眼，这个时候，如果我们向前走一步，把爱或恨先放到一边，会不会，打开一扇门，起码增加对一个对手或邻居的现实感知？

我相信，我的解释被大家接受了一部分，但没有人兴奋，因为谁都知道：这该是怎样一次艰难并充满风险的行程。

安倍先来了

有了想法，并不意味着可以立即出发。

2006年春天，《北京青年周刊》记者采访我，用了一个很刺激的标题：踏破靖国神社。在采访中，我第一次提出“看日本”的计划，并定位于“在爱与恨之前，先了解”。记者自然问我：“什么是合适的时机？”

我的回答是：“2006年年底前，小泉将离任，我相信，新接任的日本首相，不会立即去参拜靖国神社，那，就是一个时机。”

这些内容，白纸黑字地留在2006年春天的杂志里，不过，当时恐怕连我自己都不敢肯定：这有可能吗？会不会太过天真？

同年9月，小泉离任，安倍晋三接任首相，让人想不到的是，新任日本首相的第一次出访，目的地就是中国。

安倍到达北京的当天晚上，我接到“看台湾”时的搭档刘爱民的电话：“岩松，‘看日本’可以出发了吧？”

近几年，由中新社老总刘北宪为“团长”、中国青年报老总陈小川为“政委”的中国媒体代表团，已与日本媒体同行进行了四五次闭门对话，从最初的唇枪舌剑，到现在能找到一些共同话语，可见吵架也是一种沟通的开始。每次如果在日本对话，日本首相都会出面会见，照片上的是鸠山。但一个现象是：每次接见完我们不久，都会传来这位首相下台的消息，至今，我们已见了三位这样的“前首相”。不知道下一次，还会不会有日本首相敢见我们。

“是的，我正这么想！”

从提出建议到出发，时间比我想象的要早，还好，相关的准备更早就已动手。

看什么？

去日本看什么？

首先要面对的当然是绕不开的历史问题。那些让我们愤怒的事情，日本到底怎么看？靖国神社意味着什么？日本人有多少种历史观？日本的传媒巨头、前首相又怎样思考这些问题？

这些内容确定之后，就是进一步的选择：我们还要在日本看什么？听什么？

当然要会一会在中国很知名的日本各界杰出代表，透过他们，去感知中日之间的温度，以及对方的所思所想。这其中，慢慢确定下来的有作家渡边淳一、村上龙，演员栗原小卷，音乐人谷村新司、滨崎步，“财界总理”御手洗，政界的前首相中曾根康弘、安倍夫人安倍昭惠，当然，还有松下老总大坪文雄等人。

真正费脑筋的不是人物的选择，而是还要在日本看什么。

这个时候，我定了一个准则，去日本看那些：日本正在面对，中国现在与未来也会面对而日本又积累了相当经验的领域，让日本成为一面镜子，照见我们自己，以便未来顺利前行。这个准则，也成为日后“看美国”时的宗旨。记得自己说过一句话：哪怕对方只剩下一个优点，咱们也要先把它拿过来再说。虽然行动上，是看日本、看美国，实质上，是看中国，看我们未来的路。

中曾根康弘在位期间，是中日关系的“蜜月期”，他也曾参拜过靖国神社，得知中国反应强烈后从此放弃，并至今反对首相参拜靖国神社。他与胡耀邦私交甚好，一直梦想在青藏线上坐一次火车。他的会客厅里有与各国元首的合影，各国都只有一位，唯独中国两位：周恩来与邓小平。

在这样的宗旨下，除去历史问题，接下来确定的是日本的养老，因为中国六十岁以上的老人占总人口不到百分之十三，但已经出现未富先老的迹象；而日本，六十五岁以上的老人占国民总人数超过了百分之二十，并有数字显示 2050 年，日本六十五岁以上的老人将占总人口的百分之四十，可见日本老龄化的程度。而日本为此所做的一切，都将成为未来中国解决老龄化问题的镜子。

接下来，日本的垃圾分类、垃圾焚烧及环保，日本的防灾减灾，日本传统文化的保护，日本动漫与时尚甚至美食，纷纷被确定下来。让人没想到的是，类似防灾减灾、垃圾处理及环保主题，都在几年后的中国，显示出巨大的价值。

几年后，也有人问过我，为什么不看那些日本不好的东西？日本 NHK 看中国，就看了很多咱们的不好嘛。其实，这个我也想过，我也知道日本有太多的问题，比如高自杀率，比如援助交际，比如困惑的年轻人，但是，对于目前的中国，去寻找那些有助自己成长的养分更重要。我也不愿意在发现别人缺点的过程中，慢慢陷入“别人也不过如此”的自我麻醉中。我们的问题足够多，还是多照照镜子让自己进步最重要。

靖国神社与沉重的历史

面对历史问题，就必须首先面对靖国神社。

当你真正熟悉了靖国神社之后，你就会知道，靖国神社其实有两个：一个是外在的花园一般的建筑群落，美丽如菊；另一个是内在的，以其中游就馆为代表的荒唐靖国史观，恶毒如刀。

日本人认为：人死后变成神，于是，神社无处不在，是一个祭奠死去者的地方。靖国神社就是这样一个地方。

靖国神社的大门上，有硕大的菊花图形，熟悉日本的人知道，只有皇室，才可用此菊花，靖国神社的地位可见一斑。

然而，1978 年，包括十四名远东军事法庭判处死刑的甲级战犯在内的所谓“英灵”，被放进了靖国神社并供奉起来，其中包括侵华战争的主谋东条英机与南京大屠杀的主犯松井石根等。从此，靖国神社的性质，在亚洲人的心中发生变异，成为日本一些人扭曲历史的重要场所。

我们的拍摄申请得到批准，但相关的采访要求未获准，然而文字回答告诉

在我身后，慢慢走，就进入靖国神社。做报道时，不远处也有日本警察一直警觉地观察，毫无疑问，靖国神社在日本也是一块是非之地、敏感之地。仔细看，大门一样的“鸟居”与日本国旗在同一个水平面上，这里，是日本形象的一部分吗？

我们：上一年靖国神社的入园者超过五百万人次，当然入园并不等同于参拜和进入游就馆，但年轻人比例有所增加这个事实却让人担心。

陪同我们报道的，是中国人李缨，他刚刚拍完纪录片《靖国神社》，正寻求在日本与中国的上映。进了门，他告诉我另一个事实：二战时，这个看似安静而美丽带国家性质的神社里，也曾设作坊，生产军刀，授予战争中的军人。这或许，正是菊与刀结合的另一个荒唐版本。

真正刺痛人的绝不是靖国神社的外在环境，我说过，如果仅从外表看，靖国神社像一个小公园，很多日本人春天到这里看樱花，秋冬时到这里看金黄的落叶。我们采访时，正值日本大学生毕业的季节，在靖国神社外围的大路两旁，到处是照相合影的大学生，可见它环境的清幽。

然而，这只是靖国神社外在的一面。

如刀的另一面在三处十分明显，十分让人难以接受。

一处是供奉着甲级战犯的参拜处，但由于这是一个单独的场所，不提出申请也进不去，更何况，我们也根本没兴趣进去，哪怕是为了拍摄。

记得好多年前，姜文打电话向我“求救”，原来他为拍《鬼子来了》，去了靖国神社了解情况，但被国内媒体认为“去靖国神社就等于参拜战犯”，让姜文有口难辩。我当然知道，这是“误判”，之后在媒体上也解释了“参拜”不是一般人都能做出的行为。而现在，我估计这样的误解可能不会有了。

第二处，也正是靖国神社史观的关键，就是靖国神社内的游就馆。

“游就”二字，来源于中国《荀子》里的一句话“君子游必就士”，意思是，出行的话，要学习有德行人的规范与品行。荀子如果在天有知，一定会为自己这句话被如此不正义地引用而大动肝火。其实，游就馆就是一个二战的博物馆，宣扬所谓“日本圣战”的核心场所。

在这个宣扬荒唐历史观的游就馆里，有大量二战时的实物、史料、照片，无一不在扭曲着历史。馆内总在循环播放着两部所谓的历史片，其中的解说词大多如此——比如“为解放亚洲，日本在努力”；比如将太平洋战争称为自卫战争；再比如，谈到七七事变，片子说是“因为中国人开枪和挑衅，所以不得不……”，但让人奇怪的是，你为什么不解释，当时那么多日本军人在中国的卢沟桥干什么？

我相信，中国人很难看下去，在游就馆里也无法待长，即使是要做节目，我也很快出来了。对着摄像机，我表达了我的看法：看过之后最大的感受已不是愤怒而是想笑，因为这个事情已经太过荒唐。

然而，不管怎样可笑或愤怒，游就馆都是一个存在，而且，它代表着一部分日本人对历史的自我解读。这里还要说明的是，在游就馆的片子中，更多的目标不只针对中国针对亚洲而是针对美国，这一点，近些年美国人也终于有点儿明白，不满与抗议开始升温。

第三处离游就馆门口大约几十米，平日很少引起人们的注意，因此引来的批评声也少，但其中所蕴藏的反动却不亚于游就馆中的态度，甚至可以说，它与游就馆一起构成了反叛正义的靖国史观。

这是一座雕像，仔细看才知道，是当初东京审判时，唯一一位为日本战犯做无罪辩护的印度律师。大家可以想象，把他当恩人一样为其塑像，背后的心理与态度该是怎样？

综合起来，在靖国神社中显现出来的靖国史观，不仅对抗世界而且对抗历史更对抗正义，这其中清楚无误地为军国主义招魂，为侵略战争平反。所以，绝不仅仅是中国、韩国反对一下就可以的事情，应当引起世界范围的关注与批评。

值得注意的是，2010年8月，法国与英国的极右政治人物，会合在一起，不远万里，来到日本，公然参拜靖国神社。这是一个新的动向，世界上反正义的人士，正把靖国神社当成一个朝圣处，这也正需要全世界的正义力量来关注靖国神社。

采访结束，我要在现场说一段结束语，说什么好呢？当我们走出靖国神社大门，迎面看到远处东京理工大学门上的六个汉字，其中一个“理”字越来越大，深深地触动了我。是啊，有理走遍天下，无理寸步难行，面对历史，同样如此。

告别靖国神社，一路上我在想，对于中国人来说，这里是个敏感的地方，然而，假如有机会，到了东京的中国人，真该来看一看，知道它的荒唐，了解日本的另一面，也让自己不忘记一些不该忘记的东西。比如，在进入靖国神社的大门之前，有两个石灯笼，也就是纪念碑一样的东西，上面的十几个浮雕当中，有日本军队以胜利者的姿态出现在中国土地上的多个画面，清晰地记录着我们曾经屈辱的历史。作为中国人，看到了，记住了，也就更知道自己该做些什么。正所谓：前事不忘，后事之师。

2010年寒假，我带着已经上了初中的儿子，第一次来到日本，特意带他去看了这石灯笼上让中国人愤怒并难过的画面。

看完之后，儿子问了我一句：“爸爸，我可以说一句脏话吗？”

我回答说：“可以！”

靖国史观自然可恶，但如果认为日本人都这么看这么想也是错的。面对历史，在日本的人群中，有多种态度，靖国史观绝不是主流，修改过的荒唐历史教科书，使用率也不高，只不过，不能因此掉以轻心就是了。

在日本京都的立命馆大学，有一个态度与认识同靖国神社截然相反的和平博物馆，我们去采访时，看到了日本人面对历史的另一种态度：反思、认罪、期待和平。然而，参观的人并不太多。

之后，我们又到了日本南端的鹿儿岛，那里有一个神风特攻队的“和平会馆”。当初二战临近结束时，日军招来很多的年轻人，上了飞机就是单程票，用生命驾驶飞机撞击美军飞机或军舰，起飞了就再也不归。

在这个会馆里，既不像靖国神社那般明目张胆地为军国主义招魂，也不似和平博物馆那样清醒地反思历史，而是用“人性”，用“一去不返的年轻人对人世的留恋、他们母亲的面容”完成了展示，一种暧昧的历史观也就蕴藏其中。

我在看日本，他们也在看中国。这就是我从鹿儿岛神风特攻队和平会馆出来后，面对日本媒体的场景。也许我说的，不是他们想听的，但说了，也许他们会思考。第二天，节目播出后，有一位日本同行对我说：你说得很好，说得对！

由于我们是进入这个会馆的第一批中国电视记者，出来时，有三家日本电视台的摄像机在等着我。我直言不讳地说："这里有情感，却缺乏反思；有日本人的母亲，却怎么没有想到别人的母亲？"

其实，在日本，反思历史的人不少，这其中，不乏重量级人士。

全世界的报纸中，发行量排第一的是日本的《读卖新闻》，超过一千万份，而《朝日新闻》也排名世界前十，同样是在日本乃至世界都有巨大影响的报纸。

那么我们可以想象，有一天，《读卖新闻》的老总渡边恒雄与《朝日新闻》的主笔若宫启文对谈，反思历史，批判首相参拜靖国神社，并做大量史料工作，证明日本当初的侵略战争，甚至南京大屠杀等，大家就可以想到，这在日本，会引起怎样的巨大反响。

而他们二位，的确这么做了。

到了日本，我们先后采访了若宫启文和渡边恒雄。

渡边恒雄已年过八十，在日本有“媒体总理”之称，可见其影响力。在这次采访之后与我的又一次交谈中，他曾亲口称当时的日本首相为“浑蛋”，让翻译很是尴尬，不过这也看出渡边老人对当下日本政府的不满意。

面对靖国神社问题，老人清晰表态：“首相当然不该去。”而至于自己，他表示：“由于不让我的狗进去，所以我从来不进去。”

让老人忧虑的是：“我年过八十了，像我这样经历过战争的人越来越少，要抓紧工作，否则，历史的真相就会被带走。”

采访临近尾声，老人突然反问了我一个问题：“日本怎样做，中国人会满意？”

我回答：“我们都知道德国面对历史的态度，当初德国领导人在犹太人墓前真诚的一跪，促进了民族间的和解，因此，如果中国人感受到日本真诚地反省历史，双方才能向前迈步。”

老人若有所思，不过最后，他说了一句话：“我不是首相，如果我是，我会的。”

我相信他会的。

也正是这样的日本同行与前辈，让我在他们的言语与行动中，看到日本面对历史的另一张面孔。

曾经有人用“暧昧”一词来形容日本人，面对历史，这个词语似乎更加合适。信奉靖国史观的人是少的，可如渡边先生这样立场鲜明地反思历史的也不多，大多数日本人是暧昧地在那里含混着，心里知道战争是错的，可表达起来，又绝不痛快。比如，一位教授绝对没有恶意地问我一个问题：“当初日本进入中国，是否也帮助了中国呢？”

看着他，我仿佛轻松地回答：“我不征求你同意就进了你们家装修一通，你会不会愤怒？”

他似乎恍然大悟，“是的，是的。”

其实面对历史，日本人的“暧昧”也束缚了日本自己，一天不能清醒反思，一天就背负着历史的沉重，周围的人们，就很难在心中与未来接受他们。我不知道，日本，还可以暧昧多久？

日本老了

历史是沉重的，现实也并不轻松。近二十年来，日本的经济神话不再，衰退成了大问题。当我问日本的学者，日本第一大挑战是什么的时候，我得到的回答是：人口问题。

想想也是，一方面，日本的出生率连年下降，经济越衰退，大家越不生，大家越不生，未来的经济动力越弱，恶性循环；而在另一方面，日本老龄化严重，日本几乎是世界上最长寿的国家，六十五岁以上人口，四个国民中就有一位。这个事实，也让日本举步维艰。难怪一位日本学者认为：大家都把日本经济衰退的原因推到美国暗算和日本缺乏变化上，但其实，其中还有一个重要原因是：日本老龄化时代到来，从消费到用工，从政府负担到缺乏活力，加在一起，制造了日本衰退。

不过，我到日本更关心的不是现象，而是日本怎么应对。因为用不了多久，中国将面临同样的问题。

日本出现了老年人再就业的现象。想想也是，就算六十岁退休，平均寿命八十岁，还有二十年的岁月，生活压力也变大，不就业属于坐吃山空。于是，日本的职介所，几乎都有老年人求职的柜台，而政府，也用制定相应政策的方式为老年人留出了一定的工作岗位。比如通过规定驾龄年限，就让日本大部分出租车的司机都是老年人。而园林工人、高速路收费的人员也几乎都是老年人。这是日本特色的“夕阳红”。

在日本，尽量别在地铁里为老年人让座，因为老年人会认为你是觉得他老了不中用了；如果实在内心过意不去，最好还是先用视线与他沟通一下为好。

我们也专门去了日本一家敬老院拍摄，条件环境都好，可一个事实是：这里的老人，都是用辛苦一辈子的钱，为自己买了一张床。

走在日本的街头，看着无处不在的白发苍苍的老人，我看到了一个不再年轻的日本。当然，我也看到一个未来可能不再年轻的中国，我们该怎么办？其实，为今天的老人着想，就是照看我们自己的明天。

少买棺材多买药

日本是一个岛国，因此地震频发，也正是因为如此，日本的防灾减灾意识深入到社会毛细血管当中，让人无法不印象深刻。

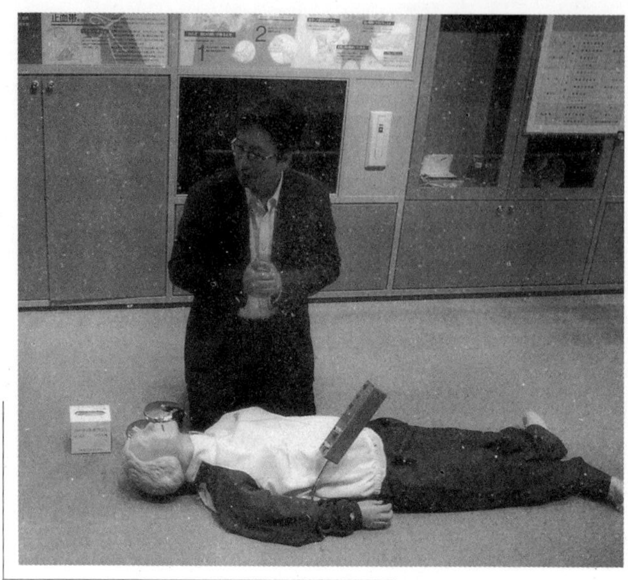

我面前是一个安装了很多仪器的“假人”，考验我做人工呼吸的能力。做对了，仪表显示“过关”；做得不对，则继续。这样的科普方式，显然有助于人们在关键时刻救命。而我们，有几个人会正确的人工呼吸？不过，最近我已在新闻上看到国内出现这样的培训，这比光用嘴说“以人为本”管用。

之所以选择拍摄这个选题，与我的一个新闻记忆有关。有一年，中国北方某城市中的一个宾馆大火，里面住了很多的中国人与日本人，然而最后，日本人无一死亡，中国人，死亡人数几十。

这是为什么？其中的缘由，或许还要回到日常的生活与教育中去寻找答案。

在日本东京的一所小学，校长事先没有告诉孩子要进行防灾演习。学生上课时，突然拉响火灾警报，短短几分钟，全校学生十分老到地走出教室，用口罩捂着嘴，有秩序地到操场集合。这其中，一年级二年级的小学生也做得同样出色。原因不复杂，日本规定，每个学期，学校都必须做类似的演习。

在日本的一家连锁商店里，我看到了太多过去从来没有见过的防灾用品。比如，专门有一种东西，将高高的柜子与墙固定好，以免发生地震时，柜子倒下砸到人。

而在一个日本人家采访另一个主题时，我们得知，家中的老人昨天更换了应急食品，因为原来的应急食品过期了。平日里，包括食品、水电在内的应急包，就一直放在院里以备不时之需。由此可见，日本防灾意识深入人心。

针对防地震，日本的防范教育更多。比如一辆体验车就开进学校开进社区，四处让人体验地震的震级以及地震后首先要做什么。大家可以想象：有过这种体验的人，事发关口，自然不会太过恐慌；而不慌，就可能帮自己和他人逃生。

至于科技力量，更是大投入。现在的日本，依然不能准确地提前预报地震，但可以做到在地震发生前十秒发出预警。可别小看这十秒，它意味着地铁减速汽车停车，人们提早逃生。损失，将因为这十秒，而大幅度下降，尤其它可以帮助人们有效地保命。

这就是日本的防灾减灾：平日里多买药，最后就少买了很多棺材。而汶川大地震更是提醒我们：这一课，我们要补。

学学怎么倒垃圾

在日本，走到哪里，都能看到并排几个分类的垃圾桶，多日的采访与观察下来，发现这还真不是摆设。

我们的司机杨师傅，从中国来到日本已近二十年，做其他的选题，他很少评价，然而见我们做环保与垃圾分类，他的话多了起来，“你们早该做这件事了，太应该拍了！这件事情如果中国能够做到百分之五十，环境绝对不是这样子。”但是，想很快做到百分之五十，却绝对是一件十分困难的事，因为垃圾分类已经成为日本百姓很自然并自觉接受的生活方式。

首先我们来到东京城郊一个叫“我孙子”的小城市，不是占人家便宜，它就叫这个很让中国人觉得尴尬的名字，在日语中，没有我们理解的吃亏占便宜的意思。这，也是中日文化差别中一个小插曲而已。

拍摄垃圾分类选择“我孙子市”并不偶然，它从八十年代开始就试行垃圾分类，现在，在日本十万人以上的城市中，它的废品再利用率排名第一。

早上七点多，我们走进一个普通市民家，由于一周两次来收分类垃圾，因此家中早已做好准备，报纸捆起来，瓶瓶罐罐洗干净，并在家中完成十几种分类。比如瓶子，瓶与盖是分开的，上面的塑料包装纸也要分离开来，之后，他们带着不同的垃圾来到收垃圾的地点，一会儿，好多辆收不同垃圾的分类垃圾车开来，将垃圾收走。

我们拍摄时，见到一位妇女拿着垃圾来了，之后又拿着垃圾走了。我们追过去采访才知道，收她带过来的垃圾的分类车已开走，她只好把垃圾带回家中存放，直到下周垃圾车再来时才能回收。也就是说，为遵守规则，她要让垃圾在家中再放几天，而类似的事情，几乎每个家庭都会这样处理。

在大阪，我们采访了负责垃圾焚烧和大型垃圾处理的舞洲垃圾处理厂，从

总有人说：中国向日本输出了文化，是日本人的老师。这话没错，不过功劳属于咱的老祖宗。最近这几十年，恐怕大多是日本向中国输出文化。在哆拉A梦创作室，负责人正向我们介绍哆拉A梦的诞生过程。动漫产业，已是日本对外出口的大产业，动漫形象在全世界登门入户，日本的形象也因此变得“可爱”起来。这背后，有日本政府无形的推手在起作用。

外表上看，花花绿绿的处理厂像迪士尼的童话世界。由于日本小学四年级教科书中就已经有垃圾处理的内容，因此处理厂面向孩子们开放好几层的空间，在这里，有趣、生动、可参与。我想，走进这里的孩子，不会对垃圾焚烧有意见，也体现出“垃圾分类从娃娃抓起”的特点。

所谓垃圾焚烧，是把分过类的垃圾投入大坑焚烧，最后变成粉末物质，这粉末可用作填海的基土；燃烧产生的废气需要再经过高科技处理，从烟囱直接排出时已无公害。同样道理，废水也经过处理，在排出时没有公害。

之后，我们又去了一家大超市，在门口就有回收站，回收那些可降解的食品包装盒。很多市民购物回家后，会把包装盒洗过再送回到超市回收站，这些回收物之后被制作成员工的服装以及卫生纸。在这个超市中，这样的卫生纸会特别标明，而且价格比其他的便宜，以鼓励大家消费这样的循环制品，而且，也是用低价来表达对参与者的一种感谢。

所有的采访结束后，我们作的第一个决定是，加长这个选题的播出时间，压缩时尚文化的时间。因为它让我们深深触动，并且想象：如果从现在开始行动，二十年后的中国将会怎样?

目前在中国，多个城市上演反对建立垃圾焚烧发电厂的公民行动，人们担心在垃圾焚烧的时候，由于分类管理不严而产生的二英会损坏人们的健康。

回望日本，我相信，垃圾焚烧是未来垃圾处理的大趋势，上马在所难免。然而在维护公众健康方面，政府责无旁贷，推进垃圾分类，加强对垃圾焚烧厂的监管，提升科技水准。但是，在要求政府尽责的同时，每一个参与公民行动的公民是否想过：这也意味着，我们每一个人将承担更多义务去投身其中!

捍卫权利的时候，我们应做好承担义务的准备；而将来承担义务时，稍有松懈，权利有可能再度丧失。在每一个今日为权利而拼争的家庭中，如果明天不能忍受这种垃圾的存放与分类方式，不能严格地遵守相关规定，一切还会走到老路上。

细节处的优点与毛病

看日本，如果是粗线条地扫描，很快一目十行马马虎虎过去，估计会留下个“还行”的大印象，当然，也就会忽略日本在细节处的特色。

在涩谷等东京繁华地带，看行人过红绿灯是必须拍摄的项目。红灯时，无人穿越；绿灯时，汹涌人潮鱼贯穿行，的确壮观。

日本大城市中，人们的交通主要依靠地铁。高峰时，车厢里的椅子都能收起来，大家都站着，为了节省空间，到了非高峰期，椅子才放下；而在车厢里，很少有人跷二郎腿，打电话也被视为不礼貌的行为；无论购物还是吃饭，都是有秩序地排队，无人加塞儿。

在日本，一般工作人员都有两部以上手机，严格地公私分开，绝不会用公司电话接私人来电，更不可能用公司电话打私人电话。

有一次，去郊区拍摄，在一个城乡接合部，我想方便一下，正好农田边一个废庙旁边有一个小小的厕所，司机告诉我：厕所里有卫生纸。我将信将疑：这荒郊野外，废庙旁的厕所，真的会有手纸?

我走进去，拥有一瞬间的感动，这里不仅有干净的手纸，旁边还有备用的；再仔细看，又一个细节让人动容，马桶水箱的盖子，就是一个洗手池，洗完手的水又流入水箱，可以冲马桶用。

是谁，是一个什么样的机制，让这郊外的小厕所也在文明的关照之内？而走到这一步，又用了多久？

当然，如果继续去寻找优点，细节之处让人感慨的地方太多，我总是想：这一切，将来也该是我们的。

在日本，找缺点其实也容易，每一个民族，都有自己的两面。记得在北京，一位美国商会的负责人跟我聊天时说起过日本，他说："中美两国国民交往起来很容易，大家都放松，不拘小节，大国的国民似乎都这样。比如咱们，可以坐在桌子上聊天，但跟日本人就不行，必须正襟危坐，他累咱们也累。"

这一点，在日本，我感触太深，甚至连日本人自己也清楚。去我们的翻译杉本大姐家吃饭，她的丈夫，一个长期热心帮助中国留学生的日本议员，对我们说："我特愿意让中国人来家里吃饭，五分钟不到，他们已经吹着口哨去厨房帮忙了，我当主人的甚至可以躺着看电视；而假如请日本人来家里做客，我要规规矩矩地当主人，他们规规矩矩地当客人，一顿饭吃完，送走客人，我会累倒在床上。"

日本人也越来越缺乏变化的能力。在日本是没有"与时俱进"这个词的，因为日本人很难接受随时改变，尤其当前辈在经济上取得巨大成就之后，后辈更不敢修改老规则，哪怕心里知道那老章程已不合适，也不敢动。比如松下老总在接受我采访时，谈到正在进行的裁员，他几乎用让人听不懂的方式讲述着这个行为，唯恐人们"攻击"他改变了不裁员的老章程。而有一次与日本同行合作主持节目，一个非常简单的主持词的改动，他们居然连请示带报告用了两个小时，让我以后几乎不敢再与日本同行合作。

现在的日本，正纠缠在这份不敢不能不愿不会改变的尴尬之中。

走在日本街头，流浪汉越来越多，贫富差距也在加大，年轻人的憋闷感在增长，日本的自杀率连年走高，已成为日本各界关注的大问题。与很多日本人交往交谈，很难有畅快直率的感觉，大家都客气，都用外在的暧昧把自己藏在套子里，让外来者也感觉很累。

日本人尤其是日本男人，在白天与夜晚，在酒前与酒后，根本不是同一种动物。白天彬彬有礼，注重细节与外表，一到酒后的晚上，就呈现出另外一种面貌。在晚上，我多次见到酒后的日本男人当街撒尿，旁边路过的人也似乎习以为常。还有更进一步的，某日本企业的三号高管，平日里一切正常，正人君子，某酒后之夜，回到出差住的宾馆，一出电梯就以为到了房间，将自己扒了个精光，并且还认真仔细地将脱下的衣服叠得整整齐齐放在一边，然后一头倒在电梯间前的地毯上“满足”地睡去，让宾馆的服务人员尴尬万分。

当然，这样的故事还有很多，这样的缺点要继续找也容易，但是，哪一个民族都拥有自己的特点，这特点也正是优点与缺点的交织，作为外来客，拿走优点就好。

了解并不对等

在日本的二十多天时间里，我每天用一个多小时，整理日本最重要的五份报纸，《读卖新闻》《朝日新闻》《产经新闻》《日本经济新闻》与《每日新闻》。

整理什么呢？整理这五份报纸对中国的报道。

结果让我吃惊也让我感慨。

首先，关于中国的报道，量很大，平均下来每天每家报纸报道中国的内容都在五六条以上，几乎超过美国，成为日本媒体最关注的外国。

其次，面很广。不仅关注着政治经济政策，连河南的足疗产业、广东一学生因长发被老师逐出教室都有。

第三，虽有偏见与误解，但总体接近客观。

第四，中国经济显然是日本必须关注的，因此，经济内容占比例更大，这一点，恰恰反映日本很实际。

……

二十天过后，我总结这一份整理过的报告时，不能不想：我们呢？

近百年前，有中国学者敏锐地提问：“日本把我们像放在手术台上一样解剖研究，而我们呢？”果真，没过多少年，对我们深入研究并了解的日本军队长驱直入，令我们遭遇了一段最苦涩的岁月。

今天，这样的岁月很难再来，但是，如果缺乏对对方真正的了解与研究，危险，只不过将以另外的方式显现而已。

日本在地理上是我们的邻居，在文化上是我们的邻居，在经济上，不管我们是否超越它成为GDP世界第二，这都意味着，我们依然还是邻居。

既然看不出谁有搬走的意思，那么，就要交往、相处、抬头不见低头见。

恨与愤怒，都正常，但不能让它遮蔽了我们了解与观察的双眼。中日两国，走过了敌对的岁月，也曾有过八十年代所谓的“蜜月期”，在我看来，这两种相处状态都很难再来，我们该进入正常的交往状态。既不是恋人也不是敌人，而是正常人的交往，有问题也能解决问题往前走。当然，在这样的过程中，不仅需要双方的理性与克制，也需要日本能有一天，在历史的面前，有一种真正的反省。

那个时候，中日两国，才能轻装前进。

11

美国，美吗？

◎在这里，我们可以看到，华尔街正在维修，而现在需要维修的，显然不仅仅是街道。

◎这校车，不仅日复一日年复一年跨越着世纪地接送着孩子，陪着他们成长，而且，还运送着温暖与责任。

◎我突然明白，人群中，充满希望的一种欲望正在悄悄地形成中，而这种欲望，与物质无关，却离心灵很近。

八年后·回头看

“美国人很简单，但美国不简单。”中国当然也不简单，我们需要以更多的智慧和耐力做好自己的事。超越别人是结果，超越自己才是正道。

1995年的年底，我去过一次美国，采访的路线从西到东，从洛杉矶到纽约，走马观花，算是对美国有了第一眼印象。

那个时候，刚刚热播完《北京人在纽约》，因此一提到美国，就会想起那句话：如果你爱他，送他去美国，因为那儿是天堂；如果你恨他，送他去美国，因为那儿是地狱。

显然，在当时的中国人心里，美国不是天堂就是地狱，无法真正地平视，但是我估计，天堂的比例会高一些吧！于是，今天回忆起那一次美国之行，刘欢高亢的歌声挥之不去。

那个时候的中国，正在邓小平南巡之后经历又一次快速的改革，然而总体经济实力依然距离美国相当遥远，走在美国的街头，到处是不认识的汽车与不认识的各种品牌。记得在美国一个酒店里，打扫房间的一位黑人小伙子，见我们从中国来，便很热情地向我们介绍冰箱，说这是夏天用来冷藏食品饮料的，接着很真诚地问我们："在中国，夏天要冷藏食品，一般用什么？"

这可能代表着当时相当多美国人对中国的认识吧。或许，走出房间的他，更会为我们没留辫子而大感惊诧。

当然，那次美国之行也有很多收获，比如说，在当时的中国城市中，还有很多"美国加州牛肉面馆"，可能是因为美国加州的招牌，因此生意不错。但到了美国之后才发现，加州根本没有牛肉面。

当时去美国，没有什么钱，也几乎没有名牌的概念，买了一些纪念品和音乐录像带，已经算大手笔。到赌城拉斯维加斯，虽然已经看到很多中国人在赌，但与之后的半壁江山比起来，还是小场景。

那个时候的美国，世贸大楼还在，克林顿领导下的超级大国正在干掉了日本的挑战后志得意满地快速前行，在自由女神像下抛船锚的一位老工人，

1995年我在纽约的照片。人，没什么可看的，不过比现在年轻十几岁罢了；可看的，是背后的景，那两幢大楼，就是“9·11”中被撞倒的世贸大厦。九十年代中期的美国，正在克林顿率领下神采飞扬着，谁能想得到，六年后，这里面目全非？

表情里都藏着一种君临天下的骄傲。用我同事的一句话评价：这老头儿像个教授。

到达加州的迪士尼之后，我许下了一个小小的心愿：将来，我一定带着孩子来这里，让他或她感受儿童世界里最牛的乐园。

那个时候，距离我儿子的出生，还有两年的时间，现如今，提起迪士尼，已经十二三岁的“小伙子”会对我不屑地说：“迪士尼？小孩子去的地方，我没兴趣！”一句话，我十几年前许下的心愿也就烟消云散。

十几年的时间，在中美之间，已经改变的不只是一个小小的心愿。

重回美国，多了两个废墟

这是一次提前了的行动，在“看”系列当中，日本之后，原本应当是俄罗斯或印度，但2008年席卷全球的金融危机改变了这个计划，美国之行被提前。没办法，作为金融危机的爆发地，此时的新闻在美国。

经过十五个小时的漫长旅程，飞机在纽约机场降落，机场的服务一如既往地糟糕，甚至行李车都要收费，可这一切，都不如机场电视上看到的一条新闻来得震惊。

美国总统奥巴马正针对通用汽车公司进行直播讲话：原来的整改计划不被接受，再给通用六十天时间，通用CEO瓦格纳辞职……

天哪，瓦格纳正是我们已经联系好的采访对象，他的辞职，意味着这一采访计划必须推倒重来。不过也好，它让我们还没有走上美国街头就已经明白：金融危机不仅是报纸电视上的新闻，更是非常残酷的现实。

为了倒时差，也为了更迅速地靠近美国，我让接我们的车没有去旅馆，而是先去“9·11”的废墟和华尔街，这是进入新世纪后，改变了美国和世界的两个重要场所。

到达现场，“9·11”的废墟让人感慨万千，悲剧已经过去七年，但惨况依然肉眼可见，如同一个巨大的伤口，展示在美国与世人的面前。不知什么原因，据新闻报道应当是在重建的施工现场，看不到任何施工的迹象，现场的四周，车来车往，越发凸现着工地悲壮的安静。

我站在华尔街的高台上做报道，背后挂着美国国旗的建筑，就是纽约证券交易所，只不过当时正休市。我身后有很多旅游者，仔细看，大多拿着相机，在这特殊时刻，能照出一个不一样的华尔街吗？

从“9·11”废墟步行几百米，就到达了著名的华尔街，在我看来，此时的华尔街是另一个废墟，只不过与“9·11”遗址比起来，一个看得见，一个看不见，但给美国与全世界的创伤是相同的。

在那一天的华尔街，呈现出一幅奇特的画面，纽约证券交易所的大楼上，是一幅巨大的美国国旗，几十米外，一个是常年在这里的华盛顿的雕像，一个是因展览而临时挂在这里的林肯照片。两位美国历史上最伟大的总统，眼睛似乎都在看着那一面国旗，不一样的神情，却似乎是一样的严峻和忧虑。这样一种奇怪的注视，也突然让我感受到一种历史的味道。危机中的美国，将走向何方？而危机中的世界，又将走向何方？当然包括中国。一切会好起来吗？

我在哪儿？旁边的745号就是当初雷曼兄弟公司的总部大楼，现如今，里面冷冷清清，看不出任何辉煌过的样子。我手里拿的是什么？2008年9月16日美国当地的中文报纸，头版头条八个大字：雷曼倒闭，美林出局。是为金融危机的开始。

在华尔街的另一侧，是证券交易所前著名的铜牛，很多人依然在此合影。记得当时我与同事说：如果在十几年二十几年前，“美帝国主义”受了难，估计咱们很多人会高兴；可现如今，我中有你，你中有我，美国感冒，中国也得咳嗽。所以现在更多人是盼着美国经济好起来，因为这里也有中国的GDP和普通人的就业，当然，还有那么多中国借给美国的钱！

要离开华尔街回旅馆时，一回头我发现，华尔街上到处是护栏，原来，古老的街道正在维修。于是，我让摄像开机，说了到美国后的第一段话，记得其中有这样的内容：

“面对世界上最著名的金融中心华尔街，今天的游客依然不少，但不知道，在金融危机背景下，大家会是什么样的心情。在这里，我们可以看到，华尔街正在维修，而现在需要维修的，显然不仅仅是街道。”

让人提心吊胆的“空城”

底特律，举世闻名的汽车城，通用等大公司的总部就在这里。

到达底特律已是晚上，城市的安静出乎意料，这种安静，不是田园式的静谧，而是缺乏人气的怪异。

没办法，这座繁华时有二百万人居住的城市，现在由于经济持续衰退，仅剩下不到百万，而城中心，基本让给了黑人。

当天晚上，到达旅店后，我们几个人出去找吃的，然而走了几百米之后，就决定返回，然后在旅店门口的一家小店里解决，因为有一种怪异的恐怖感让你不得不收住脚步。马路上很少有人，半天时间才会有辆车呼啸而过，灯不多，偶尔一个黑人神秘地走过来，挥舞着手里的《圣经》，向我们大喊了一句什么，于是，更加重了我们的不安全感。

一夜睡没睡好已没印象，总之，来到了底特律的白天。

一大早来到通用总部，采访接替瓦格纳的新任 CEO 韩德胜，几天之中，他能同意接受我们的采访，我想是因为中国市场拥有某种拯救通用的能力。

韩德胜笑哈哈地走近我们，手里的一杯星巴克咖啡就是他的早餐。由于当时的美国，正质疑通用等几家大公司危机之后依然频繁乘坐包机等行为，因此，韩德胜似乎是故意地选择了在员工办公区旁边的小会议室里接

这是底特律的市中心。照片上两栋大楼，早已荒废，连一扇窗户都没有，步入其中，像走进一个恐怖片的片场，听得到自己的心跳声。这样的楼，在底特律还有很多。从照片上的表情看，我也挺犹豫：这资本主义的另一面，咱是反映还是不反映？会不会有看人家笑话的“小人心态”？

受采访，言语中自然充满信心，当然，更不忘记表达对中国市场的期待与赞赏。

然而，一年之后，已经开始走出困境的通用，CEO 不再是韩德胜，他也因辞职而离开，同一年，中国吉利购买通用旗下的沃尔沃品牌。当然，金融危机中取代通用成为世界老大的丰田，一年后也在美国陷入“召回门”，三十年河东，三十年河西。不过，这一切，已都是后话。

离开韩德胜与通用，底特律这座城市，在我们的镜头中才真正展开。

城中心，到处是废弃的大楼，很多楼面上挂着“招租”的布幅，然而太久无人理睬已被风雨侵蚀到残破的地步；楼内偶有流浪汉临时居住，离开时玻璃被打得粉碎；在一个楼下，我们几分钟内就发现四个吸毒用的针头。

底特律的衰落可不是因为当下的金融危机，这从它中心火车站早已废弃、铁轨边都长满了荒草就可以看出来。随着日本、韩国车的大举进入，美国用工成本的增加以及应变速度太慢，美国汽车产业在本土的竞争力日益下降，直接导致底特律的衰落。这个进程，已经持续了大约几十年，现在在美国，本土汽车占有率不到百分之五十。于是，工人失业，城市发展减速，生活在这里的人们，要么逃离，要么日益笼罩在不安当中，而金融危机，加重了这种不安。

美国的一份杂志预测：底特律，这座生产了世界上第一辆汽车的城市，到 2100 年将要消失。但从眼前的景象来看，似乎不用到 2100 年。

在一片萧瑟的景象中，我们通过采访，也看到了这座城市当中人们的努力，改变与重塑正在艰难并悄悄地进行着。清晨出发时，在一个街角，我们看到一个装修中的小店橱窗上，写着巨大的一行字：底特律，一切都会好起来。

我猜想，这正是一个普通的小老板，在打击中，为自己也为这座城市加油。

下午将要离开这座城市，我觉得没什么比这一行字更适合成为结束语，于是，我们绕了很远的路，又回到这行字的前面。

记得我最后一句话是：“好运，底特律。”

个人持枪的权利与代价

让百姓可以拥有枪，这是矛还是盾？是权利还是越付越大的代价？

这是我们出发前就拥有的好奇，但是，到了美国，我们原定的发生过枪击案的采访地点已经不用再去，因为新的枪击案又发生了。

2009年4月3日，纽约州宾厄姆顿市，一位从越南来的四十一岁男子，到达他曾经学过英语的社区服务中心，拿着枪冲了进去，向正在那里学习的人们连续射击，造成十三人死亡，其中包括四位中国同胞。而凶手自己，最后也自杀身亡。

而这，也不是我们在美国期间唯一的枪击案，一星期之内，还有多起，导致十人死亡。从某种角度说，枪击案在美国，已不能算是新闻，因为随时可能发生。

驱车几个小时，我们到达宾厄姆顿市，枪击案的现场，人们自发地追悼着死者，现场插着十四面美国小国旗。也就是说，凶手也在被追悼之列，而现场另一个让人印象深刻的画面是，几大宗教同时存在，比如面对我们的同胞，就有佛教的物品。

悲伤是如此难以抑制，那么，一个问题更加明显：为什么百姓可以持枪？

有人告诉我：在德国，百姓曾经可以持枪，然而纳粹上台后，取消了民众这一权利，之后发生屠杀犹太人的悲剧，很多人会思考，如果百姓可以持枪，大屠杀会发生吗？

估计美国人不会有这样的照片，因为太平常太司空见惯，可中国人，却一定要来这么一张，因为过了这个村就没这个店了。在枪店当中，一直小心谨慎，毕竟是真家伙，您看我拿枪的姿势，是不是很有些不专业和担心的意味？

在美国，私人财产神圣不可侵犯，那么，什么可以使这个权利真的落到实处？在相当多的美国人看来，持枪是最基本的个人权利，不仅保护私人财产，也可防止政府或军队突然犯浑。关于枪，美国内部也争议巨大，基本分成两派，一派支持持枪自由，另一派希望用法律来严管。不过请注意，不管哪一派，都不是说要全面禁枪，毕竟在美国有这样的说法：是上帝、枪、勇气成就了美国。

当然，持枪不是无限制的自由，你不可以把枪带出自己的私人领地，可谁都知道，即使警察再敬业，严防死守，想管住美国 2.3 亿支枪也是难度太大的事情。于是，人们就越来越多地听到与枪击案有关的悲剧事件。

第一次走进公开销售枪支的商店，我永远也忘不了那一瞬间将信将疑的心情。各种大大小小的枪支摆放在那里，还有供女士使用的时尚武器，让我总是在心里发问：这都是真的？当然是，都能一枪致人于死地。

于是，神圣的权利与残酷的代价就始终要在美国博弈。

在白宫的前面，有一条曾经车水马龙的宾夕法尼亚大道，但是在接连发生几起枪击白宫的事件之后，美国人意识到，装一卡车炸药开到这里也是迟早的事情。1995 年，时任总统的克林顿作出决定：从 5 月 20 日起，全程关闭这条大道。为此，克林顿讲了这样一番话：在美国的历史当中，有四位总统遇刺身亡，另有八位总统遇刺但幸免于难，即使这样，这条大道也没有关闭，然而今天，不得不作出这样一个决定。

也就是说，关闭了大道也不会禁枪，在这里，自由、权利与代价之间的痛苦平衡展现得一清二楚。这个时候，持枪已不仅仅是一种文化，更是一种让人左右为难的探险。

美国，还将继续探险，而代价，付到何时才是终点？谁都知道，在中国，在世界上的太多国家，都绝对不会让公众持枪，否则后果不堪设想；但对私人权益的保护，又该如何在枪支之外寻求答案呢？

自由穿行

去美国，在金融危机之下，要拿出时间与精力拍摄公共图书馆，也许有人会认为：吃饱了撑的，然而，如果有一天，我们身边都有很多这样的图书馆，你会觉得，吃饱了并不意味着幸福，还真得需要其他的一些什么来支撑。

我们去采访的波士顿图书馆，是全美国第一家由政府拨款免费开放的公共图书馆，开馆于 1848 年。这座古老建筑的大门之上，有一行字，直译是：对所有人免费。而在采访之后，我更愿意将其翻译成“自由穿行”。

这是一座谁都可以进入的图书馆，在我们采访时，有很多无家可归者，在这里温暖地吃早餐，并看看报纸，你会觉得很协调。由于金融危机，很多人失业，怕家人知道，装作去上班，但离开家门就直奔这图书馆。难怪不管 1929 年的那一次还是这一次危机，都导致图书馆人流急剧上升。在这里，失业的人们还可以用免费的电脑查阅各种招聘信息，为自己寻找工作。

公共图书馆，不仅是看书看报查资料的地方，还承担着美国社区文化与公共事业发展的任务。在我们采访的那一天，图书馆里就有一个免费的英语班正在授课，上课的学生，都是来自世界各地的新移民，这样的课每天都有，永远免费，而且是地道的美语老师。

除去这些，周围社区的歌唱比赛、游艺活动都可以在这里举办。在美国，每一万人就拥有一家公共图书馆，是中国人均拥有量的四十六倍，更关键的不仅是数字上的差别，美国的公共图书馆，儿童放学后可以在这里安全地游戏，老年人在这里排遣寂寞，成年人在这里自我完善，外来人在这里上了到美国的第一课，而且绝无障碍，一视同仁。

我专门问了一下："我可以借书吗？"得到的回答是："只要有宾馆的房卡就可以。"

这让我这个外国人颇为感动。而图书馆的运营经费，百分之八十由政府承担，剩下的百分之二十由各界捐助，像钢铁大王卡内基就捐资建起了一千六百多座公共图书馆，对此他说过：只帮助那些自救的人们。

结束采访，走出图书馆，看着那"自由穿行"的字眼，心中有一种很温暖的东西在涌动。那一天的波士顿气温很低，或许，无家可归者，正在图书馆内舒服地打着盹呢！

国家扮演父母

我有一个正上学的孩子，自打孩子上学起，接送孩子就成为我们夫妻俩一项重要的生活内容。当然，妻子是辛苦的主力，由于我们家住得离学校较远，因此早上怕堵车要早早出门，下午放学，又要提早去守候。日复一日，我们，和绝大多数中国父母一样，很多的生命时光，就这样消耗在接送孩子的道路上。

然而，在美国，这项工作是由国家来完成的。大多数美国孩子，从幼儿园到高中毕业，途中时光都是在接送他们的黄色校车上度过的。

早上，黄色校车来到他们的家门口，接走；下午放学，校车把他们送回家。日复一日，年复一年，风雨无阻从不间断。为此，在每个学生身上，政府每年要投入五百美元，而特殊的残障孩子，则要投入两千美元。

那天，我们在一个叫梦露的安静小镇采访，两个美国母亲领着自己的孩子站在离家门口二十多米的公路边上，几分钟后，黄色校车来了，孩子上车与妈妈再见，之后，一个母亲进屋，另一个，牵着狗散步去了。望着她们悠闲的背影，我突然明白，与中国的母亲相比，美国的母亲一天有二十六个小时，多出的两个小时，是不用接送孩子省下的。

仅节省时间还不够，美国的校车对安全要求极高。最先进的安全设置都会在校车上率先使用，因此出事率很低。即使出了事，伤亡率也低。2007 年，明尼苏达州一座桥梁突然坍塌，当时正处于交通高峰期，六十多辆汽车掉进了水中，多人死亡多人重伤，其中有一辆校车，却只有几个孩子受了一点儿轻伤，其他人毫发无损。

这里要说一段小插曲。有一天，我们摄制组的大车刹车晚了，追尾撞上了前面一辆出租车，出租车司机下了车，骂了两句，一看自己的车什么事都没有，开车离去，而我们这辆大车，前脸撞得不轻，开起来吱吱地响，只好找汽车修理厂去修。原来在美国，所有的公共交通工具，都在安全上执行着最高标准，难怪我们撞不过出租车。由此我更明白：为什么校车是那么地安全。

而在美国，从法律到全社会也都给予黄色校车最大的特权。

每当校车到达目的地或在途中停车，一个写有 STOP 字样的牌子伸出，道路两侧的所有车辆都要在前后二十五米处停下，如有违反者算严重违章，定当重罚。

在校车制度实行的近一百年里，共接送美国孩子近五亿，成为美国义务教育的标志。

采访临近结束，我们站在一个高处，下面不远就是一所中学，这个时候离下午放学还有几十分钟时间，几十辆黄色校车已经陆续到达，在校门口安静等候，再隔一会儿，它们将把一个又一个美国孩子送到各自家里，开始每一个家庭温馨的晚间时光。

面对这样一个场景，我似乎有一肚子话要说，可又不知道该说些什么。因为这校车，不仅日复一日年复一年跨越着世纪地接送着孩子，陪着他们成长，而且，还运送着温暖与责任。

后来有人问我一个问题：“你希望《岩松看美国》这个系列节目拥有一个怎样的收视率？”我的回答是：“如果有一天，在中国的一个又一个乡村，开出一辆又一辆黄色的校车，那是我们最高收视率所在。”

一个平常的演讲及并不平常的反响

去美国耶鲁大学演讲，是一段与节目没太大关系的小插曲，没想到，却成为“看美国”过程中一个迅速被放大的事件。如果统计其影响力，可能会超过《岩松看美国》中的很多节目，这一点，让我大感意外。

邀请并不复杂，一个曾经在《东方时空》工作过的同事，后来赴耶鲁留学，听说我要去美国，校方很感兴趣，让她问我是否可以在耶鲁给学生做一场演讲。我没觉得是一件怎么复杂的事情，如果时间和行程方便，就去，如同在国内为大学生服务一样。

这是耶鲁大学校园里张贴的海报，上面印着我的大头像和演讲主题：美国梦，中国梦。

讲什么主题，偶尔会想，直到有一天，“中国梦”这三个字跳进脑海，我知道我找到了关键词。接着回头一想，自己四十多年的人生，从出生到十岁，从二十岁到三十四十，每一个十年的点，都能找到中美之间的纠结之处，并有一种历史进程在其中。行了，就这样，既然人们总提美国梦，那我就去美国讲讲中国梦，而结构与方式用我四十年人生中的每一个十年作为支撑，把自己放进去，讲人讲故事，人们容易听进去，不那么累。

当然，在这样的选择背后，我自然也会有自己的思考。我一直觉得，长期以来，我们很多的对外宣传与沟通是失败的。或许，正是“宣传”二字造成了这样的结果，概念、口号满天飞，自说自话，别人听着一头雾水又或者心生反感，我们似乎只为完成自己的宣传任务，而不去想是否有效果，别人是否愿意听或听得进去。

其实，回到人性回到心灵回到符合规律的沟通，是我们必须完成的转变。这一点需要我们自己松弛下来，更多寻找与别人共同的地方，而不是相反。所以，我认为所谓“讲演”，只是去和美国的大学生们聊天，讲一讲我的真实想法，没必要像写论文一样去周吴郑王地一本正经。也因此，在有了主题和讲述方式之后，我连稿子都没有准备，一切顺其自然吧。

耶鲁很重视，现场爆满，还拒绝了很多后来想进入的人。我就像平日在国内大学里一样，轻松、幽默地讲述着与中国梦有关的故事，之后大家陆续提问，怎样尖锐都可以。

演讲结束后，学校举行了一个小冷餐会，三个细节让我难忘。

一位美国的母亲，穿着大红色的中国唐装，从头到尾都在认真聆听，之后她来到冷餐会要求与我合影。原来，她的儿子在耶鲁毕业后，由于金融危机，在美国找不到合适的工作，最后，在中国上海找到了一个满意的工作。于是，这位母亲从此关注中国的一切，相信不多久，我与她的合影会发送到她远在上海的儿子那里。

一位日本留学生听完演讲后专门过来感谢我，他非常真诚地对我说：“谢谢你们制作了《岩松看日本》，这对我们两国都有用。”

耶鲁大学的校长助理，一直操持这次演讲的来自中国的王大姐终于如释重负，她告诉我：其实一直是担心的，怕你像很多人一样，讲台上一站，宣传味儿十足，一会儿说走一半听众，没想到，你会这样讲，反而让人听得感兴趣，以后我对请中国的嘉宾就更有信心了。

听过王大姐这话，我一直不知道，该当批评还是当表扬。难道说人话并真诚沟通竟如此奢侈？我愿意相信，这种局面早已改观，今后的演讲者会更自然更松弛。

演讲之后，我们继续着美国行程，没想到，几天之内，国内媒体与网络迅速放大了这个演讲。这么一看，世界真是平的，看着众多“顶一下”的支持者，我突然觉得，之前再认真点儿就好了！不过，不会的，因为结果可能恰恰相反，有了功利之心，事情反倒蛮拧了。

也有人问我：“代表谁啊，官方吧？有上面要求吧？”面对这种惯性的思维，我只有苦笑。大家不知道的是，正是由于几天后国内网上的视频流传，让我面临了不大不小的麻烦——还在美国的我们，接到质询：你们违反规定，演讲没有报批，要说明情况！

天！演讲需要报批？我真的不知道，后来，几次来往解释，这事儿也就过去了。估计这是一条沿用了多年的条令吧。执行任务的员工总要核查一下，按规定办事，理解。不过，这规定，如果真有，以后得改改吧，我怕它已有些过时。

美国古典，中国现代

提到美国，也许人们马上会想到，这是一个现代化国家，生活工作节奏快，都市霓虹闪烁，二十四小时不夜城不眠不休，酒吧餐馆歌舞升平，人群中尔虞我诈钩心斗角，人情冷漠，家庭观念不强，性方面非常开放，各种消费欲望极强，钱，才是上帝……

到了美国你会发现，以上描述基本符合现如今中国的状况，与美国的关系却已不算太大。

在美国的很多城市里，过了晚上八点找饭馆并不是轻而易举的事情，很多餐馆都已关门，过了九点十点更难，街上到处都很安静，包括纽约也如此。上班的日子里很难见到酒吧爆满夜夜笙歌的情景，只有周末会热闹一些。对于我们这些没时没点儿的电视人来说就苦了，于是有人开始怀念起中国来："要是在咱们那儿……"可毕竟是在美国，只好靠司机的经验去寻找餐馆。当然，也有聪明的指引：去唐人街吧。果真，过了十点找饭吃，一进唐人街，灯火辉煌，看样，中国人还是把优良的传统带到了美国。

大城市如此，美国的诸多小镇就更不用说了。天黑不一会儿，小镇都静得让外来人心慌，只好赶紧找到旅馆，算是找到了可依靠的地方。不过，一家又一家住户窗户中透出来的灯光，告诉你美国人的温暖所在。

在美国采访期间，我进过很多美国大公司的办公室，装潢风格各不相同，但有一点是惊人地相似，几乎每一张办公桌上，都摆放着家人的照片，其乐融融的合影透露着美国人的家庭观念。一次是偶然，两次是感慨，当我一次又一次看到如此相似情景的时候，我似乎看到了美国社会运行的基础以及美国人心中最珍贵最善良的角落。这景象，也成为我从美国回来之后脑海中挥之不去的画面。

以上的情景，绝不仅仅出现在美国，欧洲的一些国家比美国更甚，家中的电视小得可怜，甚至很多家庭还用着录像机。人们的脚步纷纷慢了下来，生活，占据了生命的上风，而观察人群中的眼神，有一种单纯和干净的东西，人们似乎变简单了。于是你会感慨：可能所谓的现代化时间长了，并不意味着向前走，而是回身寻找，重新回到人的心灵，回到生活与生命本身。无论欧洲还是美国也包括日本，环境都再度清洁起来，蓝天白云出现的频率，大大多于我们，显然，一旦心灵与生命被尊重，自然也必被尊重。

观察这一切，不意味着羡慕或是对自身的批评，而恰恰来自对未来中国的

采访结束后，默多克的中国夫人邓文迪带着他们的两个孩子来到现场，传媒帝王一瞬间变成一个慈爱的父亲。这个时候，我突然明白，能放弃周末的时间来接受采访，是因为中国。虽然默多克和他的传媒帝国，在中国的前行并不顺利，但他表现出足够的耐心和信心。于是，我又好奇：仅有他的耐心就够了吗？

思考。还要多久，还需要经过怎样的路程，我们的眼神才能够重新纯净起来，童年与成年不再有太大区别？怎样能让我们的脚步慢下来，去体味生命本身的快乐？何时让家庭的照片出现在一张又一张办公桌上，而不是对同事暧昧地说：我单身。又在怎样的环境保护下，让中国的街头从早到晚都是跑步锻炼的人？当然，你还可以期待：人与人的相处变得简单，不再需要天天运用五千年文化积累下来的聪明才智去斗智斗勇。

没办法，我们依然处在欲望占据上风的发展阶段，有人开玩笑地说，在美国，人们最常听到的中国话有三句，第一句是："太便宜了！"第二句是："还有吗？"第三句是："我都要了！"由此反映中国购物客的消费狂潮。不过，没办法，我们还处于用物质来奖赏生命的阶段，离背起行装去山水中激活生命还有距离。还在这个阶段就要面对，谁也无法一跃而过，只是不希望，我们在欲望面前牺牲几代人。

从美国回来后，我曾说过一句话："当下的中国，由于欲望，我们的人性处于退步的阶段。"按理说，这话并不好听，却意外地得到了八九成网友的支持。

我突然明白，人群中，充满希望的一种欲望正在悄悄地形成中，而这种欲望，与物质无关，却离心灵很近。

不是美国或哪里已经做得很好，美国也并不是都变成了乡村或田园，不干净的人或事也随处可见。只不过，有那么一种安静与自然的味道，刺激你去思考这些问题罢了。从这个角度说，我要感谢那些寂静的美国夜晚。

平视美国

写下“平视”二字，首先是要和过去告别，告别一种曾经无法言说的仰视心态。不过必须承认，巨大的差距面前，寻找平等是艰难的，仅有挺直的腰杆是不够的，它需要相当厚重的硬件来做基础。今天的中国，不管是自身实力的提高，还是对世界的更充分了解，以及自信的增加，都使得告别仰视、平视对方成为一种可能，毕竟，平等才是最大的尊重。

写下“平视”二字，其实更与悄悄增长的一种俯视与盲目自信有关。这同样不靠谱，甚至有时比仰视更害人。美国并没有真正的衰落，在过去的百年间，美国不止一次地经历过或军事或政治或经济的考验甚至危机，然而，一次又一次从挑战与危机中走出来的美国都变得更强。因此目前情况下，仅因为又一次金融危机，就判断美国步入下坡路，或许是过于自以为是并且盲目乐观的一种表现。

在美国，无论是采访摩根斯坦利的掌舵人还是传媒巨头默多克，无论是花旗银行的负责人还是生存危机中的通用 CEO，无一例外，都在强调变革，强调在危险中寻找新的机会，强调让自己更强，不回避问题，却真的在寻找答案和解决之道。这让你明白，美国之船不会就此沉没。

难怪早有人说：中国人是乐天派，刚有点儿成绩，就笑起来了；而日本人是悲观派，刚有点儿问题，就忧虑起来。其实，中国人真该在乐天中多一些忧虑与危机感，也许，才走得更好更远，而不是表扬与自我表扬相结合，这样，看待别人时，也才更客观。

写下“平视”二字，还与中美关系有关。

记得 2009 年，奥巴马离开北京的那一个夜晚，我在直播节目中说：“即使这一次奥巴马好话说了很多，态度也相当友善，但中美关系的事实是——好也好不到哪儿去，坏也坏不到哪儿去。”

当时的奥巴马之行，让全世界也包括很多中国人自己，都更乐观地看待中美关系的走势。

而仅仅不到半年，因为奥巴马见达赖、美国施压人民币升值、贸易摩擦频繁、对台军售、航空母舰要进黄海等一系列问题，人们又开始悲观地看待中美关系的未来，甚至悲观到有人预测十年内中美必有一战的地步。

我的态度依然不变。在很长的时间里，中美关系依然是——好也好不到哪儿去，坏也坏不到哪儿去。因为两国有太多的不同，又有着越来越多的合作之处，再加上各自的战略思考，这个局面很难改变。在未来中美关系的走势中，起关键作用的是中国，是中国自身经济实力与政治能力能否达到一定高度。达到了，向好的成分增加；达不到，向坏的因素大；彻底的好与坏，可能性都不大。

同时，我们该明白的是，也许美国人简单，但美国并不简单。

百多年来，美国坐着老大的位置，在格局变化的时代里，自身利益高于一切，美国不可能放弃梦想，主动看着老大位置受威胁。小瞧了美国战略观会吃亏的。认清了这一点，来自美国的几句好听的话或几句难听的话，同样也就听听罢了。时间长着呢，美国是中国对外交往中最大的一道考题。面对这道题，慢慢答。但愿我们考出好成绩。

12

感动，有没有用？

◎我们对这片土地上存在的感动既犹豫更充满信心，唯一有些不确定的是：在当下这个时代，中国，会被感动吗？

◎在人格与感动面前，人人平等。我们只在意内心的巨大震动，而不是哪一个人声名的显赫。

◎在社会的道德底线被不断突破的背景下，人们心中向善的愿望并没有泯灭，甚至因此变得更强烈。

◎每当《感动中国》播出后，接到人们的称赞，我总习惯性地有些不合时宜地去想：感动了，然后呢？

八年后・回头看

“感动”的舞台应该还给更多的草根，这也是不忘初心。

一

如果问过去这十年，中央电视台原创了哪些成功的电视品牌，我想《感动中国》一定可以名列前茅，甚至排名榜首。这个年度特别节目，从2003年2月播出首期，到现在已经持续八年。和其他大型节目比起来，它火起来的速度太快，当年就得到高度评价，并被迅速确立为中央电视台的年度项目；它扩散得也太广，到现在为止，全国各地的《感动××》《××骄傲》无处不在，已经构成一种现象。如果说，对于其他类型的节目来说，被克隆是一件很让人不舒服的事情，但《感动中国》被复制，却似乎是一件让人开心的事情，因为这意味着更广泛地寻找感动，更大范围地传播感动。当然，这样的复制，也会反过来让《感动中国》感受压力。不过，这是好事，也真的会变成动力。这几年，每当我走进《感动中国》的办公室，总能看到黑板上一行一直没被擦掉的字："一直被摹仿，从未被超越。"

《感动中国》的两个多小时，对于每个普通的观众来说，可能意味着无法被擦干的泪水，或者是心灵的一次净化。但对于这个社会与时代来说，《感动中国》的走红意味着什么？

泪水里，人们有一种怎样的期待？夸奖里，哪些标准被悄悄地改变了？四处开花，是寻找还是播种？当越来越多的普通人感动着中国的时候，意味着我们的富有还是贫穷？这感动，与我们寻找中的信仰有关系吗？我们，还会感动多久？感动，有用吗？

感动中，还并没有清晰的答案，又或许，我们喜欢的未必是答案，而是寻找答案的过程。至少，我们现在还可以感动！

二

然而，感动，并不是我们最早要寻找的方向。

2002年9月，我所在的新闻评论部开了一个十来个人参加的不算大规模的策划会，我也身处其中，这个会的目的，是集体策划一下，眼看一年就要到头，我们该制作一个怎样的年度人物评选节目？

诗人曾说：黑夜给了我黑色的眼睛，我却用它寻找光明。套用此句式，很多人会觉得我们更多的时间在监督在批评，是尖锐和坚硬的。其实，并非如此，批评给了我批评者的眼睛，我却一直用它寻找温暖。如果不是如此，批评有什么意义？如果不是寻找一个更好的未来，监督又有何意义？

有这个想法并不让人意外，全世界的众多媒体，都会在一年终了的时候，推出他们的人物评选，一来发出媒体的声音，二来通过选择进一步明确自己的价值观，三来也有竞争与市场的因素。于是，这样有影响力的年度人物评选在全世界并不少，比如《时代周刊》、《新闻周刊》、CNN等媒体，都做出了特色和影响力。但是，起码到了2002年，中央电视台在新闻这个领域仍是空白。

我们想填补它，最初的提议和方向不让人意外，当然要做年度新闻人物的评选，这不仅因为我们在做新闻，还因为，这几乎是媒体的惯例。

可在讨论操作的时候，问题就来了。

既然是新闻人物的评选，就没人能保证都是正面人物，一年之中，也许航天英雄和黑心矿主同样是热门新闻人物，请问，这样的评选能被接受吗？到时如何“颁奖”？一届可能可以办，但下一届会让你再办吗？

在我们的环境中，这样的问题必须考虑到，空有理想，如果无法实现操作，那理想也几乎等于零。对于我们这些久经考验的新闻人来说，这意识都有，于是，必须去寻找既符合理想，又可以操作并可以放大的事情来做。

各种各样的建议被提出，又在越来越多的烟雾中被否决，不是不符合理想，就是不符合操作，或者，太没有国情观念。一个下午的策划会，几乎快走向僵局。

这时，似乎是陈虻提出了一个点子，找好人，评选让人感动的年度新闻人物。乍开始，有一瞬间的沉默，但迅速地，我们就看到了“感动”二字背后的巨大价值与可能性。感动，不会让黑心矿主们列入其中；感动，也是我们自己想寻找和需要的；感动，是一种力量，也可以推动这个时代前行；感动，作为一个电视节目，也有进一步成长和成功的可能。看样，这件事可以做。于是，2002 年 9 月下午的这个策划会，终于留下了一个可供发展和讨论的果子，算是功德圆满。而那一瞬间的火花，来自当时还长发飘飘的陈虻。虽然大家一起丰富和完善成《感动中国》，但思维僵局中的一个转折，他的贡献是巨大的。以至于，每一次录制《感动中国》，都会想到陈虻。只可惜，后来，变成了追忆，2008 年年底，在第七个《感动中国》诞生之前，陈虻英年早逝，引发整个新闻评论部人内心巨大的情感地震。追悼时，人们谈论更多的是他创办的《生活空间》“讲述老百姓自己的故事”，但别忘了，还有《感动中国》的最初创意。而陈虻，用自己的贡献告诉我们：有时，背影也是一种感动。

回到 2002 年 9 月的那个下午，一个思想上无中生有的《感动中国》正式诞生，从此，这片土地上从未停息过的感动，开始以另外的方式，以一种年度电视化的操作模式，呈现在中国人的面前。出发之前，我们对这片土地上存在的感动既犹豫更充满信心，唯一有些不确定的是：在当下这个时代，中国，会被感动吗？

三

什么是感动？又该选择什么样的人来感动中国？

在《现代汉语词典》上，对“感动”一词是这样解释的：“思想感情受外界事物的影响而激动，引起同情或仰慕。”

其实，在每一个人心里，都有一个对感动的解释。感动于我，便是在某人或某事面前，一种抑制不住的热泪盈眶以及之后良久的沉思！

敬大姐也曾经问过一个十岁的小女孩：“你感动过吗？”

小女孩对敬大姐说：“有一天，我放学晚了一个小时，走出校门时，我看见姥爷在寒风里一直等着，我就哭了。”这就是感动。

对于普通人来说，感动往往与泪水紧密相关，这也应了另外一句话：或许我们每一个人都该问一问自己，已经多久没有被感动？而一颗好久没有被感动过的心，就像一朵很久没被浇过水的花。所以，泪水，也是一种浇灌良心所用的水。

但是，制作一个有可能产生巨大影响力的电视节目，仅仅弄懂了感动是远远不够的。别忘了，《感动中国》里的“中国”二字，意味着你选择的感动必须契合主流的价值观，要面向全体中国人，不能太过“仁者见仁智者见智”，否则，感动大打折扣，也未必感动中国。

这个难度，就体现在人物的选择上，这个选择，往往意味着每一个名字背后的某种精神或价值的体现，而这选择，从某种角度说，也代表着我们，一群电视人不用语言而能表白的坚持与尊重。

在第一届《感动中国》开始推进时，中央电视台新闻中心，向几十位推选委员寄出了一封信，我也身在其中，在这封信中，有如下一段内容，代表着最初的创作想法：

感动需要发现，而您就是我们邀请的推选委员会中的一员，为中国发现感动，

我们希望能“感动中国”的更多是小人物，是平凡人亮相的场所，但也不排除各种因素决定每届都会有一些知名人士走上领奖台。成龙之所以获选，是因为他走向世界之后，对“中国人”这三个字愈发捍卫。

收集感动。

这次评选活动将感动中国、打动人们心灵的人物作为评选对象，什么样的人能够成为2002年度人物？……这些人物身份各异，有着不同的背景，不同的经历，有的可能曾经见诸媒体，有的也许还不为人所知，但在过去的一年里，他们的所作所为，感动了我们，感动了中国。他们或者用自己的力量，推动了中国社会的进步和发展，诠释着一个人对这个国家、对这个社会，应当担当起怎样的责任，以坚强的民族精神挺起我们民族的脊梁；他们或者用自己的故事，解读人与人之间应该有着怎样的情感，带给公众感人至深的心灵冲击。

他们共同的特质是：震撼人心的人格力量……

我写作有一个习惯，一般不喜欢过多引用，但是以上这一段，必须引用于此作为备案，看看最初的想法是怎样的，中间是否坚决执行，而岁月是否会慢慢地侵蚀了这一切。在将来，让我们自己别忘了，曾经许下过一个怎样面对感动的誓言。

还好，依然如故。

在这样一些最初的设想中，蕴藏着最重要的一个精神是：在人格与感动面前，人人平等。我们只在意内心的巨大震动，而不是哪一个人声名的显赫。这，就为越来越多的普通人走上感动中国的舞台做了最初也是最重要的铺垫。

四

2003年2月14日，第一届《感动中国》在央视一套黄金时段播出，第一届《感动中国》年度人物，包括王选、刘姝威、姚明、濮存昕等十位人物。

在制作第一届《感动中国》的过程中，还有一个小小的插曲，它用被迫的改变奠定了之后《感动中国》的朴素基调。

这一届的《感动中国》，在录制的时候，颁奖过程中穿插了几个文艺节目，演出者是包括钢琴家刘诗昆在内的绝对大腕。这种选择，一方面是希望少量的文艺节目烘托气氛与情绪，另一方面也是因为还不那么自信：仅靠画面和访谈，能吸引住观众吗？

顺利录制完毕，然而赵化勇台长在审完片之后，作了一个决定，将颁奖礼中所有的文艺因素拿掉，朴素一些，单纯一些。

事后证明，这是一个正确且关键的决定，人们需要的，正是最朴素的感动。

我身边是一直为中国人在日本打官司的民间志愿者王选。只因面对历史，日本总有人一贯地躲闪和暧昧，于是，王选为上一辈的同胞去讨公平。公平来得并不容易，她说：其实，我们也是在给日本一个机会。

播出的当天，我就接到很多短信，都是表达感动。其实，大家的这种情感我不意外，在录制的现场，观众们的情感投入，已经让我有了这方面的判断。

节目播出的第二天晚上，我去人民大会堂出席元宵节的联欢，贾庆林看到我，最先表达了对《感动中国》的称赞，他说："昨天的节目我看了，真感人！"隔了一会儿，我又看到吴仪和周永康，他们带着情感地向我表达了对《感动中国》的喜爱之情，语言也都非常朴素："太感人了！"

这个时候我明白，几乎在最短的时间，《感动中国》似乎获得了上上下下的一致好评，这也就意味着，《感动中国》触碰到了时代的敏感点，满足了大家心中有、可周围笔下无的内在需求。当然，也意味着打开了《感动中国》前行的空间。

其实回头看，出现这种上上下下都叫好的局面并不偶然。

在社会的道德底线被不断突破的背景下，人们心中向善的愿望并没有泯灭，甚至因此变得更强烈。生活中的人们，哪怕一些为自己的利益在做着不那么光彩事情的人们，面对屏幕时，也依然可能被感动，因为残存的良心以及与利益无关的尊重；更不用说芸芸众生们，中国人的内心原本善良。

当然，大家都感动，也来自于《感动中国》回到一种人性的表达，不是概念，不是口号，不用空话套话，而是用心讲述真正好人的故事，用细节用情感用回到土地的质朴来讲述。这就拆掉了人们心中的墙，这时，不管你身居高位还是普通百姓，都只复原到一个有血有肉的个体上面，感动，就变得简单。

当然，也与社会的需求有关。法律只是一个社会最低层面的道德标准，仅维持这种最低是不够的，更何况，这种"最低"还时常被突破。在我们这个并不靠宗教来确立信仰的民族中，在时代巨变的转折阶段，在信仰缺失的空白地带，什么，是十三亿中国人的精神家园？

恐怕还是要向道德、人心与传统文化方面去寻找答案。于是，《感动中国》与上上下下内存与外在的需求一拍即合。

在第二年的《感动中国》刚刚播出之后，时任广电总局局长的徐光春，接到中央政治局常委李长春的电话，电话中，李长春说：《感动中国》这个节目令人十分感动……相信广大电视观众看了都会感动，我是含着泪看完这台晚会的。这台晚会再一次证明，主旋律的节目，只要坚持“三贴近”是不会枯燥的，而且是会有强烈的吸引力和感染力的……

在第二届的《感动中国》中，获奖者包括杨利伟、钟南山，还包括高耀洁与梁雨润，第一次有了外籍人士——一位反省历史的日本人尾山宏当选，也第一次有了集体奖——衡阳大火中牺牲的消防员。

《感动中国》在众人的关注下，开始悄悄地拓宽并成长。

五

一旦投身于《感动中国》的制作，电视人似乎都有了一种“宗教”般的情怀，神情变了，变得虔诚与纯洁；身份变了，不管什么岗位，都愿意忙完自己的再帮别人一把；把领导当群众，群众发号施令当领导，时常可以一见，没人觉得有什么奇怪；而几乎所有人，在《感动中国》的录制过程中，都似乎脆弱多了，时常泪珠滑落，没人觉得不正常。

到现在为止的八年，《感动中国》的制作过程，应当是一个另类的模板。

这个团队超级稳定，我和敬大姐主持八年没变，制片人朱波八年一贯制，导演樊馨蔓八年做了七年，其他的工种也同样如此。每年一到岁末年初的时候，朱波电话一打，一般我就一句话：“哪天？几点？”剩下的都属于废话，没什么可再说的。但稳定也有一个坏处，一见老熟人，觉得去年的此时像昨天，立刻感受到流水年长。中年人最怕时光匆匆，可熟人在熟悉的工作中相见，更苦时光之短。

我与敬大姐的主持词，八年的时间里，从没有人管过我们要说些什么，似乎心照不宣，似乎绝对信任。头两年，我俩还有点儿不踏实，“领导不指示一下？”领导一乐，走了。于是，一般情况下，我和敬大姐都是在录制前两个小时，在化妆间里你一言我一语碰出个方案。你让我一点，我就和你一些，感觉就有了。

第二天就要正式录制了，这是头一天在空旷场地内临时召开的不用坐着开的会，制片人朱波、敬大姐和我，再加上导演，设想一下明天的诸种可能。看这张照片，轻松是主基调。没有松弛，没有民主，没有对干活人的信任，是不会有好节目的。

毕竟是多年的老搭档，都在默契里。恰恰是这种信任与松弛，让我和敬大姐能够把注意力全部放到内心真实情感的表达上，于是，也就对了。

在《感动中国》中，主持人需要参加的会很少，一般是两次。这在“文山会海”的环境里颇为不易。一次是大家一起看片子，议论一番，找可以放大的细节琢磨人物特点；再一次，是录制前一天，走个台，顺便就把最后一次准备会开了，不留疑点到现场。不过，大家不要认为轻车熟路不用功，不开会的时候，天天自己给自己开会，直到自己心中有底。

领导往往不以领导的身份介入制作，但却以另外一种方式投入。按理说，当时的广电总局副局长胡占凡（现任《光明日报》老总），每年看完节目把个关表个态就可以，可这位多年唐诗宋词朗诵会的幕后操盘手，对文字与声音的表达绝对内行并“发烧”。有一次，为《感动中国》颁奖词的朗读问题，给我打了四十分钟的电话，强调平日的“说”和仪式中“播”的分寸，之后也多次与我交流，这时候，他绝对不是什么副部长，而是一个文人，一个被《感动中国》打动的老大哥。

中央电视台副台长罗明，是《感动中国》的出品人和把关人，可大家不知道的是，很多《感动中国》的颁奖词及四个字的定评之词，都是出自他的笔下。然而这与他是领导无关，一来这是他用作为广院大师哥的文字功底“争取”到的机会；二来自觉自愿；第三，写得不好的照样坚决不用，他也不会提异议。而假如因为写得不错，事后夸他，他会极其得意地笑起来。

制片人朱波，手机的铃声，长年是《感动中国》的歌曲旋律，虽然他还负责其他一些大型年度制作，但显然，他让自己时刻处于“感动”状态中。中间有一段时间，他被突如其来的糖尿病缠身，莫名其妙地消失一段时间后，又精瘦并异常乐观地归来，只不过，从此，这小子的笑容和嘴更甜了，看样，糖分有了新的出口。

导演樊馨蔓，是我所认识的人当中，名字笔画最多的一个。一次她和我、敬大姐三个人为读者签售《感动中国》的书，我写完了三本，她还在“樊”字最后几画中较劲呢。名字笔画多，心更细，每年都能用她信奉的超自然力量把合作者累趴下。这美女导演一年似乎就干《感动中国》这一件事，头半年反思，后半年思考，其余时间，是编片子时夸所有的合作者并陪被采访者哭。

写不完……我一直认为，每年用“感动”开始，是一种运气。我想，团队中的人，也有同感，因为有人陪着哭，有时也是一种幸福。

而在《感动中国》录制现场，领导往往缺席，这似乎成为一种心照不宣的规则，领导们一般录制前到场，看一圈没什么问题，就走。或者，隐身到导播间，免得现场还要排座次。这一点在颁奖方式的选择上同样体现。按惯例，获奖者，应当由领导来颁发奖杯，最初讨论时，大家担心这么一安排，每一年领导的等级如何定？顺序如何排？官气会不会重？最后我的建议被采纳，就让小朋友来颁奖，上下都接受，又纯真又意味着传承。最关键的是，少了最最让制作人操心不已又容易出错的环节，大家都因此松一口气。不过话说回来，领导的“缺席”，恰恰要感谢领导们心照不宣的理解。这中间，有一种有趣的默契！

或许，以上这一切，加在一起，正是《感动中国》能够成功的另一种原因。

六

该回到现场，回到《感动中国》真正的主角身上。

做《感动中国》的主持人，是一件既幸福又痛苦的事情。幸福在于，你可以离感动如此之近；而痛苦在于，当你被感动时，你必须克制，不能放纵泪水一次又一次地滑落。这种痛苦，只有身在其中，才能强烈地感受到。

有一次，现场录制时，屏幕上在放片子，一名解放军军官，陪来部队探亲的妻子女儿周末上街，看见一位轻生者落水，他下水救人。轻生者获救了，而他，却在妻女的注视下离开了这个世界。这个时候，屏幕上播出了令人痛心的画面，才三四岁的小女儿，在人群中拿着爸爸脱下的旅游鞋边哭边喊："爸爸回家，爸爸回家……"

我是一个父亲，这个画面我之前也看过，可在大庭广众之下我依然没能忍住，泪水夺眶而出并难以控制，然而又必须控制，因为两分钟之后，是我的主持段落。于是，让同事飞快拿来大把大把纸巾，迅速抹掉泪水，还不能擦掉脸上的妆，一阵手忙脚乱，估计在一边看的人，会觉得搞笑的成分更大。过程十分惊险，好在放片子时黑灯，现场没有多少观众注意到。两分钟后，我平静下来，开始自己的主持段落，可情感却难以真正平静，或许，细心的观众可以察觉。

这样的经历，在八年的《感动中国》过程中，发生了不止一次，有时，甚至就在聚光灯下，在舞台的中央。

第二届《感动中国》的获奖者高耀洁是一位来自河南的退休医生，从七十

即使获得了《感动中国》的"年度人物"称谓，也并非全无争议，比如来自深圳的义工歌手丛飞。身患绝症，依然为贫困孩子们奔波，他获奖后，有很多人质疑他"沽名钓誉"，病没有那么重等等。一年后，丛飞去世，一切质疑烟消云散。然而，是什么，让我们不敢相信呢？

岁接触到艾滋病人之后，走上了艾滋病预防和救助的道路。在众人的偏见、有关部门的遮掩等障碍下一路走来，获奖时已经七十七岁。她一路走得不易，不仅是因为周遭环境，还因为她那双曾经裹过的小脚，让她常常步履蹒跚，但就是这双似乎最古老的"小脚"，一路奔波抵抗着最现代的艾滋病，尽着她的一己之力。

那一年的颁奖舞台，获奖者需要从高处向下走十余个台阶来到舞台中央。当宣布获奖者"高耀洁"之后，厚重的大门缓缓打开，一米六零、七十七岁、满头白发的高耀洁出现在公众面前，这一个画面，已经具有震撼的力量，接下来，她艰难地走下台阶，身体一颤，差点儿摔倒。这时，我已接近流泪，赶紧快走两步上前，把手伸给了高耀洁，像一个儿子伸给母亲。没想到，高耀洁抬头看了我一眼，接下来用手轻轻一挥，拒绝了我伸出的手，这时的我，没有任何尴尬，反而是泪水夺眶而出，另一边，敬大姐同样如此。而细心的观众也发现了这个细节，掌声响起，倔强的高耀洁终于稳稳地站到了舞台中央，这段路，她走得就像抗艾的征程一样。

活动临近结束时，高耀洁给我们写下一段话，这话中，有最大的爱，也同样有恨。不过，这恨，是爱的另一种表达：

艾滋病已是世界性灾难，国家兴亡，匹夫有责。实事求是地关心善待，救助艾滋病人及遗属们，是每一个中国公民的责任。

那些坑公家、害民家、肥自家的人，在艾滋工作中滚开！

……

这样的场景太多，需要克制泪水的时候也太多。著名的拆弹专家王百姓，想来该是铁汉一个，却在访谈中呈现出柔情一面。执行一次极危险的拆弹任务前，他与妻女借故见一面，佯装轻松地东一句西一句地聊，不能说实情道危险，但自己心里知道，这非常有可能是和家人的最后一次见面。讲述时，他泪流满面，而我这边，只能悄悄地掐自己的大腿……

后来，我发现，之所以流泪的冲动一次强于一次，一来是因为自己年岁渐长，内心越发地脆弱起来；二来也是最主要的原因，《感动中国》的获奖者当中，平民百姓明显增多，他们很多人都是在日复一日地坚持和坚守中实现了一种伟大，也因此，更具感动的力量，且往往自己并不以为意。

普通人被隆重地颁奖，或许，正是感动中国的关键所在。因为他们与我们一样，原本平凡，因此，伟大就变得真实、不拔高、可触摸，泪水的滑落，也就顺其自然。

在这八年的获奖者当中，有优秀的儿子为母捐肾；有最棒的女儿，不仅为自己的父母也为村里其他老人养老送终；有最坚强的妈妈，通过暴走让肝功能恢复正常捐肝救子，或者将一对残障女儿带大带好带得阳光灿烂；当然，也有永远用笑容面对苦难的父亲……

父、母、儿、女，来自一个又一个小家，八年来，他们因为原本平凡的家中角色，而走上《感动中国》的舞台；之后，《感动中国》又走进千家万户。伟大，就这样因感动而回家。

七

感动，可不都意味着泪水与温暖，常常，也与愤怒伴生。

作为一个学者，刘姝威站在了造假者的对面，但是，很长时间里，刘姝威只是一个弱者，而造假者强悍无比。虽然最后是一个大团圆的结局，可在过程中，刘姝威的压力大到快崩溃的地步。那个时候，除去她身边的一些普通人，正义与保护在哪里？

有时，我们并不希望，因正义与保护的缺席，而突显出英雄给我们的感动。其实，有些感动，原本可以没有！

一个到海滨城市打工的年轻人，第一次见到大海，却在同时，看到有人落水陷入绝境。这名叫魏青刚的小伙子没有犹豫，一次又一次下海救人，岸上围观者众，也有喝彩声与加油声，却无人下水。一个外地的小伙子成了英雄，一个人与千百人也就构成了让人感动的反差。救完人，魏青刚拍拍手，走了。后来记者找到他，他充满疑惑："这有什么？"都获奖了，舞台上，我问他最想要的是什么，他回答："我活儿干得不错，大家帮我找点儿活干吧！"

于是，我相信，下一次，再遇到需要救人的情况，魏青刚依然会下水，但让我不确定的是：今天被魏青刚感动得热泪盈眶的我们，下一次，遇到这样的场面，是不是依然袖手旁观？

如果让人感动的人，负责获奖，而让人愤怒或厌倦的人们，却获得利益，那么，感动，又有何意义？

所以，每当《感动中国》播出后，接到人们的称赞，我总习惯性地有些不合时宜地去想：感动了，然后呢？

比如有一位叫李春燕的乡村女医生，明明有一次又一次回到城市的机会，但乡亲们挽留的眼神，让她无法抽身，于是，一次又一次留下，留在贫困、偏远、各种医疗条件都欠缺的大山深处，帮助了乡亲，也感动了我们。

我似乎正做着一个奇怪的手势，是劝谁闭嘴呢？其实，我没这么不礼貌，是在讲一个故事。照片上的另一位叫田世国，捐肾求母，手术时，他谎称出差在外，并告诉兄弟姐妹，不许对他母亲说。我这个手势，估计是正讲到这儿。我们这期节目，也是不会让他母亲看到的。至今老人仍蒙在鼓里。

可在感动的同时，我们是不是也该有点儿愤怒与自责。那么大的村子，一直没有医生，于是，我猜测，在相当长的时间里，那儿的人们自生自灭着，直到李春燕出现，生老病死，才有了外力的帮助。虽然李春燕也曾要走，可毕竟留了下来，于是那儿的人们又看到了希望。而我们，也在泪水中舒坦并松弛了一些，我们都放心地把乡亲们托付给李春燕。我们的愤怒与自责慢慢退却，苦难好像在我们的感动中被忘记了。其实没有，这只是一种幻觉，或者假借感动而下意识放弃的责任。我们只是为一个乡村医生，付出一串又一串的泪水，却依然与村民的生活和生老病死无关。我们要做的和该做的事还很多，只有感动、愤怒与自责都不够，我们必须擦干眼泪后行动，站到乡村女医生的身后，站到一个又一个曾经感动过我们的人身后，然后愤怒与自责才会真正减少。

可问题的关键是，在感动的那一瞬间，我们曾经立下无数誓言，后来，困意来了，我们关掉电视，沉沉地睡去，只是不知道，那些咬紧牙关许下的承诺，我们是否，还会在醒来后想起？

感动，真的有用吗？

13

我也是"80后"

◎任何一个时代都不会轻易过去，一个长长的影子，注定会贯穿在后面的时代里。

◎我总是很自然地认为：贾君鹏可能是我小时候的邻居，只不过，失散了很久。

◎当时的北京广播学院没什么太大的名气，我们等于买到了原始股。

八年后・回头看

十年前，我采访一位日本作家，他说："日本这个国家什么都有，除了希望。"而回看我们的80年代，似乎什么都没有，可是真有希望。这是80年代最有魅力的地方。

近些年来，回忆八十年代成为热点。任何一个时代，一经回忆，总会被多少笼罩上一层玫瑰色，更何况，回忆变成文字，往往是少数文化人的权利。拥有话语权的人，便下意识地装饰或扭曲一个时代，当然，这是每一代人的通病。

我生于六十年代，八字头的时代于我，就是从八零年到八九年，正是自己十二岁到二十一岁的十年时光，恰好，这十年，我从初中一年级到大学毕业走上工作岗位。因此，我是典型的属于“四六八一代”，即出生于六十年代，受教育于八十年代，现在四十多岁的一群人。因此，看别人的八十年代记忆，对我也是刻骨铭心，那毕竟是自己的成长与青春所在。

这些年，人们发明了一个称谓叫“80后”，用来概括这十年里出生的人群。可我有时认为：或许成长并受教育于八十年代的我们，才更有资格被称为“80后”，因为那的确是我们有确切感知的十年。

知识分子在回忆中美化八十年代，无非是评价并认定那是一个精神追求更被放大的年代，理想的旗帜随风飘扬。但这种优点的背后，却有两个特点容易被人忽略。第一，精神的追求被提倡，实在是因为过去荒唐年代里，一言堂当道，普通人的精神被压抑得太久，一片空白，进入八十年代，各种思潮奔涌而入，饥饿的人们因饥饿而觉得什么都好吃罢了；第二，精神的富足是相对的，但物质的贫乏却是绝对的。八十年代，也许已经有许多慢慢富足起来的“万元户”们，可整体中国，依然在物质层面挺不起腰杆，很多年轻人靠追求精神而转移一下对物质匮乏的注意力，也就在所难免。当然，年轻的知识分子会视物质欠缺为一种美好的挑战，只要有精神收成，再苦也是温暖的回忆。可不该忘了的是：对于八十年代的绝大多数中国母亲来说，如果她们也拥有回忆的权利，怕是不会像文人一样，为八十年代罩上太多玫瑰色吧，毕竟巧妇难为无米之炊的苦痛，

我小学毕业时的合影，距今三十多年前的1979年8月，它意味着，距离“八”字头的年代仅剩下几个月的时间。我那个时候，属于全班最矮的人之一，前排左起第三位。它也告诉我：在即将进入八十年代的时候，自己是怎样一个体态。

是母亲们最刻骨铭心的。

八十年代已经跑远了，然而任何一个时代都不会轻易过去，一个长长的影子，注定会贯穿在后面的时代里，你只要细心就可以找到。下面是一些与我自己有关的琐碎记忆，都停留在八十年代，并且依然会以偏概全，只有局部没有全局，这些文字，只当是一个补充，或让真正的“80后”“90后”们一笑而过的背影罢了。

猴票与挂面

我的八十年代记忆的开始，总是固执地与那一张现在价值连城的邮票——猴票联系在一起。这似乎从另一个层面证明，八十年代，不仅在记忆中可以升值，现实中，也是物质欲望可以升值的开始。

1980年，中国出了生肖邮票，第一张是黄永玉设计的猴。由于我自己属猴，头一年已经考到北京上大学的哥哥，在寒假回家探亲时，为我带了几张。其实他平常写信回家时，也贴着猴票，那个时候，正集邮的我，很仔细地将信封上的猴票处理好，收藏一张，而其余的，很平常地送给其他的邮友。在寒假回家的哥哥口袋里，真正让全家人兴奋和开心的礼物，并不是猴票，而是四五斤挂面。在当时的边疆小城，这挂面很难买到，大过年的，挂面是否取代了饺子成为心头最爱，已经记不清，但记得住的是：北京这大城市，原来有这么好的东西。

很多年之后，被轻易送人的猴票身价飞涨，而珍贵的挂面却已到处都是。

邓丽君与敌台

初中的时候，开始有人从广东等地带回小砖头一样的录音机，顺便还有邓丽君刘文正们的盗版磁带。某一个午后，聚到拥有此类物品的同学家里听邓丽君，这在当时是违禁的事情，因为邓丽君是国民党歌手，绝对的反面形象。然而耳朵可不顾这些，背叛了内心的紧张，只觉得邓丽君真是天籁之音。

不过在那个下午之后，美味成了思念，并不是家家都有录音机，货真价实的邓丽君磁带更是难以获得。恋上了就要找渠道，同学们都学会了在收音机的短波中，去悄悄地搜寻“敌台”，只为寻找邓丽君、刘文正。一旦找到，在那一会儿远一会儿近一会儿模糊一会儿清楚的信号里，少年的心开始飞翔。而在当时，对此，我们并不太害怕，因为时常发现，家里的大人犯的错误更大，他们居然悄悄地听“敌台”了解新闻，而其中的很多都似乎是“反动”的话题。

也正是在那样一段特殊的时代里，“美国之音”、苏联的对华广播及台湾的广播真的成为很多中国人私底下很熟悉的频率。我猜想：八十年代，也该是“美国之音”之类的广播，中文播出最黄金的时代吧。

吃水不忘挖井人

八十年代初，我家一直住在一列平房的最东头，一室一厅三十余平方米，没厕所，厨房在厅中。父亲去世得早，母亲一个人带着我们哥儿俩，哥哥1979年去北京上了大学，剩下我和母亲相依为命，十一二岁的我，就已经算是家里的男子汉了。

东北冬天冷，当时没有暖气，需要家里自己烧火，母亲没下班，我就裹着军大衣，等母亲回家。一般情况下，这时家里的温度在5℃以下，墙角处，常常见霜或冰，然而，并不以此为苦。

只有生活用水是个大问题，那时候没有自来水，全靠打井，可不幸的是，我们家那块地方，打井打出的水不能喝。好在那个时候，人与人之间关系近，我可以到二百米之外的一个朋友家挑水。夏天好办，冬天最苦，我要先在家中烧一壶水带着过去，浇到他家井里，化了上面的冰，然后压水，一桶一桶，用扁担挑回家，倒入大缸之中，一星期两次，从不敢间断。打水的时候，往往自己唱歌为乐，而时隔多年，看着自己十二岁儿子的身板，即便比当初的我健壮许多，依然不敢相信，自己在这年纪挑过那么多年水。

电视与春节晚会

第一次看到电视机，是八十年代初与朋友去他父亲的单位，一层层的锁打开，电视机在柜子的最深处，其实不过是十四寸黑白电视，可当时惊为大电视，估计是和常看的小人书比，虽然都是黑白的，不过电视就大多了。

那一天，看的是《节振国》，一部老电影，没怎么看懂，却看得津津有味，再也难忘。

第一次看春节联欢晚会，是到邻居家蹭的，不过那时习以为常。邻居很时尚，

这是八十年代快结束时，我在家中的留影。像任何家庭一样，电视机占据着核心的位置，并被严格地保护；只是没想到，多年以后，自己成了电视中的人。不过世界变化快，电视已经快速贬值。

黑白电视机上罩了个放大膜，电视画面因此显得更大，没人追究变形问题。

那一届春节晚会，印象最深的是香港的张明敏《我的中国心》和马季的《宇宙牌香烟》。印象中，此后半年，我在挑水时，唱的都是《我的中国心》，只是当时一直好奇：洋装是种什么样的装？香港是个什么样的地方？而香港人又怎么能来到内地？当时更无法想到的是：多年之后，我居然也滥竽充数地主持了两届春节晚会。不过，这个舞台上，我注定应当是过客，因为我并不能为它添彩。

白岩松，回家吃饭

八十年代上学，功课不如现在紧，记忆里大多数时候都在游戏。幸运的是，我家住宿条件一般，周围环境却十分优越。前后各有一块超过一百平方米的大菜园，更前方，是一个宽阔的大广场，那是少年的天堂。

春天时，要跟舅舅和姥姥一起，在菜园子里翻地种菜，从夏天开始，自家地里的豆角、黄瓜、辣椒、茄子够一家人吃的，并且，绝无污染。

前方大广场是我与众多伙伴们的运动场，放学后，我们很少在家里蜗居，都在广场上集体游戏，估计我的球技与运动能力就是从那时练出来的。而所谓的游戏绝无带“电”的可能，枪需要自制，游戏的道具除去一两个球，大多是就地取材，比如砖头瓦片。当然，玻璃球与烟盒是必备品，只不过，直到今天也没想明白：玻璃球到底是做什么用的？从哪儿来的？

到了傍晚时分，家家炊烟升起，一会儿就开始陆续传来“××，回家吃饭”的呼喊声，游戏直到剩下最后两个人中的一个也被这呼喊声叫走才告结束。所以，很多年以后，当网上热炒“贾君鹏，你妈喊你回家吃饭”时，我总是很自然地认为：贾君鹏可能是我小时候的邻居，只不过，失散了很久。

过滤嘴裤子

很多年之后，问过一位“80后”：“你穿过过滤嘴裤子吗？”其实，在问完这个问题之后，连我自己都迅速后悔：怎么可能呢？果真，对方十分疑惑地看着我，“什么叫过滤嘴裤子？”

八十年代初期，正是自己开始长身体的时候，和那时候大多数孩子一样，一年做不了几套新衣服，更别说买。当时年纪小又淘气，偶尔衣服或裤子扯了一个口子，便如同世界末日一般恐慌，尽量藏着躲着，不让大人看见，因为一旦被发现，就可能挨顿揍。当然，衣服弄坏了，也别指望换身新的，一般是补上补丁接着穿，一身好几块补丁，是同学中很正常的装束。

至于过滤嘴裤子，绝对属于青春期一景，由于开始长个，并且长得不慢，往往一条裤子短了，而家里又不会给置办新的，于是，在短了的裤子下面，再接上一截，裤子又能穿了，外型如同过滤嘴香烟，因此称之为过滤嘴裤子。当时最过分的，是有两三截过滤嘴的裤子，而且还没有同样颜色的。

《小说月报》与评书

进入八十年代，文化需求呈爆炸性增长，即使在我们这个边疆小城市也是如此。当时有些事情是要找到熟人才能办到的，比如，母亲为了订《小说月报》和《大众电影》，利用了当老师的身份便利，找到了以前的学生才最终如愿。而每当母亲下班，我会习惯性地翻她的包，看看又来了什么杂志和报纸，或者又借了什么书，然后沉迷其中。当时的文化消费，似乎不分大人小孩，有，便是幸福。

另外一件需要求人的事儿，是买电影票。在我们那个小城，有四五家影院，几乎场场爆满。每当母亲托人又买到了电影票，就是节日；而如果不求人，买电影票是件让人恐惧的事，往往要出现打架吵嘴的场面，被挤伤的情况也屡屡出现，可见当时电影市场之火爆。

而不用求人的娱乐，当属听评书。记得播单田芳的《隋唐演义》时，每天都是在放学回家的傍晚，一般在路上，几个伙伴要守在某一个电线杆子的广播喇叭下面，听完才回家。而冬天，要抓紧时间早点儿回家听。我们家从姥姥到舅舅到孩子们，几乎每个人都被评书俘虏，都成了李元霸或罗成的迷。姥姥只有在听完评书之后，才心满意足地去做饭，饿着肚子的我们也似乎从无怨言。据我们那儿的警察说：播评书的时候，俺们那儿犯罪率最低。

《姿三四郎》与阿根廷足球队

考高中时，正赶上《姿三四郎》电视剧的热播，一边是升学的压力，一边是电视剧的诱惑。左右权衡，选择电视剧。但家里没有电视机，更何况，家里有，我也不敢看，于是，以去学校上自习为由，中途择路进入自由一些的同学家，去看《姿三四郎》。有一天，到早了，正赶上 1982 年世界杯的揭幕战，阿根廷对比利时，那场球，阿根廷输了，第一次见识到马拉多纳这位传说中的神人，从此崇拜，步入阿根廷铁杆球迷阵营。难怪有人说：第一场看的什么球，往往会决定你一生的支持。我，就是个例子。

世上没有不透风的墙，不上自习看电视的“恶行”终于有一天被母亲发现，挨没挨打忘了，却也该庆幸自己悬崖勒马。当年考高中，只比重点高中分数线多出一分，不敢想，如果多看两天电视将会怎么样！今天会在哪儿？

但是，当时的电视剧，绝对具有万人空巷的魅力，也正是这样一些其实水平不过如此的电视剧，让当时的中国人把买电视机当成了最高家庭目标，直至九十年代。

打架

我不知道，在关于八十年代的记忆中，为什么会有那么多关于打架的画面，有的是自己亲自参与的，更多的是作为一个旁观者。

我家门口是一个大广场，那是我们当地很多年轻人相约打架的重要场所。有的是单挑，有的是群架，有的徒手，有的带家伙。偶尔我在家，会看到他们呼啸而来，一阵昏天黑地，然后呼啸而去。当然，那个时候打架有个重要特点，如果有一方被打伤，往往是由赢家负责送到医院，并且掏钱付治疗费，甚至此后还会把酒复盘言欢，这举动，在我们那儿被当成美德。后来我想，或许是当时生活太平淡乏味，缺少刺激，青春的火气无处发泄，打架才盛行吧。

在大学，我似乎也是一个好战分子，长期在球场，哪能不动拳？四年里，我这样的举动不少。幸运的是，大多逃脱了惩罚；不幸的是，今日给晚辈说起来，不像好样板。

不过现如今，人们的火气比过去大多了，随处可见的抱怨可以证明，但打架的画面少多了。或许是文明程度的提高，或许是人们觉得太不值。或许是身体的状况不如以往，打架的能力衰退了。有一个段子是这样讲的：一东北人去广州，见街头两人吵了起来，东北人以为有动作戏可看，凑上前去，结果二十分钟后，两人依然在吵，东北人失望地甩下一句话离去：我 ×，还吵！在我们东北早住院了！

其实，在目前的东北，也没多少人因为打架住院了！

我背后景山公园的条幅说明了时间，1985年国庆，我刚来北京一个月。校徽、长发、皱巴巴的西服，拿腔拿调的姿势，记录着一个大一新生的状态。

考大学

曾经在上高中之后，成绩滑落至全班倒数第二名，剩下一年的时间，不知为何突然用功起来，为考大学，早起了近一个月，为的是临阵磨枪。在当时，虽然考大学不像今天这样万众瞩目，但还算大事，舅舅送上大礼：好多包方便面，在当时，这算补品。

高考分数下来，我是自己骑车去学校查的分，比重点线高出三十多分，知道自己有戏了，于是有点儿激动，一路骑车飞奔回家，看见姥姥和妈妈都在家门口等着，把分数一报，长辈的眼里分明都有了泪花，我借机提出要求：可否给点儿钱，去看同学？妈妈立刻表示同意。要钱回应得如此爽快，这，好像是第一次。

至于为什么第一志愿报考北京广播学院，其实纯属偶然。我妈妈的一个学生，过年时到家里来拜年，她是广播学院的学生，三言两语中，我听说广播学院有时间看闲书，考试容易过，顿时觉得是天堂，于是报考。

考上之后，母亲一同事大为惊异：广播学院？这孩子上电大，怎么还去北京啊？显然，她把北京广播学院，当成广播电视大学了。

不过，当时的北京广播学院没什么太大的名气是事实，我们等于买到了原始股。

被北京罚款

刚到北京，很多规矩不懂，其实，那时的北京，很多规矩也是乱的。

到王府井逛街，看糖炒栗子新鲜，买了一包，边走边吃，吃着吃着不对劲儿了，一直觉得身后有一位大妈跟着，一回头，坏了，看着像一个清洁工，于是栗子不吃了，收了起来。

一见我收了栗子，大妈说话了："不吃了？那交罚款。吐一口皮五角，一共三口，一块五。"

我傻了，大妈一直在保护犯罪现场，于是我无话可说，一块五，乖乖交了。

在当时，一块五，可是巨款，心疼了很久，不过，值，以后再也不敢随地乱扔垃圾，甚至，都不太爱吃栗子了。

民以食为天

刚进大学时，用今天的眼光看，饭菜不贵，宫爆鸡丁、溜肉片，三毛五一份，而且是真有肉。等我们四年后离开校园时，同样的菜已经涨到八毛，肉，基本上要用考古的方式来寻找了。

正长身体的我们，一顿饭也就是一份菜一份米饭或俩馒头，多了吃不起。因此，如何与大师傅斗智斗勇，争取让他给你装菜时多一点儿，就成了大学四年中一个重要的才能。由于大师傅往往是男的，女同学，尤其是漂亮的女同学，被我们怀疑在装菜时占了大便宜，不过也正常，在哪一个时代，美女都会占便宜。

实际上即使多装一点儿，对于年轻的身体，也是杯水车薪。四年中，饿的感觉没停过，一般晚上五点多吃完饭，九点多就开始饿，别的买不起，买个馒头当夜宵是常干的事。然而不管你在宿舍里怎样藏好，十有八九，当你上完自习饥

毕业二十年后重回母校，在食堂里狼吞虎咽时被人偷拍。看着吃得猛，实际上却吃不了太多，一来怕增肥，二来胃口变小。人生真是矛盾，有胃口天天饿时没能力多吃，可有能力后又没什么胃口，不敢吃了。

肠辘辘地回到宿舍伸手一摸时，都会发现：馒头又被偷吃了！找事主，难度太大，更何况，头一天，也许自己就是偷食者。

那年头，油水不足，胖子就少，班内有好事者成立了一个“油肚协会”，腰围达二尺五者可进入，最后全班男生满打满算，三十人里有三个合格的，剩下的，大多骨瘦如柴。而很多年后我们聚会，绝大多数都正在为硕大的肚子而发愁。显然，我们这一代悲剧的成分偏多，好像体型一直就没有正常合适过。

偷书与自报家门

常听人说，五十年代，中国民风淳朴，路不拾遗，夜不闭户，依我看，到八十年代初也是如此。倒不一定是民风淳朴，而是家家清贫，实在没什么可偷的。但随着物质生活水平的慢慢提高，民风就不那么淳朴了。比如1986年我去长沙实习，在公共汽车上，就见到了这样的标语：“学雷锋，防扒手。”显然，伴随着生活水平提高，小偷，超过了乞讨，重新成为热门职业。当然，也有人“兼职”，比如偷书。

1986年暑假，我去成都找中学好友，来了一趟长江之旅。一路上由于太缺钱就能省则省，逃票、睡船上的甲板、吃面包……居然用最小付出，完成了从成都到重庆再顺长江而下一直到南京最后回家的壮举。这是我们哥儿俩在武汉的合影，回忆中，苦都是乐。

八十年代，王府井新华书店是读书人的梦想之地，店堂大，书多，于是常去。不过那时候，大多数学生囊中羞涩，爱书却无钱买书，于是偷书者屡有出现。不过偷的没有防的精，总有落网者。对于广播学院学生，一旦被抓住，问及姓名时，男生总是“常振铮”，女的总叫“刘继南”。后来，这招不好使了，因为人家书店跟学校一打听，广播学院院长叫常振铮，副书记叫刘继南。

很多年后，我们毕业二十年大聚会，常振铮院长到场，我们集体用掌声和跺脚，表达了对当年“盗用”常院长名字的深深感谢之情。

在校期间，我组织过一届书市，去北京很多书店商谈，人家答应让我们七五折或八折进书，于是拉到校园来卖，防盗成了重中之重。其中有本班一同学来到现场，趁大家不注意，将几本书装入包中，被抓了现行之后，他理直气壮地说：“还要钱吗？那我不要啦！”

多年之后，他成了京城一著名作家。

而正因为我们严防死守，那届书市挣到近三十元，大数目，十几个同学用喝酸奶的方式把这笔巨款奢侈地消费掉了。

逃票

在八十年代上大学，如果谁没有逃过公交车票，估计他是撒谎。

车越挤，逃票的可能性越大，毕竟乘务员寸步难行。但只靠人多来逃票，成功系数不高，于是画月票就成为最主要的方式。

一个宿舍，一般集体买一至两张月票，然后轮流出门，都拿这借来的月票，方法就是换上自己的照片，并在照片的角落上，惟妙惟肖地画上公交印章，再装上月票夹，几乎可以乱真，于是，才有了那时候大学生中间“百日蹭车无事故”的民间评选。

然而百密总有一疏，或者太过乱真以至于造假者过于大意，本宿舍一老兄，出门拿上改装后的月票，表情轻松地上了车，查票时亮出月票，可售票员却不依不饶，原来，他没夹住自己的照片，从月票夹里滑落出来，让人一眼看出和月票上的照片不是一个人，老兄始终不承认造假，硬说照片上就是他，之所以自己显瘦，是因为公交车太挤造成的。狡辩半天，还是被人家拉回公交车总站，那时候，可没有“文明服务”这回事，于是，好汉不吃眼前亏，本宿舍老兄招供。最后被罚了半个月饭钱，灰溜溜回到宿舍，吃了俩礼拜咸菜。

传看武侠书

八十年代中后期，金庸古龙开始疯狂流传，不知谁从家里或朋友那儿拿来一套，因为平日买不起，于是大家废寝忘食地传着看。

一套金庸古龙，一般四五本，几十个人抢着看，想按顺序就很难，于是，只能先拿到哪本就从哪本看起，至于下一本到手里是不是连着，看运气。

于是，我们看金庸古龙，大多是看完三，看五，然后看一，再看四，最后看二，阅读顺序不同，导致大家对同一本书的理解并不同。至于各位看客，有没有在多年之后有了条件，再重新按顺序看过一遍，那就各自选择了。

但是，我们都觉得金庸古龙好看，估计与这种错乱的阅读有关，因为前言不搭后语，凭空又添了悬念与想象。

打发无聊的日子

八十年代的大学生，尤其是文科生，不一定都热爱读书，甚至是，很不爱读课本及正经书。可毕竟是青春，一身的精力，总要找出口，太多的无聊日子需要打发，于是，除去踢足球，其他的各种娱乐方式就开始层出不穷。

八十年代中后期，麻将进了校园，一夜之间火爆起来。学校当然要抓，学

八十年代是一个很崇尚装酷与摆严肃姿态的时代，天天嬉皮笑脸会显得很没水平，于是，我回头看自己那时候的照片，装严肃的居多。而任何事，装的时间长了也就成了习惯，所以，好像到现在也不喜欢笑。看样，这属于一个时代的“后遗症”。

生却不可能不打，猫捉老鼠的游戏天天上演，甚至同学之间，也要斗智斗勇。比如中午或晚上吃饭前，怕一会儿回来没自己的位置，就拿走几张麻将牌装自己口袋里，然而先吃完饭回来的几个，才不管这些，缺牌的麻将照样打。

由于当时高校管理，晚上到点儿停电，苦了打麻将的，我们干过在楼道厕所处打麻将的壮举，因为那儿有亮。也因此，时常有半夜起夜的老兄，一边尿，一边回头支招，“打五条……”

赌资是饭票，几分钱为底，谁如果一天输了一张满值四元的菜票，那算是点儿背到家，一般会拿着空饭盆，跟在赢家后面蹭饭吃。

除去麻将，也喝酒，但口袋里缺钱，这习惯养不成，只能极偶然而为之。不过还是有本宿舍一老兄与其他宿舍一老兄，打赌，一起分了一瓶酒精，喝下去，对坐在床上，看谁先倒，最后双双不省人事！我们事后查证：酒精都是医用的。

还有，就是抬杠侃大山，只要凑够三个人，辩论会就开始，国际国内大事，尼采萨特叔本华，你只要敢开头，我就敢跟上。那个时代，之所以哲学家们的书热销，估计和大家都需要谈资有关，没点儿知识储备，话题参加不进去，女朋友都不好找。

大把大把无聊的日子，被大把大把的创意给填满，到最后临毕业时，懒得动脑子的人们，竟然开始玩飞行棋和跳棋，用扔骰子充填时光的流逝。多年过后，这一切竟成了回忆中，很美的一种青春风景。

各种名人的讲座

八十年代的大学校园，讲座是重要的课。

有名人要来，校园往往提早贴出海报，大家早早去用书本占座，晚上好与之唇枪舌剑。没人因为是名人，就放他一马，反而变本加厉，都琢磨着提更刺激的问题和名人过招，事后也很少有人去找名人签名合影（当然，也是因为没有相机），但是如果真讲得好，回到宿舍，相关话题一定以卧谈会的形式持续到天明。

为请名人来做讲座，我去过梁晓声老师的家，之前不认识人家，问清楚之后，推门就进，一聊半天，敲定讲座时间，之后，梁老师真到。

也去请过刘索拉，来回接送，聊什么忘了，但感觉自己挺放松，而且，人家还真跟自己聊。

那时候的讲座充满火花，张贤亮在本校，号召大学生入党，将一个农民政党改造成知识分子的党，台下一片掌声，并成为一些媒体报道的内容。

多年以后，我在宁夏与他谈到这件事，他说：之后还与胡耀邦认真交流过。

写信

那个时候，没有网络与短信，甚至电话也没有。在家乡的时候，各个单位怕找不到人，休息的日子都要安排职工轮流值班，而要找人，则直接上门去找，没在家留个条算交代。所以，那个时候，同事互相知道家住在哪里是很正常的事。

上了大学，与家人和同学的联系，主要靠书信往来。记得1986年那一次小型学潮的时候，我一位在四川大学读书的中学同学，给我写来十几页的一封信，厚厚的，一笔一画皆是对时局的分析与评论，而我的回信好像也不短。

越来越短的信，是写给家里的，后来的功能主要是要钱；为了稍加掩饰，前面要汇报一下学习情况，目的还是为最后要钱作铺垫。

信与汇款单，是上大学时最盼望的东西。当时班里负责此类事务的同学牛气得不行，每天午饭后，见他拿着书信前来，都跟看见圣诞老人似的。

如果遇到更着急的时刻，就要出去很远发电报，而发电报是按字收费的，于是为了省钱，都学会了简短表达，花小钱办大事。后来电报退出历史舞台，也间接开创了一种啰唆的文风，算是“后遗症”。

看现场配音的外国电影

八十年代，技术因素加之物质条件贫乏，盗版业没现在这般发达，偶尔为之都是录像带版本，一手的几乎没有，大多都是三四手之后，我们称之为“孙子版”或更晚辈，这样的版本，让大多数彩色电影的效果都已如黑白一般。但即便如此，拿到一盘好电影的录像带，都是同学间的大事，像《出租车司机》《野战排》都是模模糊糊看完的，但印象却十分深刻，并绝对成为日后谈论很久的话题，以至于校园里的美女，都在那几天中不再有吸引力。

在广播学院，有过一段特殊的观影经历。在小礼堂里放外国电影，全部的配音工作，由现场的一位同声翻译承担。记得印象最深的，是看已经带有一些叛逆色彩的前苏联电影，比如《悔悟》《被遗忘的长笛曲》等。在当时的中国，这类电影中对历史的反思与对权威的质疑，让我们有种提心吊胆的过瘾感。翻译，是现场的一位女老师，不管影片中有多少角色，都由她一个人现场同声翻译，带我们进入一个又一个艺术的世界。

除去这种“极品享受”，当时的另一种“观”影经历至今已荡然无存。那就是周末上午，大家睡醒了不起床，宿舍中打开一个收音机，共同用耳朵“看”电影，也就是听“电影录音剪辑”。一个又一个角色，都由一个又一个有特色的声音扮演着，让我们感叹声音的魅力。现如今，这“享受”已如公共澡堂里搓澡一般千载难逢了。

而至于《读库》出品人张立宪同学在回忆八十年代时，大谈 A 片观影记，我们则是“可以有但真的没有”，学校期间一次也没体验过。我高他两届，看样仅仅两年时光，时代就堕落或进步了很多。

都讲政治

在八十年代上学，不关心政治不谈论政治几乎是不可能的。那时候的各种思潮也多，学术界各种关于政治体制改革的期待也很大，然而冰冻了很久的时代，解起冻来也乍暖还寒。四项基本原则、反资产阶级自由化，是那个时候常常提起的关键话语。

这张照片，也是大一时在校园主楼后面拍摄的。值得说一说的并不是装腔作势的我，而是我身后大牌子中的一些关键词：“又红又专”“抵制腐朽的没落……思想影响”，显然，那是一个乍暖还寒、还需要人们时常头脑中绷紧一根弦的时代，反资产阶级自由化及清除精神污染是那个时代时常要搞的运动。

但大学生天然关心这些。之所以这样，一是因为时代特点，政治依然拖着长长的影子在市场经济到来之前晃荡着，谈论政治仿佛谈论民族未来一样；二是因为生存压力不像现在大学生这么大，而总谈女孩，也不符合新一代大学生的形象，更何况，女孩也要和你谈政治；三是青春特有的锋芒决定了，什么东西僵硬，什么就会成为反叛的对象。除去谈论，有时，还要搞点儿带政治色彩的行为艺术。

1986年1月8日，周总理逝世十周年，我们一群男生统一军大衣打扮，去天安门广场纪念。其实也是一种好奇。果真，入广场不久，就有便衣跟着我们，最后演变成摄像机跟随。我们看在眼里，慌在心里，刺激到血管里，脚步却进一步肆无忌惮。回来之后兴奋了很久，有种与体制作战的快感，全然忘了，自己，还不过是一群孩子。所以，那个年代，大家都讲政治，不过，和今天的讲政治不太相同罢了。

舞会

八十年代的城市，不知为何流行跳舞，大学校园里也不例外，估计是因为这是当时接近异性最合理的方式，不像现在，钟点房都有了，民间的舞会也就淡了。

那时候办舞会完全自由主义，到了周末或节假日，找一个小录音机，开一间教室就可以开始，反正对灯光要求也不高。跳来跳去不过两种舞姿，一种迪斯科一种什么舞曲都跳成走路一样的两步。偶尔有人大胆地贴面，几天中，都会成为人群中议论的话题，议论时，有一些艳羡在其中。

最疯狂的舞会，是我们三年级实习归来，有点儿久别重逢的感觉，于是元旦期间，连着办了三天舞会，最后连走路都不太会了。可我们依然不困，男同学只好通过清晨的一场足球赛，将剩余的荷尔蒙排空才收场。

最奇妙的舞曲，是1989年春夏之交，一切已无法更改，而毕业分手又在眼前，我们竟可以在崔健的《新长征路上的摇滚》中，跳起伤感的两步。每当想起，总是热泪盈眶。那时的舞会，已不是为异性，而像是相互温暖、依依不舍却又各自迷茫不愿放手的亲情相聚。

诗与摇滚乐

上了大学，不写诗，几乎是混不下去的，而且诗歌的盛行不分文科与理科，估计都是北岛舒婷和顾城闹的。当然也与那一代人的表达方式有关。诗，又含蓄又直率，总能击中心头，于是成了时代语言。不像现今的人们，都藏着掖着自己，诗歌般的表达就不合适，所以流行“啥都不说，都在酒里”。

刚入学，写诗之前，搞了一个小调查：你最喜欢的座右铭。没想到，全班七十多人，近四十个都写了“走自己的路，让别人去说吧”！这个结果让寻找个

1989年夏天，我们最后一个暑假，我与中学时的两位好友在家乡的合影。表情都有些沉重而不够欢快，但发型、耐克与彪马鞋加上背带裤，则从另一个侧面证明，八十年代即将结束时，物质生活已开始繁荣，也似乎预示着，从九十年代起，中国正式进入物质时代。

性的我们很受伤，于是，真开始走自己的路了，写自己的诗就是一个开始。

所以当时大学宿舍里常见的场景是，半夜总有人不睡觉，憋诗；而白天也时常见哥儿俩对坐，中间一瓶二锅头，下酒的菜，只有诗。

摇滚乐的到来，击中了我们另一种需求，也似乎成了专属于我们的表达。憋闷需要释放，抗争需要方式，又不能那么直接，摇滚乐就很合适。我在北京，买的第一盒磁带，是英国威猛乐队在北京的演唱会专辑，不过磁带封面上写着“英国瓦姆电子乐团”。据说九十年代，有记者问威猛的主唱乔治·迈克尔：“你经历过的最不可思议的事是什么？”乔治·迈克尔回答：“是1984年在北京办演唱会，北京的观众听我们的音乐，竟然无比安静。”然而乔治·迈克尔不知道的是，两年之后，这种安静就不见了，当崔健登台唱起《一无所有》，成了一个时代的开始，而那场演出的票，是我和同学一起去买的。

在北京，我买的第二盒磁带是迈克尔·杰克逊的《Bad》，一盒磁带5.5元，是咬了一星期的牙并省了一个星期口粮才买下的。二十多年后，杰克逊告别这个世界，生前围绕他的一切争论都烟消云散，他再度成了神。而有趣的是，从他离世的那天起，我儿子真正走进杰克逊的音乐世界，并多次感叹：“《拯救地球》，是我听过的最美的歌曲。”

这可能是八十年代留给新世纪的又一道光影。

终于告别

大学毕业于1989年，是一种前无古人怕也后无来者的体验。一场特殊的风暴，让我们的离别，无人相送。

那个时候的我们，已然很累，累到骨子里，前途未卜，校园里除去毕业生已无他人。

还好，每一个时代，都为告别准备了旋律。属于我们的，是齐秦的《大约在冬季》。

一次又一次地唱起，一次又一次地哽咽，一次又一次地看着火车开走，一次又一次结伴回校园。先走的人是幸福的，带不走希望，起码还可以带走温暖，苦了最后走的人，只剩孤独陪着上路。不幸的是，我是最后那一批。

又过去了十年，1999年，我抱着刚刚两岁的儿子回到了母校。在这个记忆中曾经枪林弹雨的大门前，孩子若无其事地开心着。回忆，只是身处其中一代人的事情，对下一代来说，那不过是冷冰冰的历史，与他有何关联？

该扔的都扔了，好像带走的行李都不多，最大的行李是记忆以及沉沉的心。我的同学中，有放弃中央电台工作以及推荐研究生资格的准夫妻，双双选择离开北京去广东安家，他们说，那里更暖和。还有的，转身出国，再无音讯，不知今日身在何处；而更多的人，还在国内，我们常常联系，共同守望着共有的记忆与情感。

整整二十年后，2009年春节，我带全家去成都过年，在一个茶室喝茶时，顺便逛了逛旁边的旧书摊，突然看到一本《河殇论》。一本旧书，一本二十年前很火的书，看起来如今几乎没人理睬，混杂在言情和健康或励志类读物中。是的，它早已被时代劝退，我拿了起来，里面都是熟悉的内容，我没怎么翻，问了价钱，发现几乎没涨，并没有升值。其实，不贬值已然不错。于是，交钱，带回北京，此后，再也没翻过，只为让它不在那旧书堆里寂寞难过。

然而，这本书，却让我瞬间安静下来，如同二十年前，那个八字头时代的最后一个冬天。当时，我在北京郊区周口店乡锻炼，天天打牌打哈哈，一年之中，书只读过两本，《红楼梦》和《大气功师》。心中没有希望，也谈不上绝望，常常不知身在何处，总困却又时常睡不着，贯穿着整个八十年代的激情与埋想都已不知魂归何处。

那个冬天，空灵而平静。

一个喧闹无比的八十年代，就在一片寂静之中戛然而止。

14

成长的营养：好听的好看的

◎现代人，都自觉聪明，万事自己去撞南墙，可老祖宗早就心知肚明地把一切说明白，看着你犯错也不着急，只不过撞南墙撞疼了时，“老子”们就在那里耐心等你。

◎仿佛才刚刚开了个头，就不得不收尾，有依依不舍，因为写它们的时候，就是在写自己走过的每一步路。

◎人生还长，之所以还可以忍受很多白日里的痛苦慢慢前行，就在于你知道，前路中，还有很多好听好看的。

八年后·回头看

所谓人生苦短、留恋生命，留恋的到底是什么？对我来说，除了最重要的亲情，还有太多好音乐来不及听，太多好书来不及看。

生命如同一条河流，出发时，还只是清澈的涓涓细流，一路奔腾，慢慢加速，陆续开始有人或事，书或者光影，为这条河流填注力量，增加水流甚至影响方向，每个人都不例外。

这条路太长，不到终点，不会放弃吸取能量，所谓“活到老，学到老”。现在，人在中年，刚刚过了激流险滩，平稳而宽阔的河道正在眼前陆续展开，这一回望，便平添出很多的感慨与感谢。

走得太快，很少有时间来说“谢谢”，有的是忘记，有的是来不及，然而现如今却似乎是一个机会，梳理一下来时路上那些或推过我一把，或深深影响过我的人。他们中间，有的人认识，有的一同成长，有的相距遥远，甚至完全没照过面；同时，不忘感谢的，还有那些书、音乐和电影，好听好看，过后难忘。是路标，也是营养，甚至就是人生的意义。是它们，让我成为今天的我，并将深远地影响着我的未来。

只是人太多，东西太多，记录在这里的不过是其中的一小部分。然而，它们是代表，走上文字的前台，领取我的致敬。就先从好看好听的写起。

《朦胧诗选》

如果问我哪一本书被我翻看的次数最多，除去《新华字典》与课本，估计就是《朦胧诗选》。翻开这本泛黄的老书，还能看到我与它结缘的日子：1986年5月8日，大学一年级下半学期购于王府井新华书店。

于我们，这几乎是一本诗歌的圣经，在边疆孩子向北京青年转变的过程中，起到重要作用。而在其中，打头的北岛，对我影响最深。在这本书中，北岛第一首诗中的头两句，便改变了当时我这个十八岁的孩子对世界的看法。

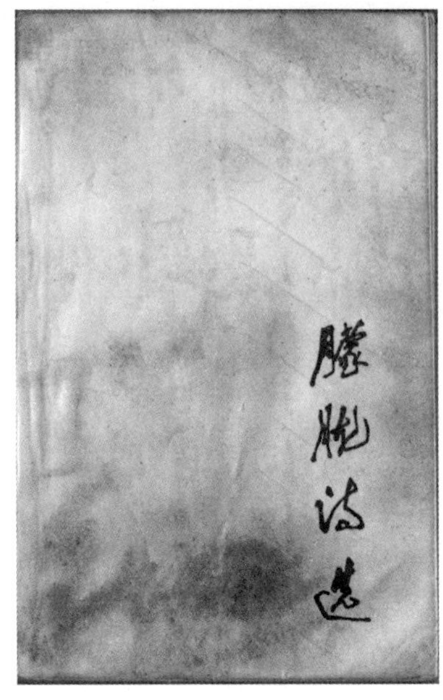

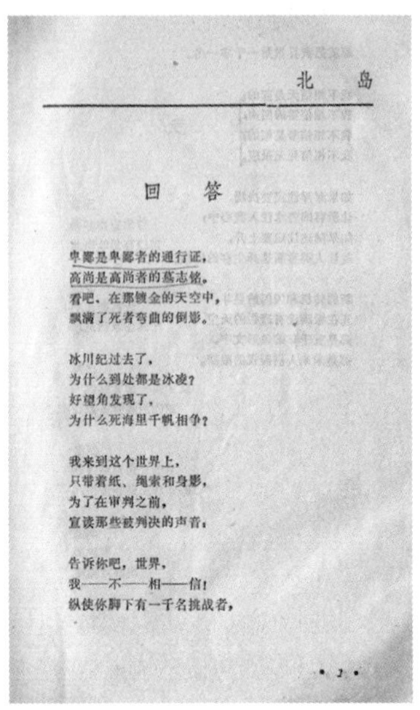

北岛

回答

卑鄙是卑鄙者的通行证，
高尚是高尚者的墓志铭，
看吧，在那镀金的天空中，
飘满了死者弯曲的倒影。

冰川纪过去了，
为什么到处都是冰凌？
好望角发现了，
为什么死海里千帆相争？

我来到这个世界上，
只带着纸、绳索和身影，
为了在审判之前，
宣读那些被判决的声音：

告诉你吧，世界，
我——不——相——信！
纵使你脚下有一千名挑战者，

·2·

“卑鄙是卑鄙者的通行证，高尚是高尚者的墓志铭……”其实，与其说这两句是诗，不如说，这是诗人对过去的总结和对未来的预言。而对于当时的我，更像是由文字锻造的锤子，狠狠地向心中砸了下来，不成长都不行。对于北岛，这首诗的名字叫“回答”；可对于我，却更像是提问的开始，对人生与社会的提问。

当然这本书中不只有北岛，还有顾城、舒婷、江河……他们或这样或那样造就着我的改变。

舒婷说：与其在悬崖上展览千年，不如在爱人的肩膀痛哭一晚……

顾城说：黑夜给了我黑色的眼睛，我却用它来寻找光明……

梁小斌说：中国，我的钥匙丢了……

归根到底，这些诗击中我们，来自于一种对当时社会与人心的全新思考与观察角度，它真实、准确、拒绝八股，给我们这代人，注入了忧虑与质疑的基因。

这些诗被冠以“朦胧”二字集合成书，然而回过头看，这些诗之所以长久难忘，恰恰不是因为它们朦胧，而是因为它们骨子里的犀利与直率。

后来，这些诗人都走了，有的背井离乡，只带着中文这件唯一的行李；有人告别童话，杀妻后自杀；也有人长住小岛，中年的树上友情的叶子日渐凋零。

在二十几年后，我又翻开它，如同中年时，又见到初恋的情人，不再有心跳加速的情感，却依然能在相互寒暄中感觉到淡淡伤感。而同时，也发现自己少了不顾一切想呐喊的冲动，这是生命的必然，老了的不只有诗人，还有我们自己。

三毛《撒哈拉的故事》等

还有人知道三毛吗？或许会有人猜错，以为是张乐平笔下的漫画形象。其实，我们也这样认为过，只不过后来才明白，这是一位女作家，成长于台湾，却不是用宝岛来吸引我们，而是书中的沙漠、爱情与梦中的橄榄树。

三毛的书，是一本又一本从北京各个书店买回来的，《撒哈拉的故事》只是其中的一本，放在这里，不过是让它当个代表，这一套书出版的时间有间隔，估计全过程持续了一两年甚至更长，才接近出齐，等待也就成了一种乐趣。不像现在，电视剧都能在网上一夜看完，爽快却少了盼望的美感。出版社是赫赫有名的友谊出版公司，它出版了大量海外华人的作品，如同打开一扇又一扇窗。

如果说在当初，琼瑶已经成为女生必读，武侠让男女生痴迷，那么三毛则属于青春。我见过不少三毛的女性爱好者，比男同胞多得多。或许，三毛作为女性，承载并实现了太多女性青春的梦想。然而，三毛又绝对不只代表女性，否则无法解释我们这些人为什么同样投入其中。或许，是因为我们自己走不出去，幸好有三毛在替我们远行。而每一个人心中，都有一个远方，都有一个沙漠与草原与荷西还有橄榄树，而三毛，提前到达。

如果仅仅是这些，也就罢了，远行之后渐渐收住流浪的脚步与心，走进中年与老年，开始琐碎与平常的日子，那么三毛于我们，也就只是一个过客，相逢过，然后慢慢遗忘。

然而，三毛并没有给我们这样遗忘的机会。

相识她的文字几年之后，突然传来消息，在台北公寓的卫生间里，她自缢身亡。

一个流浪天边的奇女子，最后却

在城市这狭小空间里告别一切，无论如何，都是一种讽刺。或许，也正是这种狭小，让三毛绝望，彻底离开，才会重新开阔。又或许，流浪天涯，不管脚步到达多远，都走不出自己，最远的终点只在最近的心里。

于是，我们再也无法忘记，因为三毛已经以一种永恒的方式成为我们青春的一部分。而不幸的是，她出发了就拒绝再归来，她已不会再老，可我们却不得不继续，说不清，谁在书写悲剧？

留下十几本不厚的书，几首如《橄榄树》一样的歌，一头长发和一堆谜团，她潇洒地走了。

至于她书中所写，人或事、情或心是真的还是虚构？一切都已不重要，因为在三毛的文字中，我们都曾真实地远行过。

这就够了。

古龙《多情剑客无情剑》

我夫人喜欢金庸，尤其是《笑傲江湖》，于是儿子就叫了令狐冲的太师叔风清扬的名字：清扬，可惜，后来被洗发露给“打湿”了。

我喜欢古龙，从开始到现在，不过，即使我在家中的地位再高一些，恐怕也不会给儿子起一个古龙式的名字，太清冷也太孤单，还太及时行乐，比如“寻欢”，比如“浪”。

在我家中的书架上，有三套金庸全集，一套三联大本一套三联小本，还有一套广州花城出版社的，高高地摆在书架上方，地位显赫。而古龙的，我则一直没有一套真正的全集，不是没有，而是无法分辨，哪些是古龙写的，哪些不是，哪些又是古龙为骗酒钱凑合写的。如果是古龙用心写就的，就真的是精品。比如，我有两套《多情剑客无情剑》，原因是第一套丢了一本，再买一套补齐。然而毕竟江湖上还有很多质量不高的古龙作品，于是，让古龙被低估。

为什么会格外喜欢古龙，或许每个人

都有自己的道理。

在古龙作品中，英雄都会有残缺，而对手也时常会有优点，这江湖才更像人间，而不是英雄就一定完美无敌。比如李寻欢，那苍白的脸、病弱的身体以及悲凉的爱情，就更加增添了“寻欢”这个名字丰富的内涵；小李飞刀，例无虚发，也就变得更加戏剧化和传奇，成了华人世界里被送上屏幕最多的武侠人物。

古龙的作品中，没什么武林招术，重点就在人，就在心和情，而古龙写人写情的现代感，很少有其他作家可与之相比。

还有古龙文字的节奏，像诗又极有画面感，当然，还能多占行数，更有助于古龙用字换酒钱。必须承认，我自己的文字，就受他影响不少，不过，与骗酒钱无关。

现如今，这样的古龙文字，已有了幽默的效果。

他的人是冷的，刀是冷的，心是冷的。

“这孙子冻死啦！”相声中说。

不过，古龙真是早就走了，拒绝辨明真伪，放下人间笑骂，也让以后的剑客，不再多情。

老子《道德经》

人们常说，“行万里路，读万卷书”，但我一直想不明白的是：老子当初，上哪儿去读万卷书又似乎没有走过万里路。那个年头，没有印刷术，想读万卷书，得让多少搬运工参与其中？而交通工具落后，行万里路太难。

那么，老子们的思想是从何而来？

很多很多年以后，一位叫叶芝的老外，发表了这样的感慨：在大城市，我们活在自己的小团体里，对世界的了解少之又少；小镇或是人口稀少的村庄，没有这些小团体，你必然可以看到整个世界。

或许，老子们就是这样洞悉了当时以及之后的世界，当时以及未来的人生？

我只能接受自己的这个解释，否则，很多前人的智慧到今天依然无法被超越的事实无从解释。如今，我们脑海中的东西已经太多，到处是万卷书，随时行万里路，而思想的功能已经退化，总觉得自己是别人的“老子”，可打开《道德经》等先人的著作，却发现，其实自己更像是“孙子”。当初的老子，或许只是长久地静坐，只面对自己面对世界，然后洞悉一切。

翻开《道德经》，上来就有趣，六个字，“道可道，非常道”。约定俗成的断句方式，可有一天，有人轻声地笑，“你换个断句方式试试？”

“‘道可，道非，常道。’任何事情，有人说好，有人说不好，常有的事。”

我一惊，从此接受。虽然这有可能是错的，但六个字就有这么大变化，是乐趣也是挑战。

还有五个字，我找了很久而未得。翻开《道德经》，来了，“无私为大私”。如果你真的无私，你得到的其实最多。这五个字一下把我点透，于是，走到哪儿不再仅为己争。

这一点，我们的思想工作也要像老子学。天天让人无私，然而人性是自私的，太多人贪或占，可如果换个角度，用大私诱惑你，但前提是“无私”，好多人会接受或仔细思量。多好的思想教育。

《道德经》里还说：最高明的领导，不是让人民天天都说好的领导，而是感觉不到他的存在，却令一切都井然有序的领导。看到这儿，会心一笑。

现代人，都自觉聪明，万事自己去撞南墙，可老祖宗早就心知肚明地把一切说明白，看着你犯错也不着急，只不过撞南墙撞疼了时，“老子”们就在那里耐心等你。

每一遍，都有新意。

唐浩明《曾国藩》

读长篇小说《曾国藩》，与我接触电视是同时，都在1993年，一个从人生道路，一个从人性深处，都极大地影响了我，虽然这两者的重叠多少有些巧合。

那时的《东方之子》拍摄，时常要出差，湖南湖北江苏四处跑，刚刚开始与人打交道，描述东方之子们的内心世界，于我当时二十五岁的年龄，是一个挑战。

三卷本的《曾国藩》很长时间陪伴我转战东西，从我们长期的历史教科书上看，曾国藩绝对不是“东方之子”，甚至相反，双手沾满了人民的鲜血。

在唐浩明的笔下，曾国藩活了，有血有肉有痛苦有挣扎有辉煌有文化，这与在岳麓书院里，唐浩明多年整理曾国藩家书紧密相连。当更多的细节出现在人物身上的时候，人有了；而当人的复杂性写清楚时，历史靠近了真实。我猜想，唐浩明写《曾国藩》可不是为了颠覆，他不过是想还原，当然应当被还原的历史还有很多，只不过，曾国藩幸运地遇到了自己多年后的同乡。

这位一生坎坷前行的老东方之子，终于一步一步靠近自己人生的巅峰。在唐浩明的笔下，细致地描绘了这一高处，便是曾国藩坐到皇帝身边，吃了一顿至高无上的饭，似乎一生，都为了这奖励一般的一顿饭。

看到这里，我过了一个坎儿。如果这意味着人生的巅峰，不要也罢。

人性如此复杂，唐浩明笔下的曾国藩，你已分不清成功还是失败，辉煌还是悲凉，是英雄还是小丑。然而，正是这一系列的不知道，把人性的复杂写得淋漓尽致，我找到了走进“东方之子”们的内心之路，不再是概念般的文字。

告别，是一个下午，地下室昏暗的光影中，《曾国藩》最后一本还剩几页，我一个字一个字慢慢读，只为推迟与一本书和一段人性之旅的告别。然而天下没有不散的筵席，终于结束，而思绪难平，打开笔记本，写下几千字，至今留存。

多年之后，在湖南，曾国藩与唐浩明的老家，我见到了唐浩明，简单的寒暄之中，不知浩明先生，是否听出了我的感谢与感慨。

《辛德勒名单》

记不清是上个世纪九十年代的哪一个年头什么季节，当时我已在电视台工作了有一段时间，然而与过去广播电台球友们的定期相聚是保留节目。

在我租来的房子里，球友们聚齐，在地毯上席地而坐，喝酒聊天之后，麻将就是我们友情相聚的借口，也是友谊延续的道具。一宿的麻将昏天黑地，有输有赢，阳光透过窗帘打在我们苍白的脸上，到了送客的时候。

不知谁，在门口的鞋柜上看到一盘录像带，《辛德勒名单》，我想起来，是头一天制片人时间借我的，说，奥斯卡大片，牛 ×。

“看看吧？”

牌桌上输家与赢家都有些意犹未尽，于是收住要出门的脚步，又席地坐下，

帕尔曼的小提琴声音在充满烟味的房间里响起，一段犹太人的苦难与温暖拉开了大幕。

整整两个多小时，几乎没人说话，更奇妙和不可思议的是：刚刚打过一夜麻将的人们，竟然没有一个睡着，而当片尾字幕拉起时，窗帘再度拉开，每一个人似乎都格外清醒。

长久地沉默，大家不知该说些什么。

录音师房大文张嘴了："看样昨天晚上，咱们打麻将，太俗了！"

他想开个玩笑，可大家竟都点头。

好片子就是好片子，我之后很久都在琢磨的事情是：中华民族比谁吃的苦都多，可为什么从来没有我们自己的《辛德勒名单》？

答案可能在对人性的理解上吧。苦难只有被赋予人性，才具有被好好表达的可能，如果为表达苦难而表达苦难，又或者背上其他意图，有时苦难都会让人笑场。

一个商业大片的导演斯皮尔伯格就这样，真正地严肃并苦难了一次，而我，则永远记住了那个麻将之夜后，不再想睡觉的早晨。

《鬼子来了》

其实，姜文早就开始琢磨拍这部电影，当时他还在河北涿州拍周晓文的《秦颂》，采访中，就和我聊起过这部电影的最初构思。

再后来，姜文开始拉班子，办公室在故宫的一墙之隔，红墙古树，常常让你觉得，墙外的世界好像并不真实。其间，为找音乐，还与我聊过，给他的推荐，好像也认真考虑过。

不过，真正的震动是从试映开始的。

片子剪完了，我被邀请去参加小范围试映，估计姜文是想摸摸大家的感受。试映点在东城一条大胡同里的一家宾馆。我迟到了五分钟，姜文在院子里，啥话没说，推我进了放映厅。

惊心动魄的一次观影经历，看得出，平日话不多的姜文，已把对中国人民族性格的思考放到了《鬼子来了》之中，可贵的是，这种极其深刻的思考，是被电影语言传递着，不是什么说教或喊另一种口号。这从一会儿一次的笑声中就可以感受得出来。

电影放完了，人散去，空空的屋里剩下我和姜文，我刚想说话，他制止了我，按下放映键，重放了我因迟到而未看到的开始五分钟。这一个细节，诠释了真正的姜文。据说当初《阳光灿烂的日子》在相关部门审片时，姜文紧张万分，人家在楼上看片，他在楼下偌大的院子里不停地走动，一圈又一圈。有好事者追述：手里还拿着一把斧头。认真与求完美的焦虑由此可见一斑。为我重放这五分钟，是又一个例子。

不过我一直好奇的是，如果当初《阳光灿烂的日子》也如《鬼子来了》一样的命运，那斧头会怎样使用？

五分钟演完了，灯光亮起，姜文脸上现出了一种急于听意见的表情。

说了什么我忘了。其实也不必真说什么，有些事情有共鸣，不一定都由语言表达。但我却记得回家后的那一夜，噩梦不断，都与《鬼子来了》的场景有关。没办法，都是中国人，《鬼子来了》中，应该也有我。

又是几年过后，《太阳照常升起》后的姜文，我们遇上，问他又在准备什么。他轻轻一笑，声音不大地说："一个商业片。"

不过，也注定是姜文特色的商业片吧。拍过《鬼子来了》之后，姜文再拍一辈子商业片，估计也没人叫他商业片导演。

而他，也会平静下来吗？

《第八日》

这是一部知名度并不高的法国片子，对我的意义却并不寻常，看过好几遍的电影，对我来说，少之又少，除去李安的《饮食男女》，恐怕就是《第八日》。当然，后来的几遍，大多是我强烈推荐给家人和朋友时，在旁边陪看导致的，然而每看一次，都十分动容。

电影的故事不复杂，一个都市里的中年白领，正面临生活中的一切焦头烂额：工作的压力、离婚、沮丧，终于有一天，他接近崩溃地逃离，然而在这个过程中，他遇到了一个弱智的年轻人，这个弱智者简单淳朴，时常面露笑容，想念妈妈，接近生命中最质朴的感动。一步一步的，这个中年白领被年轻人因弱智而保有的

单纯所感染，内心慢慢平静下来，沮丧与焦虑慢慢退去。然而，在他开始重生的时候，那个帮助了他的弱智年轻人却离开了这个世界。

所谓片名“第八日”，是指上帝前七天创造了天地万物后，第八日，创造了这个弱智的年轻人，暗指他是一个礼物。

仅仅这样简单的介绍，您会想到什么？

我们每一个人，其实都有可能是那一位挣扎中的中年人，尽心竭力地维持着一切，让生命危机四伏，却与快乐背道而驰，然而恢复简单和质朴，在这个诱惑丛生的时代谈何容易。

所以怎么看，《第八日》都像是一个法国版的追问：“幸福在哪里？”

电影并没有直接给出什么答案，答案就在一个又一个诗意的画面与慢下来的节奏之中。更可能的是，它在你的盈眶热泪里。不过，有时，这种洞悉答案后的清醒依然是短促易逝的，明天，诱惑与太阳照常升起，你会再度心乱如麻。难怪一周只有七天，其实并没有第八日。

那就再看一遍《第八日》。

席夫版《巴赫平均律》

想当初，1997 年，为做三峡大江截流的直播，我与方宏进住进了停靠在长江边上的大船里，我俩一个房间。让我永远印象深刻的是，刚一进屋的他从箱子里拿出一瓶二锅头，放在窗台，接着拿出笔记本电脑，随后拿出鲁宾斯坦版本的《肖邦夜曲》放入电脑开始播放，二锅头与钢琴曲，就这样奇妙地在长江上混合起来，成为我记忆中的一部分。

让我记得如此清楚的另一个原因是，当时，我也是鲁宾斯坦版《肖邦夜曲》的狂热爱好者，它优美浪漫，诗意并让人浮想联翩。我曾经以为，从放松的美感上说，它该是极致。

这个认知不错，然而当我碰到并听进去席夫版的《巴赫平均律》之后，我又得到了一个答案。

其实，这应当是练琴孩子们必弹的曲目，仿佛十分简单，最初根本找不到《夜曲》的美感，因此错过很久，但随着年岁的增长，它不可避免地走进我的生命。

它简单极了，甚至让你产生错觉，以为学几天钢琴，自己也可以弹奏。但是，年岁长了才明白，简单最难。就像有的人说过：想把莫扎特演奏好，要么是孩子，要么是老人，别的人几乎不可能。因为简单要求纯真，你没有天使般的心，那么音乐中天使般的美感，就容易被你弄巧成拙。如同年少时，总在甜水或可乐中找到最美的滋味，但人到中年，却终于在淡茶甚至白水中品出味道，有一丝苦有一点甜，这个时候，才真的在可口的同时可乐一下。

演奏巴赫如此，听巴赫也有这种要求。我喜欢并不意味着我就是它最好的听众。恰恰相反，在它简单到真正优美而又空灵的境界中，恰恰听出自己内心的纷乱和错综复杂来。可有趣的是，音乐继续前行，时间久了，你也会如慢慢登山一样，一步一步找到清凉与透气的感觉。其实，这是一种精神上的洗澡。

那么，是古人幸福还是我们幸福？生活简单幸福还是物质充分保障的现代化更幸福？

你的答案是什么？

达明一派

我有达明一派所有的 CD 专辑，也有他们的磁带全集，但在其中，与我曾经相依为命的只是其中一盒磁带。为此保留至今。

这是一张粤语专辑，而且居然真是当初内地的正宗引进版。当然，达明一派也是香港八九十年代最火的乐队组合。甚至在我的看法中，整个华人世界，到现在为止，没有任何一个组合可以超越他们，甚至接近都很难。而这并不是我作为他们一个歌迷的非理性判断。当然，您可以反对，这是音乐迷的自由。

1989 年大学毕业后回到家中，离上班走向社会还有一段时间，这是我学生时代的最后一个暑假。然而这段日子特殊，不仅对我，也对于这个国家。这种特殊使得茫然之感充满内心。幸运的是，那段日子有达明一派的这张专辑在。

为什么会是达明一派这张专辑停留在那一段日子里？我开始只是以为，《新长征路上的摇滚》太闹，在家里放，左邻右舍就别过日子了；但仔细一想并非如此，《新长征路上的摇滚》在前几个月已经完成了它对我们的关照与共振，而现如今，同龄人已经散去，我离开人群回到北方的草原小城去过自己最后一个暑假，继续摇滚是孤独并危险的。于是，一张别人根本听不懂到底在唱什么的粤语专辑再合适不过。然而，我又想，这不过是一段文绉绉的说辞，更真实的原因，在于这盒磁带当中的情绪与深藏其中的不安，如此准确地击中了当时正处于生命中前不着村后不着店境地的自己。

比如一种看不清前路的迷茫与未知的心情，在歌声中，即使已经“kiss me goodbye”，但依然要问：“你还爱我吗？”在1997年越来越近的情况下，《末世情》的歌名就像是一种表达，达明一派担心香港“这个璀璨都市是否光辉到此”，而歌名却叫“今夜星光灿烂”。还有那首伟大的《石头记》，仿佛从《红楼梦》中来，其实都来自现实，“丝丝点点计算，偏偏相差太远……”还有寓言般的《十个救火少年》，一场大火的面前，有的退却有的临阵逃脱，而最后的勇敢者葬身火海……

这一切，不过是达明一派为回归前的香港所写，机缘巧合，在那个特殊的春夏之交后的暑假里，深深地完成了与一个二十一岁大学毕业生的内心暗合。而我猜想，那一段日子，也许有不少独处的年轻人，与我同样在面对达明一派，面对这个璀璨时代是否光辉到此的迷茫！

整整二十年后，2009年的一个时尚派对中，还学不会走红地毯的我第一次遇到来自香港的梁文道，美酒美女觥筹交错中，我们像是局外人，于是，我和他提到那段日子，提到“达明一派”，提到了《石头记》。作为《石头记》歌词创作团队“近念二十面体”中间的一员，梁文道惊讶地睁大着眼睛，好奇地听着我诉说。二十年前，他十九岁，在炎热的南方，或许会迷茫于香港与自己的未来；而我，二十一岁，在中国的最北方，同样听着达明一派，却是一样地迷茫。

二十年后，北京，我们谈笑风生。

然而有些事，永远无法忘记。

平克·弗洛伊德《迷墙》

说到国外流行音乐界，除去迈克尔·杰克逊是一个我注定无法绕开的名字之外，对我影响和震动最大的，当属迷幻摇滚乐队“平克·弗洛伊德”。别的不说，他们七十年代的一张专辑《月缺》，在排行榜上连续待了741周，跨度达到惊人的十六年。而二十多年后，在北京，我用几乎一个月的工资——205块，买了原装进口的《月缺》专辑，震撼与感触长久持续。

与平克·弗洛伊德“热恋”中的出格事并非仅此一件。1995年，第一次去美国，用极其有限的美元买回他们伦敦现场演出的录像带，让同行者大为不解。而回到北京之后，为与同道者分享绝对“大片”，自己借到两台录像机，开始为友人复制。那一个晚上，边录边看边佩服，我与同好之人估计很难忘却那个发烧之夜。

当然，这注定是一个过渡的夜晚，录像带的光辉岁月并没有持续太久，这之后，VCD、DVD、DVD9，估计还有接下来的蓝光或其他什么，平克·弗洛伊德的收藏将持续下去，虽然在今天，我几乎已很少再听再看，但其中的一切，早已融入血液之中。

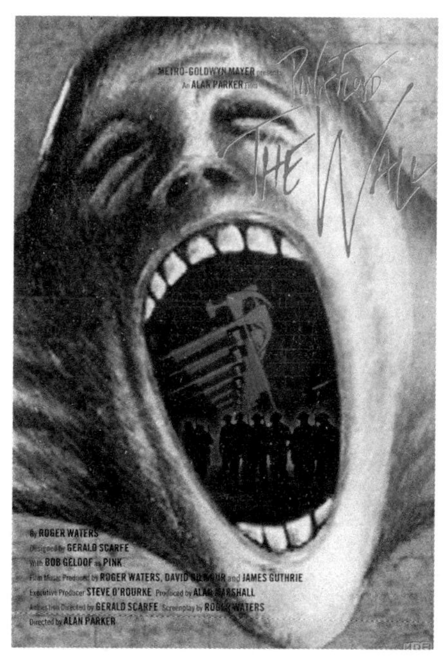

平克·费洛依德的音乐电影《迷墙》是摇滚音乐史上一部开历史先河的伟大制作，甚至拉开了之后MV的大幕。除去音乐本身带来的震动，还包括思考，对现实的批判以及画面、构思的集大成。《迷墙》始于他们《月缺》之后的专辑《墙》，用电影化的方式来表达一张专辑，在当时，石破天惊。这其中，充满对战争对大人对教育对人性的反思，过程充满鬼斧神工的创意，丰富了人们的思考，并几乎为未来的相关创作，搭起了一道无形却无法超越的“迷墙”。

1990年，柏林墙倒塌，平克·弗

洛伊德的主创在柏林墙的废墟上，上演了现场版的《墙》，如先知一般，将他们的传奇推到极致。

迷他们的时候，正处于刚刚转行到电视的阶段，愤怒与理想时常陷入无从表达的沮丧，于是，被平克·弗洛伊德上了一堂又一堂印象深刻的课。它们，也就成了我生命中不可或缺的一种生长激素。文字到此，我仿佛依然听到《月缺》刚开始时，那充满诱惑的心跳声。

于是，后来，我成了他们的推销员和宣传员，只要看到刚刚走进电视圈的年轻人，我几乎都会对他们说上一句："一定要看《迷墙》，看了，就知道电视应当怎么干，就知道，一个人的想象力可以行走多远。"

然后偷偷地猜，或许，看过《迷墙》之后，他们也会走入平克·弗洛伊德的音乐世界。

不过，不是看了《迷墙》的人都会做电视做好电视。要不，中国电视应当好看得多。

《永远的未央歌》

这是一张2005年，台湾音乐人为纪念民歌三十年而举行的大型演唱会的DVD，在台北诚品书店的一个角落里，我找到了传说中的它，然后，心跳加速，并见证了之后它在大陆的充满泪水与激情的观看之旅。

时间太匆忙，一转眼，台湾校园民谣已经走过三十多年的时光，由于两岸特殊情况造成的延后效应，台湾的校园民谣至少在大陆又多影响了一两代人，成为海峡两岸不同年龄段人们共同的青春记忆。

这场纪念演唱会，汇集了从杨弦到侯德健、从蔡琴到潘越云以及胡德夫、马兆骏、李建复等诸多歌者，时隔三十年后，他们又各自唱起《乡间小路》《美丽岛》《龙的传人》《如果》《梦田》《忘了我是谁》《橄榄树》等成名作，大多原人原唱，却比过去有更大的感动。因为歌者和我们都走过了三十年，不再年轻。看了这场演唱会，我们才知道，原来《龙的传人》中"四面楚歌是洋人的剑"这句歌词，当时主管宣传的宋楚瑜怕引起洋人的不满，给改成了"四面楚歌是姑息的剑"；我们还看到，大家一起纪念离去的梁弘志；当然，你还可以看到现场那些人到中年的观众们，台上唱台下和，仿佛三十年前。

然而，这里最珍贵的，却是那些依然纯真的民歌旋律。每个时代有每个时代的问题和困扰，也有着每个时代特有的幸福与骄傲。那个时代也该有那个时代的污点，可为什么在歌声中听到的全是干净？或许最值得夸耀的是，我们这一代人，曾经有这样的歌声为青春作伴。

介绍这张 DVD 给于丹看，一天之后，发过来长长的短信，是一边看一边哭时的创作。

给陈晓卿看，凌晨时分，老兄将演唱会后面的纪录片全部看完。

在我们家“老男人”聚会的酒后看，到现场快结束时，听着蔡琴与现场观众一起互动的大合唱《恰似你的温柔》，大家跟着齐声合唱并挥洒热泪……

这种感动依然在持续。虽然我们知道，台上的歌者，三十年再聚，歌声已经不复三十年前那般清亮，他们老了，然而听者不也同样如此？也许现在的年轻人不会再被这些旋律打动，那么，这些歌便会成为我们这一两代人生命的暗号，随时接头并唤醒沉睡的时光。

那天演唱会，在台北的剧场外，聚集了成千上万人在聆听。其实，从那天开始，在更远的地方，也聚集了更多的听众，成为永不离席的聆听者，并永远热泪盈眶。

……

仿佛才刚刚开了个头，就不得不收尾，有依依不舍，因为写它们的时候，就是在写自己走过的每一步路。时光匆匆，一路上很多的事都淡忘了，可与那些好听好看的东西相逢时，曾有的感动却相隔越远越清晰。当然，除去依依不舍，还有太多的对不起，因为，在以上的文字中，没有提到的好东西还有很多，有的小众太过私人化。比如我特喜欢电影《怒火风暴》，看过的人也许不多，还有《逃离拉斯维加斯》也是我的最爱之一。还有的没写到，是因为各种文字已经太多，比如余华的《许三观卖血记》或刘恒的《贫嘴张大民的幸福生活》，它们都曾经影响过我。再比如，关于《新长征路上的摇滚》，我自己就写过太多。还有的就是仅仅属于我自己，横看成岭侧成峰，不一定写了让人痛快，因此，写出来的绝不代表全部，甚至只是一个片段的记忆，在记忆里没被记录于此的，或许同样甚至更加珍贵。

人生还长，之所以还可以忍受很多白日里的痛苦慢慢前行，就在于你知道，前路中，还有很多好看好听的。

经常听到人们说：真遗憾，我知道有很多好听的好看的，可是太忙，没时间。我总是替他们可惜，如果时间不是“浪费”于好听的与好看的，人又怎么可以看到自己的内心，时间又有何意义？“忙”，才是一种对生命的真正浪费。所以，还是放轻松，慢慢走，欣赏吧！

15

谁，影响并改变着我？

◎我相信，过去、现在、将来，真正推动我们前进的，依然只是人——别人，与你自己。

◎在我的人生目标中，最大的一个就是：将来成为一个好玩的老头儿，就像我现在喜欢的好多老头儿一样。

◎有人就有趣，有人也才有真的欣喜与悲伤。人的一生，只有一个工作无法更改，那就是做人，永无止境。

八年后·回头看

中国人普遍要补一堂课，那就是启蒙。启蒙，恰恰是对人性的再解读和真正透彻地了解。了解人性，洞悉人性，控制恶，激活善，才会走上更宽阔的道路。

这个世界，在这几十年里进步得太快，当然这种进步更多体现在技术上。在我出生的时候，收音机还是珍宝，我们通过它缓慢地了解并靠近世界，而现如今，是互联网时代，我们不再需要“靠近”世界，我们就是世界的一部分，而谁如果能让自己与世界保持距离的话，简直就是一种时尚的生活。在我出生的时代，电话少之又少，人们去找人，纯属赌运气，找到最好，找不到明天再来。不过，一般都可以找到，因为人们的生活半径太小，哪怕要找的人不在家，等一会儿也就回来了，人们，都走不远。而现如今，一个人有两部手机司空见惯，声音近在眼前，其实你并不知道他在哪里，或远或近，都有可能，但似乎，人群之中，心与心的距离却越来越远……

人类，进步了吗？人性进步了吗？那些让我们喜怒哀乐的事情，都一定与物质有关吗？是技术推动世界，还是人心左右世界？

我相信，过去、现在、将来，真正推动我们前进的，依然只是人——别人，与你自己。人的故事，是这个世界永远的主题。对于我自己来说，回望过去，最该感谢的，当然是人，是他们，推动我前行。

诗人们

对于中国人，不管念过多少书，可能或多或少都受到过诗人们的影响。李白、杜甫就在血脉里，已不必多写；对我这一代人来说，北岛与他的战友们是绕不过去的名字，就从他写起吧。

八十年代中期，我从边疆小城到北京上大学，那个时候不像现在，没有互联网，资源信息无法平等共享，可能我的北京同学自打中学起就知道北岛、舒婷，可我的确是到北京之后才知道的。我自认为，从少年到青年，从学生到知识分子，从人云亦云到独立思考，一个重要的转折点就是从读到北岛们的诗开始的。

八十年代初，顾城说“黑夜给了我黑色的眼睛，我却用它来寻找光明”，北岛则用诗给了我们难得的怀疑，开始学会用怀疑去寻找现实的答案。而且我之所以喜欢并被北岛所影响，是因为他的诗在怀疑思考中，还拥有一种硬度，钙分十足。

这种影响在当时，不过是每一次相逢时的冲动与激情，而今回想起，才能更准确地知道：今天我的视线与思考，与诗中那一行又一行中国文字有着怎样的联系。大学毕业时，一本并不厚，记得是黑色封面的《北岛诗选》不知何故丢失了，今天都回忆得起来那一种沮丧心情。其实，二十年里丢下的东西太多，可那一本小书却好像迟迟割舍不下。

在我大学毕业那一年，北岛也走了，用他的话说，带着中文这唯一的行李，流浪世界。很多很多年之后，首先是在书店里又看到了浅绿色封面的《北岛诗选》，一瞬间激动万分，就像以为丢了就再也找不到的宝物失而复得，我买了好多本送同学，天真并兴奋地以为又买回了过去的岁月。这以后，文字上的相遇就容易多了，不过，这些年里，北岛写得更多的是散文。可读着读着就知道，骨子里依然有诗，只不过，岁月把诗拉长了，变成了散文，也在读者心中投射下更多的波纹。其实流浪也很好，这二十年，如果北岛一直在北京，不知会不会有《青灯》《午夜之门》这一系列的文集，即使有，估计也是字数相当，价值该是不一样的。距离不一定产生美，却可能产生一种安静以及不为时代快速更迭所扰动的思考。

在北岛走的那一年，离开的诗人不只他一个，还有一个几乎是我们同龄人的诗人海子，只不过，他走得彻底，真的不再回来。

他的诗，在他活着的时候，读过但不多，他走之后，几乎都读了，不只一遍。“面朝大海，春暖花开”已然进入盛世，在欢声笑语中绽放，并成为一个又一个房地产项目的广告语。可我猜想，海子不一定愿意，因为他写这首诗的心情与现今人们读这首诗的心情应该很不一样。让我最喜欢的，还是那一首很大的《祖国》和一首很小的《日记》，前者的开篇有这样的四句：“我要做远方的忠诚的儿子 / 和物质的短暂情人 / 和所有以梦为马的诗人一样 / 我不得不和烈士和小丑走在同一道路上……”而后一首，写于诗人坐火车路过西部戈壁上的德令哈，结尾处，这样的两句“姐姐，今夜 / 我不关心世界 / 我只想你”

一直让我感叹。不管写的是亲情还是爱情，都是情诗，而好的情诗不多，这一句名列其中。

一转眼，诗人们离去都已超过二十年，海子被大张旗鼓地表演性纪念着，故事讲得很多，没人细读他的诗。我真怕，海子从此就与“面朝大海，春暖花开”紧密相联，海子得不到的却成了他的标志。不过也没办法，诗人一贯被误读。二十年之后，北岛来到香港，中文不必再当行李，北京也可以常回一回，都老了，当初的剑拔弩张像个笑话，嘲笑着我们自己和时代，激情都旧了，只有城市是那么让人陌生地新着，有些恩怨情仇也会在岁月的调和下走向和解吗？

诗人们都走了，我更喜欢在人群中寻找诗人，换一个思路，就不那么失望，因为诗人好像随时都可以找到。

先说官大的，比如总理。见到过两次朱镕基动情，一次接见驻南联盟大使馆被误炸死难者的家属，握手之后，总理忘情痛哭；还有一次，接见悉尼奥运会体育代表团，当女足姑娘讲到，中国女足输了，小组赛后回家，早上要上汽车回国，却发现，她们的对手美国女足的一些队员来为她们送别……讲到这里，

都说朱总理不爱笑，但这张照片上的他，却笑得像个孩子。其实不只他，所有的人都笑得很开心。不知为什么，今天看来，总觉得这一片笑容中，有一种干净与纯真。

我注意到，总理的眼圈又红了。显然，这是一个外表威严内心却有情的人。难怪，在记者招待会上，一句“不管前面是地雷阵还是万丈深渊，我都将义无反顾，勇往直前”，在我看来，就是政坛语言中少有的诗，也难怪，人们会对此印象深刻。

2003年正月十五，元宵晚会上，我向即将卸任的他告别，我说：“您辛苦！”他笑，“你们才辛苦！”我说：“政声人去后，人们都会记住您的。”他半玩笑半严肃地回答：“能记住我名字不骂我就不错了！”

他卸任后，也有人对他任总理时的强硬有说法，但一位西部不发达省的副省长对我说过这样一句话：“你听见过穷省的人骂他吗？”

退了之后，朱镕基果真极少在公众面前露面，有人说，他倾情于山水和自己的京剧爱好中，我想也好，让心中诗意的那一面更多释放。

其实不止朱镕基，温家宝也似乎如此，只不过风格不同罢了。朱镕基有李白的气质，温家宝让人想到杜甫；朱镕基如武当，温家宝像少林，骨子里的诗人情怀都是有的。这不仅体现在温家宝在记者招待会上必吟诗，还体现在他希望有“仰望星空”的人。其实把“尊严”写进政府工作报告，本就是一个有诗意的举动，同柴米油盐相比较，尊严不能当饭吃却比吃饭更重要。如同诗，不一定有用，却有它看似没用实则珍贵的价值。在我看来，“尊严”的提出，是中国三十多年改革之后，提出的第一个真正有诗意的目标。

也因此，我常盼望着政治中偶尔要有点儿诗，好诗，它会让政治不那么冰冷和功利。

同样的，离开官大的，说我们每一个人，或许竞争、忙碌中，也该让生活有一点儿诗意，否则，连大自然的花，都不知为谁而开，人生也会慢慢干涸。生活的理想，也该加一点儿诗意，倘若都是现实，都是物质，真是把人生变成苦役，现实也会把我们逼疯的。

于是，我从不悲观，当有人感慨诗人已死的时候，我习惯在身边去寻找诗人。我总是悄悄地在他们的身上寻找诗人的气息，有了的，总是可以多多交往，甚至成为朋友；一点儿都没有的，表面有礼貌但却离得远远的。这本是一个无趣的时代，没有诗意的生命就更无趣，人，总该在柴米油盐之外有点儿其他东西吧。

所以，正死掉的只是诗，但诗人还在，只不过，人们已不一定用写诗的方式来创作，这，就更需要读者的细心。

老头儿们

必须承认，我喜欢很多老头儿，也愿意靠近他们，不仅得到智慧与启迪，还可以就近靠近榜样们。在我的人生目标中，最大的一个就是：将来成为一个好玩的老头儿，就像我现在喜欢的好多老头儿一样。

比如黄永玉。

听说他是全北京最早开私家车的几个车主之一，而且是高层特批的。在这个故事里，真正让我感慨的是，开车时，他已经过了六十。后来，各种好车都喜欢，有空就过把瘾，只是到近几年，年纪大了，才只看不开了。

老爷子似乎对好多事情都如对汽车一般感兴趣。大家一提到他，就会想起画家这称谓，可在我眼里，他是文字第一，木刻第二，画画第三。这可不是故弄玄虚，不信，您翻翻他的书看一看，从头到尾，你都能找到开怀大笑的机会。然而文章写的可不都是喜剧，甚至更多是悲剧，但文字中，总能释怀并化解。当然，湖南人笔下，怎会没有嬉笑怒骂的辣，可各种情绪总是被他调适得很好，让你笑中有泪地完成一段文字旅程。甚至我认为，当下中国文坛，各路写散文的高手，超出老爷子的少之又少，更何况，面对黄永玉这个名字，想占有他一幅画几乎没可能，但花百八十块钱，占有他写的几本书并因此分享他的智慧、思考与幽默本事，这便宜占大了。

老爷子还写诗，写成一本诗集，然后一本正经地到书店里找一帮老友慢慢地读，退了的李瑞环都来帮忙，没什么起立握手，大家都玩得开心。而在北京的东郊外，老爷子大手笔建了一个园子叫万荷堂，时常高朋满座，有重要聚会就由老爷子寄出亲笔书写的请柬，把游戏也正规对待。我接到过请柬，但还从未去过，一来机缘不巧，二来也怕搅了老爷子的清静。然而，一想到他，还会很开心。这个时候，你不太怕岁月的侵蚀，原来老去，不过意味着生命的另一种可能，甚至你会好奇，岁月中那么多的苦难，都去哪儿了呢？

写到这里，我该停笔，因为想到老爷子的一幅画，画面上是一只大鸟，这不奇，旁边一行字把我看乐了：鸟是好鸟，就是话多！

我估计，这画说的是主持人，所以，话就到此。

丁聪是黄永玉的老朋友，我在十几年前因为采访而走进“小丁”的家，以后就多了一些思念与牵挂。前些年，一场大病，老爷子进了医院，出来后，我看到他，慰问，没想到老爷子依然笑容满面，“我该走了，可问了一圈，人家不收。”于是，我们爷儿俩接着聊，老爷子又一句话把我逗乐了：“住院手术真有好处，你看，我一下子瘦下来几十斤，这下省心了！”仔细一看，还真是，老爷子瘦了太多，但是乐观没变。其实，这一辈子，折腾他的可不只是病，比如黄金岁月去养猪，可回过头，老爷子会骄傲地对我说：“我养那猪，特肥！”

一想也是，从那个年代走过来的，没点儿乐观真不行。估计也有不少好老头儿，被折腾给挡在老年之外，也就靠着乐观与豁达，丁聪们走到人生的终点。2009年，老爷子走了。面对这一消息，我没有伤感，既然老爷子用自己的一辈子，把笑容变成了一种力量，那我们干吗不用笑容来纪念他？

黄苗子、郁风是一对历经苦难的神仙伴侣，老年时，可爱加剧。有一次，郁风一本正经地问我：“西班牙邀请我去，你说，我去还是不去？”问话时，老人家还摆出西班牙弗拉门戈舞的造型，神态如少女，而此时，她已年近九旬。年轻时，她们一群同学向往过西班牙，但后来时代动荡变迁，西班牙终成梦，年近九十，机会来了，老人的心动了。

我自然回答：“去啊！”

老太太乐了，这时，旁边的黄苗子插话：“你帮她联系神舟飞船吧，她还想上太空呢！”

大家全都哈哈大笑，谁都忘了这是一对接近九十的夫妇。

再说一位年轻的。今年七十四岁的韩美林，两年前做了一次大手术，出来后自我感觉“比以前聪明多了”！其实，他以前就聪明，要不然，不会让奥运会的吉祥物福娃从他手上诞生。但对待这个作品，他习惯轻描淡写，因为过程中，“不懂艺术的人话太多。”你看，老爷子的话不比画差吧！而这样的话多着呢。

作为政协常委，开会时，见很多人好话说尽，老爷子一笑：“各位，咱们到这儿来，是来献计献策，而不是来献媚的！”一句话掷地，满屋子的尴尬和沉默，之后是掌声。

在北京通州，韩美林艺术馆里，各种作品琳琅满目，吸引着人们参观欣赏。某日，他接到通知，第二天，有大人物要来参观，放下电话，韩美林收拾行李，买了张机票，跑了，一个沉默的空城计。

看到这儿，可能您眼前出现了一个尖锐、苛刻、满身是刺不好合作的老头儿形象，其实恰恰相反，那得看对谁。对于绝大多数人来说，他总是慈眉善目，笑容满面。虽然一辈子受了太多苦，可他的作品几乎全是乐观的，“因为人民需要。”

这位迎来艺术生涯六十年的大家，最近逢人便讲的一句话是：“我的艺术快开始了！”

我同意，大艺术家的境界必回到童年！

提起季羡林，大家都会想到他的严肃与严谨，其实，老人偶尔也会露出可爱幽默的一面。记得有一次去看他，在聊其他话题的中间，老爷子突然托我转告失眠者一件事。

原来，在二战时，季老正在德国留学，因战事，他十年无法归国，这期间，染上失眠症状，开始吃安眠药，从此再也扔不了，一吃就是七十年。

老人让我带话：都说吃安眠药不好，我是活例子，都吃了七十多年了，不也没事吗。告诉害怕的，没事儿！

有一阵子，我这个学俄语的人来了兴趣，报了华尔街英语班，在一次学校迎接老布什的聚会上，我身边坐着一位老人，看着像六十多岁，其实已过八十，一聊，得知，他是北京友谊医院的前院长。我很纳闷儿，“您也在这儿学英语？”老人回答：“是啊。”我更纳闷儿了，“您是医生，又是院长，英语一定不错啊！”老人回答：“还行，可我的英语都是学术英语，太老，我想学学这美式英语怎么回事。”

这一番对话，让我永远难忘，记得在那一年的年终回顾节目时，我特意讲了这个故事，一个年过八旬的老人，依然为了兴趣没有任何功利心地学习，年轻的我们该如何感想？这，可能正是老人的力量与意义。

以上写到的老人们，我与他们的交往并不多，因而还是有点儿远，但读他们的故事，听他们的话语，琢磨他们的人生滋味时，却又觉得近。时常会心一笑，时常感慨万千，于是，他们也像亲人一样，时常在我身边。写下来，是为了感谢。

话要说回来，一个社会，如果可爱的老头儿老太多了，这社会必可爱，而对于我自己，一直在想着，几十年后我这个老头儿会怎样？我希望是古典音乐摇滚乐依然都听；老夫聊发少年狂，半夜拉着夫人去吃一回冰激凌的事还得干；

在年轻人面前永远是笑容是宽容甚至是纵容，多欣赏多为他们搭台，不固执并继续学习，不对过去抱怨，而只对未来露出笑脸，绝对不摆出这个瞧不惯那个瞧不起的老夫子样；更重要的是，不能成为时代前行的阻拦者，而依然是社会进步的推动者，有些话，年轻人顾忌，不好说，就让老头儿来说，夕阳正红，没什么可畏惧的；然后让家中永远为年轻的人和年轻的事物开放……

够了，如果我能做到这些，我依然在今天渴望年老，而是否能够做到这一切，却并不仅仅取决于明天，今天的中年，决定着老年的诸种可能。

老师们

改革三十多年，我们“废除”了很多过去的常用称谓，首先“遇难”的是“小姐”，接下来“阵亡”的是“同志”，再然后是“教授”，问题是，现在“老师”一词也被泛滥，满大街地使用着，不过，在这篇文章里，我要写的是真正的老师们。

我成长于一个教师家庭，父亲、母亲、姑姑、舅舅、舅妈、嫂子……都是老师，于是，在这样的氛围中，我习惯产生一种幻觉，经历过的老师都像是家人，事实也如此。

现在的父母，考虑孩子的教育问题时，是要“择校”的，认为选上一个好学校，一切皆有可能。可依我自己的经验和体会，“择师”才是最重要的，只不过，校可以择，师，往往不可以择，这才一门心思去择校。其实，一个孩子能否健康成长、不厌倦学习，是否养成好的习惯，是否自信，真正的关键，是你最初遇到了怎样的一个老师。一路上，你所遇到的老师，从某种角度说，决定了你的一生。

也许是我幸运，上学时成绩虽然起伏巨大，好时名列前茅，差时名落孙山，一路上也挨过老师很多批评，但只要有成绩，总得到鼓励。自信，从来未被真正摧毁，反而在老师一路细心的照看下，有勇气向前。

记得高中同学前几年在家乡聚会，临别时，大家一起出门送班主任刘老师，拥抱、叮咛之后，老师走了，这个时候，我们看着老师慢慢前行的背影，突然发现老师真的老了，满头的白发，行走已不敏捷，在孩子的搀扶下一步一挪。怎么就老了呢？在大家的心目中，老师还是那个从早上七点到晚上九点都盯着我们，大事要讲小事要管，刀子嘴豆腐心的利落形象。可一想，怎能不老？连我们都人到中年，老师也年过七十。只不过，回忆，把形象定格罢了。

高中同学与大学同学不一样，后者因学的是同一个专业，即便毕业后天南海北，可行业的关系，还是让大学同学更方便时常见面。而高中的同学，由于上的大学与专业千差万别，聚会的难度就加大了，只能回家。这就是高中同学毕业二十年的合影，地点是我们已不认识的母校海拉尔二中新楼，老师们和我们都很开心。

到了大学，本以为不会再有像中学时那样日积月累的师生情谊，然而八十年代末特有的氛围，还是让我们难得地有了亲如一家的师生关系，尤其是临毕业时的特殊风波，更是把老师变成保护神，如父母一样为我们牵肠挂肚。按理说，铁打的营盘流水的兵，这一拨走了该照顾下一拨，但我们那一届的学生，在特殊的背景下，即使已在天南海北落下脚来，此后的成长、变化与境遇，还是让老师们迟迟放不下关注，长久地牵挂着。以至于我们的曹璐老师过七十岁生日的时候，同学们依然从全国各地赶回来，几十口子人，真像家一样，陪着老师热闹了近两天。而现如今，日子风平浪静，不知道，大学校园里，是不是依然制造着这样的“师情画意”？

曹璐老师资格老，于是，也有她前面的学生后来当了我们的老师，师生关系就在几代人中传承，像我们的班主任丁俊杰，就是当初曹老师的学生。在校园里，这样的几世同堂，更是温馨的画面，不过，有时，也会留下特别的故事。

曹璐老师的一个学生，八十年代中期火透中国文坛和新闻界，他的一篇又一篇关注现实的报告文学横跨文学和新闻两界，其实也扮演着舆论监督最初的角色。对于我们学新闻的大学生来说，这个大师哥的名字自然如雷贯耳。然而没过多久，他真的进入学校，成了我们的老师，讲授报告文学。说句实话，他的报告文学写得很好，但讲课的魅力似乎不如他的文笔，可有机会让“如雷贯耳”的人物来做老师，那一个学期的报告文学课很特别。

不过，我们毕业那一年的风波，他似乎陷入其中，之后去了美国无法还家，又是多年之后，他的夫人终于在带人情味的默许下，去国外和他团聚。没想到没过多久，喜剧变成了悲剧，夫妇俩开车，在超越前车时，迎面来了一辆大货车，夫妇俩无法闪避，发生了车祸。

还好，生命保住了，夫妇俩住进同一家医院抢救。我的这位大师哥艰难地爬起来，颤颤巍巍地挪步去相邻的病房看夫人，看到几乎呈现出植物人状态的夫人时，他含着泪水说出四个字：“我要回家……”

那一瞬间，没有政治，没有主义，没有恩怨情仇，只有一个孤独的孩子，在刚刚拥有一个伙伴时，上帝又失手把她打碎了……

以上的这些内容，都是我的这位大师哥在写给曹璐老师的信里讲述的。曹老师告诉我，这越洋的信中，“我要回家”四个字周围，依然清晰地看到泪水的印痕。而这么多年过去，时代变迁，人心变化，有些话题敏感或危险，但这封信依然能够寄给老师，因为在老师这里，可以犯错误，可以说委屈，可以坦白交代，可以一如既往地等待点拨。所以，好的老师，不只代表过去的助推，还是漫长岁月里随时可以找到的避风港。难怪有人会说：医生与教师这两个职业最为神圣，一个为肉体治病，一个让精神健康。于是“医”与“师”的后面，都有一个“德”字。

离开校园，不再有真正意义上的老师，但成长中，身边太多的人依然不断地推动我，其实，他们是接过“老师”这一棒的人。从我二十一岁工作到现在，这二十多年里，扮演我老师角色的人太多，不过，感恩，于我，不仅仅是当面致谢，更重要的是，当自己有机会时，加倍地将过去得到的帮助返还给需要帮助的年轻人。每个人，不是只能回忆老师，其实，你也有机会做老师，这个时候，你是否会想：我比我的老师做得更好吗？

同学们

人到中年，常听到旁边的同龄人自嘲：老了。因为过去的事情一清二楚，而今天上午做了什么，怎么也想不起来了。

如果这就意味着老了的话，那自己恐怕早已老去，因为每一次同学聚会，局面都大致如此。上学的事情，每一个细节都被挖掘出来，知道的不知道的都知道了，然而聚会前后那几天怎么过的，好像都忘了，因为注意力都在聚会当中。

不知什么因素，一种时尚正在快速地扩张，那就是同学聚会。儿子与同伴们十来岁已常有聚会，母亲，七十多了，一回老家，最盼的也是老同学聚会。而我，也经历过，昨天晚上刚刚和高中同学喝完大酒，今天上午十点，小学同学已经在家门口守候，中午喝之前，还要趁清醒提醒自己：晚上还有初中同学的聚会，万万不可被酒冲昏了头脑，可酒杯一端，誓言烟消云散。

一个班级，是否可以常常聚会，一来要看上学时期班级的气氛和友情的密切程度；二来要有几个热心张罗的人，用他们的辛苦与热情点燃那些半推半就欲走还留的同学；第三，还需要组织者拥有取之不竭用之不尽的智慧，总能创造出一个又一个聚会的理由。

比如我的高中班级，十年一大聚，五年一中聚，有同学从外地回了老家就是一小聚。在北京的中学同学，由于资源宝贵，并不按班级来划分，而是整个年级的同学像亲人一般，我们在日常聚会之外，还开创了每年 9 月 1 日必聚的传统，因为“开学了”。

有一次在飞机上，看杂志上一篇对导演康洪雷的访问。他和我一样，也是内蒙人，每年，他都会回草原，和同学们在一起，不用说《士兵突击》，不用说《激情燃烧的岁月》，大家就说过去，就是大口大口地喝酒，而且行也行不行也行，只要酒下得顺利，同学们和自己都会很释然：这小子没变，还是咱们的那个老同学。

看到这里，我泪水长流，只好合上杂志，再没看剩下的半本。没办法，感同身受。

大学同学不在草原，不用拼喝酒，但也不少喝。我的一位天津同学如马三立般留下一个经典感慨：每次咱们班聚会，我都只记得前半截，后半截都是下次聚会时同学们讲给我听的。因为每次后半截，我都喝多不记事了。

其实，好多人恐怕都和他一样。

大学入学二十年，我们组织班级聚会，起名“至少还有你”，用意十分明显，不管怎样世事无常，不管路途顺还是不顺，不管眼泪多于笑容又或者相反，值得欣慰的是：至少还有你。

在聚会前，我们收集了每个同学提供的校内旧照，稍加编辑，制作成一个大大的专辑。在聚会的开场，我们几十个中年男女，重新会聚在校园内原来的教

大学入学二十年时的聚会合影，就在当初的教室里。最有趣的是前排这个孩子，谁的？他在想什么？

室里，老师们也都请了回来。一开始，就是老照片播放，二十年的岁月，不要说有时认不出别人，估计连自己都难以辨认，在一片“这是谁”“这是我吗”的七嘴八舌中，慢慢地，开始“老泪长流”，师生都如此。这时，看着有人带来的孩子依然快乐地在课桌间游戏，突然产生了一种巨大的错觉，这是过去，还是现在？二十年时光真的消失了吗？

在同学的聚会中，常常会有笑话。比如一位男同学对一位女同学敬酒，真诚地借着酒劲说道：“上学时，我一直暗恋你，你叫什么名字来着？”满座哄堂大笑，男同学只好干杯为敬。

聚会时，同学们的惯常语是“没变没变”，大家互相陪着慢慢变老，自然觉得彼此没变。但隔一会儿走进校园，看着校园里年轻的师弟师妹们，正和自己当初上学时年龄一样，大家才哑然失笑，“没变没变”，纯属自欺欺人。

有聚会就离不开音乐，一次，我们将过去校园里最流行的歌曲与舞曲，编辑成两张 CD，长达两个半小时，聚会中的舞会，正是在这过去的旋律中行进的，而在这熟悉的旋律中，大家似乎得以安慰，不觉年华老去。

还有一次聚会，晚餐也结束了，舞会也结束了，酒醉的人也醒了，大家意犹未尽，就席地坐在外面的水泥地上，将所有现在能想起来的上学时的歌唱了一遍，直到脑海中一片空白。

2009年就更宏大，毕业二十年，于是组织了全年级的聚会，之前光策划会就开了近十次，最后几百人云集校园，踢球、跳舞、大联欢会。组织者尽力，同学尽情，学校尽心，成为又一段难忘的记忆。以至于一年后，很多同学又组织“庆祝大聚会成功举办一周年”的聚会。

聚会固然好，然而副作用就是，聚会之后重新回到现实中难。并且岁数越大越是如此，甚至让你产生幻想：人世间，为什么不能一直上学到永远？正是在这样的失落中，一天一天，艰难地从纯真校园岁月再回现实的混乱世界里；而同样难的，是从干干净净的同学友情中，再回到人心隔肚皮的竞争或拥有距离的环境中。不过，也没什么好抱怨的，正因此，才有了同学聚会的价值，也才使同学聚会日益时尚并大踏步向产业方向发展吧！

对于我们，同学聚会已经像一个信仰，而且有趣的是，分开之后，反而似乎比在校园里还亲还互相牵挂。聚会多了，我们得出一个结论：在岁月的催化下，我们的友情已经变成亲情，每一次聚会，都使得亲情的成分进一步发酵。

也因同学在那里，聚会在那里，平日里一些日子才不那么难熬，起码都知道，不必担心岁月匆匆。过去的一切都会模糊，没关系，想不起来的，同学替我们记住。当然，更重要的是，哪怕未来不再让人期待，至少我们还共同拥有一个温暖的过去。

乐人们

儿子大了，看样也喜欢音乐，把周杰伦、杰克逊的海报，贴得满墙都是。我没有去干涉，甚至从中看到自己，不要说青春时节，即便岁数不小，依然干过类似的事情，甚至更加疯狂。

我最喜欢的指挥，卡洛斯·克莱伯，由于他不是周杰伦、杰克逊，甚至也不是指挥皇帝卡拉扬，因此，想找他一张像样的海报是不可能的，于是，我拿着他头像的CD，托同事找到一位很棒的油画家，请人家给我画了一张铅笔素描。对于这位画家，我一直心有歉意并感激，因为一定是大材小用，而对于我，却是大惊喜，如获至宝，精心装裱，挂在了家里的墙上，得意扬扬。唯一麻烦的是，总有客人来问：这是谁？看长相，不像你们家亲戚。于是，我总是简单解释一下便收嘴，因为此君不是三两句话就说得清楚。

喜欢他是从喜欢他的音乐开始的。

有人说，交响乐中如果有一首必听，一定是贝多芬的第五交响曲，而在此曲多如牛毛的版本中，几乎从英国到日本到美国，都把卡洛斯·克莱伯的版本放在了第一位，于是，心生好奇，何方神圣？找来听听吧。

咬牙买了正版，上面既有“贝五”又有“贝七”，自然先从“贝五”听起，从命运的敲门一鼓作气，好，是自然，但这首命运交响曲由于概念先行，每次听都少了联想的空间，因此虽听出克莱伯的好，却还并未称奇。延着惯性，继续听同一张专辑的“贝七”，没想到，这让我进入到一次奇妙的赏乐之旅，酣畅淋漓，欲罢不能。那种深陷其中的感觉，或许和当初听著名的迷幻摇滚乐队平克·弗洛伊德相似，眼前，只有音乐里的世界，现实的那一个，消失了！

就这一首曲目，几十分钟，彻底打乱了我过去心中所有对指挥的排序，让他牢牢地占据了第一位，于是，开始搜索和追寻克莱伯的身影。

然而，寻他是一件又简单又艰苦的事情，简单在于，他的录音专辑少之又少，原因是他不喜欢录音只喜欢现场，而喜欢现场也非常克制。一般情况下，是躲在人群之外的乡村居所里，直到家中的酒都喝完了，才给外界寄一张明信片，于是各大乐团趋之若鹜，这之后，老先生出来演个一两场，又消失掉，让人们在好奇与期待中，去等待他的下一场。这样一来，他的专辑自然总量很少。不过，有一点才是他真正的伟大之处，虽然专辑少，但几乎张张是精品，这其中，很多曲目与歌剧，竟都是无数版本中的首选，于是，他靠近了传奇。可艰苦也就在于此，作为一个喜欢他的乐迷，有限的专辑早就反复地听过无数遍，想再拓展，难了。不过也好，有些东西，多了，味道乱了，失望也开始增多，而好的东西，哪怕就一张，够了，永远没有变味儿的机会。

如果让我自己认定：只推荐卡洛斯·克莱伯的一张专辑，我会放弃如痴如醉的贝多芬第七交响曲，而毫不犹豫地选择他的《勃拉姆斯第四交响曲》，我已经无法形容这种演绎。总之，我也听过这首交响曲其他指挥的十几个版本，但总的感受是：卡洛斯·克莱伯指挥的是这个曲目，而其他的指挥是另一个曲目。

我一直也在问自己，为什么被卡洛斯·克莱伯这样深深地打动？它并不来自于一种理性，而是直觉或冥冥中的一种东西，如同生活中的很多事，喜欢与厌倦，道理无法说清。

不过，有一个细节被我知晓之后，还是感受到一点小小的震惊。喜欢上他很久之后，找他的介绍，可在九十年代，缺乏互联网支持，国内媒体对卡拉扬、伯恩斯坦的介绍覆盖一切，克莱伯躲在后面。有一天，终于拿到手，意外发现，这位先生小时由于战事，从欧洲移居阿根廷，在草原上的国家长大，这几行字，我给自己找到了答案。我家里挂了三个外国人的画像，竟都是阿根廷人或都与阿根廷有关。一个巴蒂，一个格瓦拉，而另一个就是克莱伯。有趣的是，我是在喜欢他很久之后，才知道他与阿根廷的关系，而这个时候，我作为球迷，追寻阿根廷队已经多年。

于是，我更加明白了他音乐中的魅力所在，不全是欧洲严谨厚重的基础，还有阿根廷特有的激情与浪漫，也因此才有了他独特的吸引力。近年来，中国人已都知道维也纳的新年音乐会，但 1989、1992 年这两届由卡洛斯·克莱伯指挥的音乐会恐怕很难再被超越，这两年的新年音乐会，最好不要听 CD，而是看 DVD，这样，才能更直接地感受到克莱伯的魅力，因为他那舞蹈般的指挥动作与高贵放松的表情，在我看来，空前绝后。

2005 年 7 月 15 日，我突然听到一个消息，卡洛斯·克莱伯两天前去世，也就是 7 月 13 日，一个中国人因申奥成功而必然难忘的日子。

那一瞬间感觉周围的声音全部消失，世界无比安静，这种感受，以前只有过一次，就是 1994 年传来马拉多纳在世界杯上被禁赛的消息。其实，这两个消息也有相似的地方，有一种美好，从此只能回忆。

还好，喜欢的是一个音乐家，他留下的旋律会继续陪伴着我，但一个奇妙的结尾是：有一天，和著名的乐评人刘雪枫聊天，他突然告诉我，在欧洲也有人认为，克莱伯没死，因为没人看过他的遗体没人参加过他的葬礼，他不过是用这种方式来继续开这个世界的玩笑，并让自己生活得更安静。

我笑了，这符合老人家的性格，虽然一年之后，另一位乐评人陈立，给了我克莱伯最后一次演出的实况录音后告诉我：“老人家是真的走了，墓地都有。”

可我依然愿意天真地相信另一种结局。这世界上有太多可能，为什么不留一点想象当中的不可能？更何况，他本就活着，在我每次把他的CD放进CD机的时候。

接下来，要换个名字。

我知道，刚刚人到中年，就想写莫扎特，这事要么太早，要么已经晚了，因为很多人会觉得，莫扎特要么是一个永远天真的孩子，要么就是一个看透世事之后微笑的老人。但不管如何，莫扎特一定是上帝派来的，为了抚慰人间的痛苦，让他在极其有限的生命里，疯狂并不可思议地创作出超量的作品，然后，将他收回，而他的音乐从此像上帝的永恒之爱一样在人间流传。

我喜欢柴可夫斯基、勃拉姆斯，这些年还格外喜欢马勒，在这些大师的曲目中，随时都可以听到洋溢的情感，无法排遣的困惑、痛苦与挣扎甚至是绝望，它符合人世间的七情六欲，于是，总有击中你的时刻，也会因此让你瞬间被拯救。

然而，身陷其中，怎样的帮助都是一时的放松，有的时候，需要在这钢筋水泥的丛林中适当逃离，每天总该有一些时候或抬头仰望星空或低头看看花草，逃离才是一种更好的解脱，否则，污浊的空气会压得你喘不过气来。

我身后便是位于萨尔茨堡的莫扎特故居。莫扎特是奥地利的国宝，每天吸引着世界各地的游客前来朝圣。来过这里以后，再听莫扎特的CD，会听出一些与过去不一样的东西……

这个时候，你就会知道莫扎特因何而来。也许刚刚喜欢莫扎特的人都会有一种感觉，莫扎特的音乐奇妙地相似，不管是钢琴协奏曲，还是长笛协奏曲或是四重奏或是其他什么，都一样的轻灵飞舞，一样的即使有一些小雨和阴云，也照样阳光灿烂，蓝天绿草。所以，不管你怎样地失望着，莫扎特音乐中的世界总会让你觉得更好一些，还可以再往前走走试试。

我一直认为，莫扎特干的事不叫创作，而是流淌，是上帝委托他送给人间。不生涩，不用太思考，高低之分没那么明显，不能叫他天才，他本就是来自天堂的信使。于是，你会想，这个世界如果真像莫扎特的音乐那样该多好！可惜，这样的美好世界只在他的音乐里。

2006年的夏天，借德国世界杯采访报道的机会，我专门去了一趟莫扎特的故乡，奥地利的萨尔茨堡，一边做节目，一边朝圣。在萨尔茨堡这个安静而又喧闹的小镇，莫扎特无处不在，从巧克力到明信片再到游人的寻找，中间都是莫扎特。小镇的至美，是在游人走了之后，那份安静让你知道莫扎特音乐的灵魂所在。或许，是一个有苦有乐的年轻人，与流水、森林、蓝天和整个大自然的对话，于是，在莫扎特的旋律中，你听得到斗转星移，听得到雨后的草原，听得到一天之中的日升日落，当然，也听得到人在自然面前必有的忧伤与叹息。这忧伤与叹息并不是主旋律，因为大自然永远充满生机，周而复始，枯木可以逢春，这其中，便是希望便是美好所在。

当然，今天的萨尔茨堡大多数时间不那么安静，来自世界各地的观光客把小镇搅得人声鼎沸。当初，莫扎特曾在这里遭到驱逐，而现如今，莫扎特故居上挂着大幅的奥地利国旗，莫扎特已是他们的国宝。没办法，人类总是如此势利，没人再来和你讲述这个小镇和莫扎特之间曾有的不快，所有的黑灰色都被过滤掉，只剩下温情与美好。不过，也好，这像莫扎特的音乐，不管其中蕴藏着怎样的不快与忧伤，莫扎特都在怜悯众生中欢快起来。

只是不知道，在当今这个五味杂陈的时代里，真正的莫扎特还是不是被真正地聆听着，功利的人们功利地消费着莫扎特，其实，那离莫扎特很远。如果有一天，你感觉内心沉静，世事浮沉暂时抽离，而窗外又风和日丽，你试着再听听莫扎特，用你最简单和纯真的心，这时候我相信，真正的莫扎特会在上帝的指使下再度归来。

人是写不完的，仅仅是那些推动我成长的人，都写不过来。以上这些文字，甚至只是我想写的文字当中，一个短短的开头。

音乐家中，还有巴赫，还有马勒，指挥家中还有克伦贝勒、马里纳呢。

还有罗大佑、齐秦、凤飞飞……太多，每一个名字背后都是太多的故事。

当然，还有作家、身边的同事，逝去的陈虻、罗京以及您不知道名字的我

影响并推动我的，不仅只有人，还有家乡那片永远的草原。其实，不只我，每个人心中都有一片草原，在人们越来越没有故居和故乡的岁月里，呼伦贝尔草原几乎成了一个时代的故乡。而对于我，家乡就是年少时天天想离开、现如今天天想回去的地方。

的年轻同事。都该写，可又往往落笔处百感交集，不知从何写起。

家人也无法写，他们不是影响或推动我的人，而就是我生命中的一部分。比如说，妈妈在变老，可是有她在，我就永远是一个孩子，如同有哥哥在，我就永远是一个弟弟；还有妻子，媒体上有很多对我们恋爱与婚姻不真实的编写，其实现实中的婚姻要比文字更多一些浪漫和平实，而那些编造的“浪漫”情节，也往往缺了一些想象力；还有儿子，不用说了，他是生命中的主角，我与他的母亲不负责编写他的剧本，只想做一个称职的观众和欣赏者。他们是我心中最重也是最长的文章，但这该属于我们的晚饭或旅途或周末时光，也因此，人生不再是苦旅。

还有朋友，他们是重要的推动者，也常常是我生活的意义。这其中，有很多没有血缘关系的哥哥姐姐、弟弟妹妹，相互照应，相互陪着慢慢变老。我不愿意时常用言语去表达情义。朋友，该是得意时，离得可以远些，不顺时，必到身边的一群人。这其中的情谊，我又怎能用几百字或几千字去写呢？写好朋友，只能用心，用时间用生命。

所以，有人就有趣，有人也才有真的欣喜与悲伤。人的一生，只有一个工作无法更改，那就是做人，永无止境。几十年后，我可能成为我心目中的那个可爱老头儿吗？而今日，当我记述着别人在我心中印记的同时，我又将在别人心中，留下怎样的印记呢？

明天，开始信仰（代后记）

文／白岩松

一

一转眼，二字头的新千年匆匆过去十年。

有人走了，有人来，更多的人依然在路上；有人盼来了期待中的成长，有人年华老去。十年，可以改变很多。

我翻开2000年1月份出版的《痛并快乐着》，在后记中，藏着这样一段文字，与当时还属于未来的十年有关：

“按常规，在十年之后，我应当再写一本这样的书，名字也许叫“在痛并快乐中继续”，那一本书，我相信，一定会更犀利，更言无禁忌，更能在行笔中自由地呼吸，当然，快乐也许会比痛苦更多一些。我真盼望十年后，在我人过四十之后，有很多问题，已经真的不惑了。但我知道，岁月是不会按常理出牌的，今日去想十年后的事情，多少有些不知天高地厚……”

这是十年前当我刚刚迈进二字头千年时，写给今天的文字，我该怎样去面对它？

二

拿在您手中的这本书，名字中，已没有痛或快乐，而是“幸福”这个字眼。提出它，是个进步；但实现它，太难。不像快乐或痛苦，都那么直接。痛苦与快乐都还没有过去，而幸福，却还真的很远。更何况，在写出来的“幸福”二字背后，还有没有写出的另外两个字“信仰”，不是不能写，而是同样很远。

十年前希望今天更犀利，更言无禁忌，更能在行笔中自由地呼吸，我必须承认，与十年前相比，实现了一些，不仅仅是环境的变化，还在于内心勇气的增长，但依然可以把这个目标放到对下一个十年的期盼中。犀利，已经在社会上流传开来，可后面还有一个“哥”，不过，哥，只是一个传说。

十年前，我希望自己人过四十后能够不惑，但是，我对自己抱歉，我做不到。既做不到不劳而获，更做不到对许多事情不惑，甚至不得不承认，可能比十年前，有些事情还更不明白。比如十年前，在文字中，看得到自己的乐观，而今天，我不能判断，是否乐观的程度跟以前一样或者已经明显减退？十年前，我是那样地相信未来；而今天，我站在当初的未来，却不知是否应当用蘸着疑惑的笔体写下“相信未来”！

不再乐观地相信，也是一种成熟吗？如果是，我宁愿停留在走向成熟的过程中。

所以，十年，从时间上看，恒定不变，但由于不同的人和不同的事，却完全不是一个概念。有些事情，十年，已经足以让它们沧海桑田；而有些梦想，十年，也只是迈出一小步，甚至这一小步，你都会担心，它会退回去。

但是，过去了的终究过去，当初的期待实现与否，也同样被时光带走。不管你愿不愿意，一个新的起跑线又画在这里。人们之所以可以忍受苦难，在于还可以拥有希望。

又要出发了，因为希望，只能依靠走。

三

1993年，我刚刚走进《东方时空》，制片人时间告诉我：“有两件事是忌讳，不能做。一是要坚决去掉形容词，二是不要叫被采访对象为老师。”

为什么要去掉形容词？

我们是做新闻的，而形容词的作用是修饰，生活不需要修饰，不管是好还是不好，新闻都该客观地反映生活原貌，而不是用形容词来粉饰太平或刻意打压。

为什么不许叫被采访者为老师？

因为我们不能把观众提前预设为学生，电视不是让观众来听课，我们与观众，我们与被采访者，观众与被采访者，都该是一种平视并平等的关系。

于是，我记住了，一记就是十几年，不一定都做得到，起码时常反省。时间长了，又有所悟，感觉这两个要求不仅是在说如何做电视做新闻，或许对社会也有用，当然，也与做人有关。

然而，时常让人疑惑的是，这两个提醒，对于今天很多年轻的同行来说，依然新鲜，显然，它在当下还有价值。没办法，形容词在新闻里总是随处可见，

“老师”的称谓被进一步泛滥着，而可怕的是，打算制止并修正的人却少了。也许是多一事不如少一事，也许是大家都更实际或更麻木，于是，时代经常被热烈地赞美并形容着。不是时代有多糟糕，而是更好的时代应当听得到更多的批评和忧患，听得到监督中的理想，听得到面对批评与监督时，时代特有的坚强与自信。我们不是时代的学生，时代更不该是我们求学时为得高分而写下的虚假作文。

看样，十几年过去，依然有必要旧话重提。

四

十几年前，刚做电视，给自己写了九个字，没用纸和笔，而是用心，这九个字是：说人话，关注人，像个人。

这九个字在当时意味着一种想改变的雄心，当然，也来自对当时媒体话语状况的不满。

在各种媒体之中，空话、套话满天飞，动则祖国、人民、世界、梦想，宏大得无边无际，也就难以走近人心；而在新闻中，只有事件，只有对与错、黑与白、好与坏，却没有复杂的中间地带尤其是没有“人”，新闻成了难以触摸的展品，而传媒人，则时常如墙头草顺风倒，或仰视或俯视，很难独自站立独立思考；正是当时大量存在的这种现状，让自己与同仁，拿出“说人话，关注人，像个人”这九个字提醒自己。

十几年过去，在进步，也在退步；有人在坚持，周遭也在变化，相当多的传媒与传媒人，成为这九个字的同行者。虽然在很多情况下，空洞的套话依然存在，但你必须相信，改变是艰难和缓慢的，然而毕竟在变。

2008年，我四十岁，这是一个奇怪的年龄。向过去看看，抓得住青春的尾巴；向前看，终点依稀可见。而对于人生来说，再鼓起勇气，还有新的高度可迈进，想放弃，也就麻木中顺坡而下。人到中年，总该重新打量一下，是就这样了吧，还是要再出发一次？

于是，那一年，我送给了自己十二个字：捍卫常识、建设理性、寻找信仰。

我当然知道，这十二个字不只属于自己，实现起来，可比十几年前的九个字难多了，但值得用自己的下半辈子去为此努力。当然，对于中国来说，这时间可能更长。

五

常识，从不复杂，因为它是常识。然而回望历史，捍卫常识可真不易，不知有多少人为此丢掉生命。比如“文革”中的很多英雄，不过是说出了常识，却在颠覆真理的时代大逆不道，被迫成了英雄。

很幸运，那个时代过去了，可不意味着常识被轻松地捍卫。

最近一段时间，媒体、专家、民众都在呼吁讲真话，并坦承讲真话的不易，这就很耐人寻味。真话的反面，不仅有假话，还有大量的空话、套话与为自己利益脱口而出的奉承话。大家之所以不说真话，是怕有人不爱听，对自己不利，归根结底，是“利”字在作怪。曾经以为，长江后浪推前浪，年轻人会改变一切，可突然发现，在现实的压力下，现在的弟弟妹妹也能很自然地使用这套话语。一想也没办法，爷爷爸爸都这样，你能指望孩子们脱胎换骨吗？毕竟还要相信遗传。而实际上，并不是大家不知道真话是什么，可长此以往，常识也就在人群中退避三舍了。

记得到《新闻 1+1》之后，有人采访我：“做一个新闻评论员，最重要的是不是要特有思想？”我乐了，“思想并不是最重要的，它就像真理一样简单，并没有多到满地都是的地步，好的思想也如此，做一个新闻评论员，最重要的是敏锐、勇气和方向感。缺了这三样，你毫无价值；而这三样，我想都与常识有关。我们需要的，并不是努力地去发明常识，而是捍卫常识。”

1+1=2，这多简单。没压力的情况下，谁都知道，但环境稍有改变，1+1=3 会得到好处，都不要说坚持 1+1=2 者会受惩罚，仅仅是有利可图，就会在一瞬间，让相当多的人脸不红心不跳地脱口而出“1+1=3”。

这就是现状，所以，今天捍卫常识，其实，是在捍卫未来。只要假话、空话、套话占据上风，时代的前景就不明朗，我们的命运就随时可能被逆转。所以，捍卫常识，也是在捍卫自己。

六

理性不被建设起来，大国的“大”字，很难名符其实。

理性很难，因为它意味着克制，一个个体如此，一个执政党如此，一个国家民族同样如此。

生活中的很多人和事，不管让我愤怒还是感动，我是否可以理性地去面对？

而宣泄或放纵，过把瘾就死，似乎是一种生活态度，其实充满危险。

作为一个执政党，是否可以在告别革命之后，真正地理性执政，而不是依然用革命的思路，来处理现实中的矛盾？是否可以理性地克制由于目标美好而放松过程的混乱与不堪？是否可以真的依法治国，克制人治的冲动？是否可以面对不同甚至刺耳的声音都可以包容和聆听，让自己处于监督之下？这都是理性该到达的地方。

而对于一个国家来说，同样如此，世界从来不简单，没有永远的敌人，也没有永远的朋友；笑容里有刺刀，辱骂后还有鲜花，如若不能克制，不能理性地来面对，那这个世界将变得更混乱，更没有指望，当然，所谓大国崛起，也终究是梦。

理性，无论对个人，对执政党，对国家民族性格，都不一定那么舒服，不像放纵情感那样一时间过瘾，但正是这种不舒服，才是它最宝贵之处，让激情与梦想奔腾在安全的河道里，而不是毁灭一切。

信仰太大了，大到无边无际难以描述，可时常又小得非常具体，心里没有它，就会觉得空空落落，对个人对社会都是如此。有信仰，就会有敬畏，就会有变好的冲动与行动，就会有自觉对恶的克制，个体与社会就会美好一些。当然，我必须再次强调，在中国，这信仰可不一定与宗教有关，但一定与我们内心的充实有关。

也正因为如此，未来属于中国人的信仰，经过多年的摧毁，重建就难，它是在一片废墟中起程；更何况，在一个新时代下，人心深处与社会的核心，将安放怎样的信仰，还未确定，因此，只能是慢慢寻找。

也有人质疑说，现实中有很多的问题与障碍，可一下子把未来与目标推到了虚无缥缈的心灵与信仰上面，是不是逃避？是不是面对现实难题的一种无能并无奈的溃败？

我想并非如此，正是因为这些难题，我们才更需要有清晰的信仰做攻坚的武器，更何况，我们都得知道，我们打算往哪儿走呢？

每一个个体，有自己的路，这里暂且不谈，因它与幸福紧密相连，富裕之后，必是人们的主动选择。你总该信一些什么，比如真诚，比如友情，比如适可而止，比如善有善报、恶有恶报……让自己安宁，也让周围的人被感染，没信仰，恐怕无幸福。

我更要谈的是社会。

有人形容说：中国像一辆自行车，只要保持一定速度向前骑行，它就会稳定，而一旦有一天，向前的动力慢下来，它就左右摇摆，速度再慢下来，它就终会倒下。

所以，永远给它向前的动力，是让它稳定不倒的重要因素。

三十多年来，我们用速度向前，用一系列的数字增长，维持并保有它的稳定和活力。

但是，向前的动力，可不仅只是物质的、经济的，尤其是当这种动力注定越来越慢之后。

在2010年的春天，新千年又一个十年开始的时候，中国，在未来的目标中，提出了“尊严”二字，这两个字，无法用数字量化，每年增长多少，无法统计，但在每个公民心中，却都有一杆秤去衡量它，多了少了，是有标准的。

“尊严”这两个字提出来，在我看来，相当宏大动人，而且又该知道，其实它比提出成为世界经济第一这个目标还难实现，但是，提出它，就是中国一个重要的转折，它意味着，中国这辆自行车，正在寻找新的动力。

在尊严之中，包含着政治体制改革，包含着民主自由、公众的权利，包含着幸福、包容、平等、体面而又开心的生活。

然而，推动经济体制改革，利益是发动机；建设尊严，却必须有国家的信仰支撑。或许，一个社会寻找信仰的过程，正是尊严的建设过程。

八

那么，十年后，又会怎样？

对个体，我不会再提出多少宏大而不切实际的目标。

希望自己健康，开心，平静，依然可以踢球并进球，头发还剩不少，体重却增不多，对世事依然好奇，还会愤怒也会流泪，当然，最重要的是，让生命的脚步慢下来，慢慢走，欣赏路边一切的风景。

或许，这些都可以实现，毕竟个体的梦想，自己可以控制大部分，成与不成，都不会抱怨太多。

也许十年后，依然会写下一本这样的书，名字叫“终于信仰”，真期待能记录一个人与一个时代突破之后的如释重负或者即将突破的兴奋与好奇。当然，也不排除，没几年，自我出局或被出局，也或者是想得更明白，知道了“无”

这个字的真正含义，然后开始心如止水地写下一本《闲——试着与生活和解》的书，像很多人一样，生活只与自己和家人有关，时代与社会，那是年轻人该思考的命题。

书，可以这样写，放弃却不太可能，因为挑战与突破就在不远处。

经济持续高增长的阶段快结束了，或许，就在这十年里，这没什么可担心的，一是不得不慢下来，另一方面，也是主动的一种选择。速度，永远没有方向重要，未来十年，是一个让非物质化方向明确的最重要阶段。

也因此，我看重未来十年，中国新动力新改革的试水和成长，不会过于乐观地认为一切顺利，也不会认为十年后的今天大功告成。成长，是未来十年最让人好奇的东西，因为它与我们所有人的幸福有关。

所以，未来十年，我们都还在路上；期待十年后，我们开始收获幸福、信仰和笑容！

九

有一天清晨，沐浴后的释迦牟尼对着自己的石像鞠躬敬拜。

旁边的弟子看到这一幕，都感到诧异：

“师父，您的像，是弟子们敬拜用的，为何您亲自敬拜？”

释迦牟尼轻轻一笑，答道：“求人不如求己。”

2010 年 7 月　北京

本书中部分图片由刘爱民、王力军、王晓鹏、卢北峰、孙国明、佟大中、季卫国等拍摄，特此感谢。

八年后·回头看

易中天曾在一个节目中问我：“小白，你觉得仰望星空和底线哪个更重要？”我说：“对于今日中国来说，底线更重要；但是反过来，当我们不断地夯实底线和抬高底线，也许有一天突然就看到星空了。”

图书在版编目（CIP）数据

幸福了吗？：新版 / 白岩松 著 .-- 武汉：长江文艺出版社，2016.4（2018.7 重印）

ISBN 978-7-5354-8717-9

I. ①幸… II. ①白… III. ①随笔－作品集－中国－当代 IV. ① I267.1

中国版本图书馆 CIP 数据核字（2016）第 060903 号

幸福了吗？

白岩松 著

选题产品策划生产机构 | 北京长江新世纪文化传媒有限公司

总 策 划 | 金丽红 黎 波 安波舜

责任编辑 | 陈 曦　　装帧设计 | 郭 璐　　责任印制 | 张志杰 王会利

助理编辑 | 张 霓　　内文制作 | 张景莹　　媒体运营 | 刘 冲 刘 峥

法律顾问 | 张艳萍　　版权代理 | 何 红

音视频制作 | 田 彤 高 梦　　数字平台统筹 | 田 彤 高 梦

总 发 行 | 北京长江新世纪文化传媒有限公司

电 话 | 010-58678881　　传 真 | 010-58677346

地 址 | 北京市朝阳区曙光西里甲 6 号时间国际大厦 A 座 1905 室　　邮 编 | 100028

出 版 | 长江出版传媒 | 长江文艺出版社

地 址 | 湖北省武汉市雄楚大街 268 号湖北出版文化城 B 座 9-11 楼　　邮 编 | 430070

印 刷 | 三河市百盛印装有限公司

开 本 | 710 毫米 ×1000 毫米 1/16　　印 张 | 17.5

版 次 | 2016 年 4 月第 1 版　　印 次 | 2018 年 7 月第 7 次印刷

字 数 | 260 千字

定 价 | 59.80 元

盗版必究（举报电话：010-58678881）

（图书如出现印装质量问题，请与选题产品策划生产机构联系调换）